Takafumi & Yumine
「今度は死んでも
死なせません！」

Chara

今度は死んでも死なせません!

海野 幸

キャラ文庫

この作品はフィクションです。
実在の人物・団体・事件などにはいっさい関係ありません。

目次

口絵・本文イラスト／十月

駅前の雑居ビル二階にある宇津井《うつい》法律事務所には、道端に吹きだまる塵芥《ちりあくた》のような相談事が今日も次々と集まってくる。

人の営みに悩みは尽きない。訴訟にも至らぬ些末《さまつ》なそれに、貴文《たかふみ》は粛々と耳を傾ける。仕立てのよさが窺《うかが》えるダークスーツの胸元に光るのは、公正と平等を象徴する天秤《てんびん》が刻まれた弁護士バッジだ。

「知り合いに貸した金が返ってこないんですよ。絶対に返すって泣いて頼まれたから信じて貸してやったのに。警察に相談に行っても、窃盗ってわけじゃないからどうにもできないって」

持ち込まれる相談の多くは、人間関係と金の問題だ。目の前の依頼人も、知人に貸した金が返ってこないと憤懣《ふんまん》やるかたない様子で訴えている。

依頼人にとっては一大事でも、こちらからすればさほど珍しい内容ではない。対応も決まりきっている。民事訴訟を起こすほか、支払督促、少額訴訟といった手続きを行うこともできると説明する貴文の口調は淀《よど》みない。

伯父が所長を務める法律事務所で弁護士として働き始めてもうすぐ丸二年。二十六歳という若さながら、貴文の説明は堂に入ったものだ。しかしその声は一本調子で、依頼人と話をしているというより書面でも読み上げているかのように事務的だ。説明の合間に世間話をする余地もなく、貴文の面談は短時間で終わるのが常だった。

面談を終えて依頼人をエレベーターホールへ送った貴文は腕時計に視線を落とす。

無料相談は三十分まで。普段なら三十分きっかりで切り上げるのだが、今日は五分ほど過ぎてしまった。

(余計な話を聞きすぎたか。依頼に関係ない身の上話は早々に切り上げるべきだったな)

伯父の事務所には事務員二名の他に、伯父と貴文、伯父と同年代のベテラン弁護士が一名いる。無料相談を一手に引き受けているのは貴文だ。通常業務の合間にそれらをこなす貴文のスケジュールは必然的に過密となる。一回の相談に無駄な時間をかけたくなかった。

次々と無料相談を引き受ける貴文に伯父は「無理をしなくていい」と言ってくれるが、無料相談から本格的な依頼につながることは多い。少しでも事務所に貢献したかった。そのためにも仕事は効率よくさばきたい。

「貴文君、お疲れさま」

事務所に向かって歩いていると、帰り支度を終えた事務員二人と廊下ですれ違った。

伯父と苗字が同じなので、事務員たちは貴文を下の名で呼ぶ。貴文も「お疲れさまです」と返し、礼を欠かない程度に微《かす》かな笑みを口元に浮かべた。

そのまますれ違うつもりでいたが、事務員の一人に「ちょっといい?」と声をかけられ立ち止まった。

「そろそろ事務所のホームページを更新しようと思うんだけど、貴文君の顔出してみない？」

「弁護士紹介のページですか？　伯父の写真のままでいいのでは……」

「その下に貴文君の写真も載せたらどうかと思って。依頼人だってどうせなら貴文君みたいに若くて綺麗《きれい》な子にお願いしたいと思うものじゃない？」

このご時世、あまり他人の美醜をどうこう言うのはいかがなものかと思うが、相手は悪びれる様子もない。貴文も唇に仄《ほの》かな笑みを乗せて相槌《あいづち》を打つ。

こんなふうに自分の容姿を褒められるようになったのは伯父の事務所で働き始めてからだ。学生の頃は誰に話しかけられても無表情で、いつも俯《うつむ》いて勉強ばかりしていたせいで根暗な印象しか残らなかったようだ。

無論、社会人になってからはそんな態度ではいられない。背筋を伸ばして愛想笑いをするようになったら周囲の反応が大きく変わった。

色白の細面に切れ長の目、唇の薄い貴文の顔立ちは端整だ。事務所にやってくる女性の依頼人は、貴文に見詰められるだけで顔を赤くしてしどろもどろになってしまう。話が進まなくなるばかりなのでこちらとしては嬉《うれ》しくもないのだが。

「貴文君の顔でお客さんを呼んで、仕事は所長たちにしてもらったらいいじゃない」

笑いながらそんなことを言う事務員の袖を、後ろにいたもう一人が軽く引く。それを視界の端に収め、「そうですね」と微笑《ほほえ》んだ。

ホームページの件は検討すると答え二人に背を向けると、背後から潜めた声がした。

「今の言い方はちょっと失礼じゃない……?」

それ以降の言葉は聞き取れなかったが、あれでは貴文は顔だけで、仕事ができないと言っているようなものだ、とでも同僚を窘《たしな》めているのだろう。

しかし当の貴文は少しも心乱れない。自分の経験年数がまだ浅いのは事実だし、事務所に貢献できるならこの顔でもなんでも好きに使ってくれればいいと思う。

人間同士の汚い諍《いさか》いを連日目の当たりにしているせいか、弁護士になってから心がざわめくことは滅多になくなった。どんな依頼人を前にしても動じないで済むのはいいことだ。

一方で、達成感も感じない。

司法試験に合格してからずっとこんな調子だ。長年の夢である弁護士にようやくなれたというのにその感動すら薄い。

(……いや、司法試験に受かる前からずっとか)

大学に通っていた頃は、もう少し心の動きが軽やかだったように思う。けれど卒業前に大事な相手と別れてから、水をかけられたゼンマイ時計のように心の内側が錆《さ》びついて、すっかり動かなくなってしまった。

足取りを乱すこともなく事務所に戻ると伯父一人しかおらず、部屋の一番奥にある所長机で伯父は電話をしていた。貴文は自席に戻って帰り支度を済ませると、伯父が電話を終えるタイミングを見計らって声をかける。

「伯父さん、お先に失礼します」

受話器を置いた伯父が、眼鏡の奥で「お疲れさま」と目を細めた。

六十歳をいくつか過ぎた伯父の髪には白いものが交じり始めているが、同年代の男性より背が高く、背筋もいつも伸びているので実年齢よりも若々しく見える。

「もうこんな時間か。せっかくだから一緒に帰りたかったんだが、急な仕事が入ってね」

「何かお手伝いしましょうか？」

「いや、大丈夫。貴文君は先に帰りなさい」

小学二年生のとき、自動車事故で両親を亡くした貴文は父親の兄に当たる伯父夫婦に引き取られた。以来十五年以上も一緒に暮らしているが、二人に対する貴文の態度は他人行儀なままだ。事務員たちは貴文が伯父と同居していることすら知らないほどである。

伯父の優しい笑顔に一礼して踵《きびす》を返そうとすると、控えめに呼び止められた。

「貴文君、仕事は順調？　何か困っていることはないかな？」

貴文は動きを止め、「特には」と返す。

「先ほど相談にいらした方でしたら、支払い督促を勧めておきましたが……」

「そうか。依頼内容に関して気になることはなかった？」

「必要な事柄はすべて聞き出したつもりです」

淡々と受け答えする貴文を見上げ、伯父は困ったような顔で眉を下げた。

「必要な情報ってなんだろうね？」

「え……」

「もう何度も扱ってきたような依頼内容であっても、それに関わる人たちの生活は千差万別だ。世間話の延長で思わぬ情報が出てくることもあるんだよ？」

伯父が何を言わんとしているのかわからず押し黙る。先ほどの案件はさほど入り組んだ内容とも思えなかったが、何か取りこぼしでもあったか。

忙《せわ》しなく目を動かしていたら、伯父にひそやかな溜息《ためいき》をつかれてしまった。

「……今更だけれど、弁護士になったことを後悔したりしていないかな？」

思いもよらない質問に、返す言葉を失った。

伯父夫婦に引き取られてから、ずっと伯父と同じ弁護士を目指してきた。他のものに目移りしたことすらない。だというのに、自分が後悔をしているように見えたのか。

大きな失敗をしたわけでもないし、可能な限り効率的に仕事を進めてきたつもりだ。つつがなく仕事をしていると思っていたが、伯父の目にはそう映らなかったのだろうか。よほど貴文が弁護士の仕事に苦戦しているとでも思っていなければ出てこない言葉だ。

困惑して言葉も出ない貴文を見て、伯父は慌てたように言葉を重ねた。

「急に妙なことを訊《き》いてしまってすまない。ただ、私たちのために君が無理をしていなければいいと思っただけだよ。最近少し……疲れているように見えたから」

言い繕うような調子で告げ、「気をつけて帰りなさい」と伯父はぎこちなく笑った。

貴文は小さく口を開いたものの、はい、としか言えず踵を返す。

こういうとき、あと一歩間合いを詰めることが貴文にはできない。伯父に対しても、伯母に対してもだ。伯父たちもそんな貴文の態度に気づいているらしく、何か言いたげな顔はするもののの踏み込んだ会話を避けがちだった。

事務所のドアを開けながら、振り返るべきか一瞬迷った。

だが思い切って伯父との距離を詰め、もし迷惑そうな顔をされたら――。

想像する未来はいつだって悪い方に傾いて、二の足を踏んでいるうちに動き出すタイミングを見失う。

最後まで伯父を振り返ることができないまま、貴文は黙って事務所を出た。

黒いコートを羽織ってビルの外に出ると、口から白い溜息が漏れた。

年の瀬が近づいて駅前には華やかな空気が流れているが、貴文の心を浮上させるには至らない。歩きながら、何度も伯父の言葉を反芻《はんすう》する。

(弁護士になったことを、俺は後悔してない。する理由もない)

貴文が弁護士を目指すようになったのは、伯父たちに引き取られてからだ。伯父と、伯父の一人息子である従兄弟《いとこ》の遺志を継ぎたかった。

一回り以上年が離れた従兄弟と貴文はほとんど面識がないが、従兄弟もまた弁護士を目指していたらしい。大学在学中に合格率数パーセントと言われる司法試験予備試験に合格したが、不幸にも卒業直前にバイクの事故で亡くなったと聞いている。

貴文は従兄弟の葬儀に両親とともに参列しているが、当時のことはあまりよく覚えていない。何分、小学校に入学する前の話だ。

両親を亡くしたとき、真っ先に貴文を引き取ると手を上げてくれたのは一人息子を亡くした伯父夫婦だった。もしかすると、甥《おい》である貴文に亡き息子の面影を重ねていたのかもしれない。

伯父に引き取られた後、状況を理解した貴文は誰に促されるでもなく弁護士を目指すようになった。亡くなった従兄弟や、その成長を見届けられなかった伯父夫婦の無念を晴らすのがこの家に引き取られた自分の使命なのだと思い定めて。

そうして自分は弁護士になった。伯父たちも当然喜んでくれているはずだと信じて疑ってもいなかったが、後悔していないか、と尋ねてきた伯父の顔を見てその確信が揺らいだ。

このまま貴文に弁護士を続けさせてもいいものか、伯父自身が悩んでいるような顔だった。

自分でも気づかない間に何か仕事上のミスを犯していたのかもしれない。だとしても、貴文に弁護士を続けさせたいのであればそのミスを指摘し、改善策を考えるよう促すのではないか。

むしろ伯父は、貴文に自分の立ち位置を考え直させるような言葉を口にした。

無理をしてまで貴文に弁護士を続けさせたいわけではないのか。

（……俺が思っていたほど、伯父さんは俺が弁護士になったことを喜んでいなかったのか？）

そうであればいい、と自分が思い込んでいただけなのかもしれない。

それまで考えたこともなかった可能性が、錐《きり》のような鋭さで胸に食い込んでくる。

だとしたら伯父に引き取られてから十五年以上、自分は無意味な努力を重ねてきたことになる。誰からも望まれていないのに、そんなことにも気づかず必死になって。

自分を引き取ってくれた伯父たちにできる唯一の恩返しはこれだと信じ込んでいたのに。盤《ばん》石《じゃく》だと思っていた足元が急に揺らいで覚束《おぼつか》なくなる。

俯き気味に歩いていたら、コートのポケットで携帯電話が震えた。

ほとんど頭が回っていない状況でのろのろと取り出してみれば、ディスプレイに大学時代の友人の名前が表示されていた。同じ学部で、出席番号も近かったので在学中は何かと顔を合わせていたが、卒業後は一度も連絡を取っていなかった相手だ。誰かと会話ができる心境ではなかったがいつまでも電話は鳴りやまず、無視もできずに電話を取った。

『もしもし、宇津井？　あ、よかった、つながって。なんか、久しぶり……』

ああ、うん、と上の空で返事をする。自分の人生の意義はなんだったのかと考えるのに必死で相手の言葉などほとんど頭に入ってこない。だが、次の一言で現実に引き戻された。

『あのさ、湯峰《ゆみね》って奴《やつ》のこと覚えてる？』

瞬間、ぎしっと何かが軋《きし》む音がした。

水をかぶって錆びついたゼンマイ時計の歯車が、何かのはずみでわずかに動くような。ただでさえ危うかった足取りがさらに乱れ、人込みの中を蛇行する。すれ違う人と肩がぶつかりそうになって、とっさに道の端に寄った。

『法学部じゃなくて商学部にいた奴だったんだけど、俺らと同じ学年で。妙に顔が広いからよく法学部の連中とも一緒にいてさ。宇津井も知り合いじゃなかったっけ？』

コンビニの前で立ち止まって携帯電話を握りしめると、再びぎしりと音がした。手に力がこもりすぎてフレームが軋んだようだ。指先を緩め、ああ、と声を絞り出す。

『あ、やっぱり知ってた？　なんかよく宇津井と一緒にいた気がしたから』

「湯峰が、どうかしたのか……？」

声を上ずらせて尋ねると、長い沈黙が返ってきた。

携帯電話を耳に押し当てる貴文の傍らを、駅へ向かう人々が足早に通り過ぎる。そばのコンビニから客が出てきて、店内から流れる陽気な音楽が耳を掠《かす》めた。場違いに明るいそれに、相手の神妙な声が重なった。

『湯峰、死んだらしいんだ。一ヶ月くらい前に、自分ちのアパートで』

周囲を漂っていた雑音が一瞬で遠ざかる。

真空に放り込まれたような静寂の中、貴文は何かが折れて砕ける音を思い出していた。

＊＊＊

高校三年の冬、大学の受験会場で貴文は奇妙な音を聞いた。

何か硬くて細いものが、儚《はかな》く折れて砕ける音だ。

今ならわかる。あれはキリキリと尖《とが》らせた鉛筆の芯と一緒に、自分の精神が折れる音だった。

伯父夫婦に引き取られた後、貴文は生前の従兄弟の軌跡を追うように成長した。

従兄弟と同じ高校を受験し、大学も従兄弟と同じ学校に通えなければ意味がないと思い詰め、大学受験の願書を出したのは本命一校だけだった。

伯父たちは他にもいくつか受験してはどうかと勧めてくれたが断った。滑り止めなど受けて余計な受験料を出してもらうのも申し訳ない。子供らしからぬ遠慮だったが、当時はそれが正しいと信じていた。

そうやって極端に自分を追い込み、極限まで集中を高めて挑んだ試験当日、あろうことか貴文は受験会場で受験票を紛失した。

前日の夜、しつこいくらい確かめてカバンに入れたはずだ。それなのにない。慌ててカバンの中を引っ掻《か》き回すが見つからない。呼吸が浅くなって、目の端に涙まで浮かんできた。

乱れる息を押さえつけ、カバンの中身をすべて机に並べていたら筆入れを落として床に鉛筆が散乱した。

キリキリと尖った鉛筆の芯が床に叩《たた》きつけられて脆《もろ》くも折れる。

その瞬間、自分の心も一緒にへし折れた音を確かに聞いた。

受験票をなくしたことも、鉛筆の芯が折れたことも、落ち着いて考えれば取るに足らないことだ。試験官に一声かければどうとでも対処してくれたに違いない。けれどそのときは鉛筆の芯と一緒に自分の平常心まで折れてしまって、呆然《ぼうぜん》と立ち尽くすことしかできなかった。

周りの学生たちは参考書を広げて黙々と最終確認をしている。自分も早く用意をしなければと気ばかり急《せ》いていたそのとき、後ろから誰かが近づいてきてひょいと貴文の足元にしゃがみ込んだ。

床に落ちた鉛筆と筆入れを拾い上げてくれたのは、制服姿の男子生徒だ。

立ち上がった相手の顔を目で追う。随分と背が高い。平均身長の貴文が見上げなければいけないくらいの背丈だったが、柔らかく目尻の下がったその顔は優しげで威圧感がなかった。

「落ちてたよ」

そう言って鉛筆を手渡してくれた男子生徒の目にかかる前髪は柔らかな栗色《くりいろ》で、その下の瞳も明るい茶色。試験を直前に控えているとは思えないくらい緊迫感のない笑みを浮かべる相手を見上げ、ふと思い浮かんだのはゴールデン・レトリーバーだった。

ハチミツ色の毛並を持つ、賢くて温和な犬。殺伐とした受験会場にそぐわない穏やかな雰囲気をまとったその相手こそ、湯峰だった。

鉛筆を受け取った貴文の指先が震えていることに気づいたのか、湯峰は気遣わしげな顔で「どうしたの」と声をかけてくれた。さらに貴文が受験票を紛失したことを知ると、貴文の腕を引いて教室の外にまで連れ出してくれた。

「大丈夫、絶対カバンの中に入ってるから。ノートとか参考書の間に挟まってるのかもよ」

促されるまま、カバンの中身を一つ一つ湯峰に手渡し受験票を探した。なんの面識もない自分につき合っている暇があったら英単語の一つでも見直した方がずっと有意義だったろうに、湯峰は文句も言わず受験票探しを手伝ってくれた。

結局、受験票は貴文のカバンのサイドポケットから見つかった。カバンの中身を出し入れするときにうっかり落としたりしないよう、ファスナーつきのサイドポケットに移動させていたのを忘れていた。

あまりにも下らない結末に脱力してその場にしゃがみ込んだ。縁もゆかりもない湯峰の時間を無駄に奪ってしまったのも申し訳ない。自分で自分が嫌になって、緊張の糸がぷつりと切れた。

一緒にその場に腰を下ろした湯峰は、顔面蒼白《そうはく》になった貴文を見て驚いたように目を見開き、ブレザーのポケットからあたふたと何かを取り出した。

「よかったらこれ、食べて」

手首を摑《つか》まれ、掌《てのひら》に押しつけられたのは個包装された飴玉《あめだま》だった。

貴文が何か言うより先に湯峰は反対のポケットも探り、銀紙に包まれたチョコレートを取り出した。それも貴文に押しつけ、今度はズボンのポケットを探る。出てきたのはキャラメルの箱だ。ポケットから次々と出てくる菓子をぽかんとした顔で見ていると、湯峰が照れくさそうに肩を竦《すく》めた。

「試験中、お腹が鳴ると恥ずかしいからあれこれ持ってきてたんだ」

箱ごとキャラメルを渡される。これでは湯峰の食べる分がなくなってしまうと思ったが、湯峰は気にしたふうもなく反対のズボンのポケットを探って個包装された小さなビスケットまで取り出した。

「甘いもの食べると落ち着くから」

ビスケットを手渡される頃には、両手から菓子が溢《あふ》れそうになっていた。

最後にジャケットの胸ポケットに手を入れ、湯峰は梅味の飴を取り出した。

「これは眠くなったら食べるやつ」

これで全部、と言い添えて、湯峰は惜しげもなく手持ちの菓子を貴文に手渡した。

貴文は両手にこんもりと盛られた菓子を見下ろし、ふ、と口元を緩めた。

「……不思議なポケットみたいだ」

子供の頃、母親と一緒に歌った童謡を思い出した。笑い交じりの母親の声も一緒に蘇《よみがえ》って、ほんの少しだけ笑顔が漏れる。

わずかだが頬に血の気が戻った貴文を見て、湯峰はニコニコと笑っていた。手持ちの菓子はすべて貴文に渡してしまったというのに、ひどく満足そうな顔で。

会場にいる人間が全員ライバルと言っても過言ではない状況で、湯峰は躊躇《ちゅうちょ》なく困っている人に手を差し伸べた。貴文が落ち着くまでそばにいて、その後も休み時間のたびに声をかけてくれさえしたのだ。

あのときに限った話ではない。湯峰は他人のために自分の物を差し出すことに躊躇がなかった。例えばそれは飴やチョコなどの駄菓子だったり、講義の内容をまとめたノートだったり、誰かの課題を手伝うための労力だったり、時間だったりした。

そんなことばっかりしてると長生きできないぞと、縁起でもない小言をあのとき浴びせていればよかった。当時でさえ、さすがにやりすぎだと思ったことは何度もあったのだから。

どうしてあのとき一歩踏み出せなかったのだろう。追いかけて声をかければよかった。

後悔しても、時間は過去に巻き戻らない。

＊＊＊

肩先に冷たい風が触れ、ふっと意識が浮上した。

目に飛び込んできたのは鼻先に迫ったカウンターの台だ。木目の浮いたそれは醬油《しょうゆ》で煮しめたような色をしていて、かなり年季が入っているのがわかる。やたらとカウンターが近いと思ったら、椅子に腰かけ、胸に顎がつくほど深く項垂《うなだ》れていた。その体勢のまま束の間眠っていたようだ。

のろのろと顔を上げ、眠る前の記憶を手繰り寄せる。

大学時代の友人からかかってきた電話を切った後、ふらつく足で近くの居酒屋に入った。貧血を起こしたように視界が白んでいて、とてもではないが電車に乗って家まで帰る自信がなかったからだ。体はすっかり冷えきっていて、とにかく体温を上げたい一心で熱燗《あつかん》など飲んでいたような気がするが、その後の記憶が曖昧だ。

重たい頭をやっとのことで上げた貴文は、目の前の光景に眉をひそめた。

カウンターの向こう、腕を伸ばせば届く場所にあるのは、湯気を立てるおでんだ。仕切りのついた大きなアルミの器の中に、大根やこんにゃく、玉子に練り物が整然と並んでいる。

ここはおでんの屋台か。駅前の居酒屋で飲んでいたはずだが、いつの間に移動したのだろう。まるで覚えていない。

たわんだ背中を伸ばそうとするも、頭の芯から指の先までたっぷりとアルコールを含ませた綿でも詰めたように全身が重い。手元にはコップに入った日本酒と、歯型のついたこんにゃくの載った小皿が置かれていた。こんにゃくは自分で食べたのか。その記憶すらなかった。周囲に暖簾《のれん》の垂らされた屋台の内側は出汁《だし》の匂いを含んだ温かな空気に満ちているが、カウンターの向こうに店主らしき人物の姿はない。まさか無人の屋台に潜り込んで一人飲んでいたわけもないだろうと視線を巡らせ、ようやく隣に誰かが座っていることに気がついた。

「少しは落ち着きましたか？」

相手の顔を見定めるより先に、柔らかな男性の声が耳を打った。

少しだけ湯峰に似た穏やかな声に息を呑《の》む。慌てて目の焦点を合わせてみたが、もちろん湯峰のはずがない。

隣に腰かけていたのは、スーツ姿の紳士然とした男性だった。スーツの上から黒いコートを羽織り、山高帽をかぶっている。屋台には不似合いな雰囲気だったが、違和感は酩酊《めいてい》感に押し流される。自分がひどく酔っている自覚もなく、貴文は相手の顔をぼんやりと見返した。

伯父《おじ》と同年代と思しき紳士は、コップ酒を持ち上げて小首を傾《かし》げた。

「大切な人が亡くなってしまったんでしょう？　ひどく落ち込んでいたようですが」

どうやら自分はこの紳士に、酔った弾みで湯峰のことを語ったらしい。

屋台にいるのは自分と紳士の二人だけで、主人らしい姿もない。この屋台が駅前のどの辺りにあるのかもよくわからなかったが、問われるまま貴文は「はい」と応じる。誰でもいいから、話を聞いてほしかった。

「大学時代の友人が、一ヶ月前に……。葬儀にも出席できませんでした。他の友人に聞いたら、かなり雇用条件の悪い企業に就職していたらしいんです、そいつ。知りませんでした。在学中は、実家の工場を継ぐつもりだと聞いていたので」

唇から滑らかに言葉が溢れてくる。仕事中は依頼人と雑談一つできないのに。言葉にブレーキをかける機能が壊れたかのように、名前も知らない相手につらつらと喋《しゃべ》り続けた。

湯峰の実家は、板金加工や溶接を行う小さな町工場だった。卒業後は実家を継ぐと聞いていたが、なぜか湯峰は一般企業に就職したらしい。電話をくれた大学の友人によると、数年前に卒業した学部の先輩に「どうしても新卒連れてこいって上司から言われて……!」と泣きつかれ、卒業式直前で急遽《きゅうきょ》就職を決めたそうだ。

そこまでしてやる必要もないと思うが、泣きつかれれば断れないのが湯峰という男だ。実家を出て職場近くのアパートから会社に通っていたそうだが、ほどなく湯峰の父親が病で倒れた。卒業から二年と経《た》たず父親は亡くなり、実家には母親一人が残された。

一度は会社を辞めて実家に帰った湯峰だが、続けて母親が車の運転中に事故を起こして他界。さらに実家が多額の負債を抱えていたことが発覚し、一人息子だった湯峰は工場を畳み、両親の保険金でなんとか社員たちの退職金を工面した。

立て続けに亡くなった親の葬儀の喪主を務め、無事会社も畳めた湯峰は有能だ。ここから立ち直ってほしいところだったが悪いことはなお続く。

湯峰が親の遺産を相続し、さらに工場も売り払って金があると勘違いをした湯峰の小学校時代の同級生が、「金を貸してほしい」と頼み込んできたそうだ。湯峰はこれを快諾し、あろうことか連帯保証人になって新たな借金を背負った。無心してきた友人は、すぐに姿を消したらしい。

本来なら返済する必要もない借金を、湯峰は黙々と返し続けた。挙句、どういう経緯か知らないが最初に就職したブラック企業に再就職していたという。ブラックなりに給料はよかったのか、はたまた湯峰が抜けて仕事が回らなくなった社内の人間から「戻ってきてほしい」と泣きつかれたのか。おそらく後者ではないかと思われる。

そうして借金を返済しながら働いていた湯峰だが、最後は過労で倒れた。心労もあったのかもしれない。直接の死因は心不全だったそうだ。

「――いくら人がいいからって、ものには限度ってものがあるでしょうが！」

耐えきれず、腹の底から声を出したらぐらりと頭が傾いた。

ひどく酔っている上に、こんなに大きな声を出したのは久々で体のどこに力を入れればいいのかよくわからない。ジェットコースターが最高地点から落ちるときのように爪先がふわりと浮いた気がして、慌てて地面に両足をつける。

カウンターに置いた手を握りしめ、貴文は深く俯く。

「……断ればよかったんだ。なのに、あいつはいつも全部引き受けるから、嫌な顔もしないで」

喋っているうちに気持ちが昂《たかぶ》ってきて声に涙が滲《にじ》んだ。酔っているせいだろうか、感情を制御できない。伯父の家に引き取られてからは、泣いたことなどほとんどなかったのに。

「随分と思い入れのある人だったんですね」

のんびりとした口調で言われ、貴文は酒の注《つ》がれたコップを握りしめた。

「――……つき合ってたんです、そいつと」

それは今まで誰にも打ち明けたことのなかった秘密だったが、気づけばぽろりと口から転がり出ていた。紳士は驚くこともなく、むしろ同情したように眉を寄せる。

「そいつとは卒業前に別れたし、それ以降は一度も会ってなかったんですけど、でも」

「まだお好きでしたか」

問われるまま素直に頷《うなず》いて、まだ自分は湯峰に対する未練を断ち切れていなかったのだと遅れて自覚する。

告白したのは自分から。別れを告げたのは湯峰から。

追い縋《すが》って湯峰を困らせたくないと別れを受け入れたが、好きだと思う気持ちは未《いま》だにくすぶり続けていたらしい。

別れてからもう四年以上経つのに、湯峰が死んだと聞いて地面の底が割れた気分になった。自分の足元深く、見えない場所に、湯峰に対する想《おも》いが根を張っていた証拠だ。

頭が重い。カウンターに肘をついて指先で額を支えようとしたら、小皿に添えられていた箸に肘が当たった。黒い塗り箸がカウンターを転げ落ちる。瞬間、大学の受験会場に鉛筆をばらまいたときのことを思い出した。

限界まで尖らせた鉛筆の先がぱきんと折れる。

あのとき、湯峰が声をかけてくれなかったら本当に自分は折れていた。きっと受験は失敗していただろう。そうなったら翌年、もう一度大学を受験する気になれただろうか。従兄弟が歩んだ道から一歩でも外れた時点で、もういいや、とすべて投げ出していたかもしれない。

大学に入学した後湯峰と再会してからは、ずっと傍らに湯峰がいた。予備試験前の苦しい時期をなんとか乗り切れたのは湯峰の存在あってこそだ。

別れてからも、何度も湯峰を思い出した。

もう会うこともないだろう。でもどこかで湯峰も頑張っているはずだ。

あいつが頑張っているなら俺も頑張ろう。

湯峰本人には伝えたこともないが、そんなささやかな想いが自分を支えていた。

——だが、湯峰はもうどこにもいない。

カウンターから滑り落ちた箸が地面を叩いて、その硬質な音を耳にした瞬間、貴文の中で何かが折れた。

地面に顔を向けた切り動けなくなる。折れたのは、自分を支えていた屋台骨のようなものだ。

目を閉じると、どこかで何かが軋みを上げた。まるでこの屋台そのものが崩れていくような音だ。酔った頭で幻聴を聞いているのか。もう顔を上げるだけの気力もなく深く俯いて不穏な音に耳を傾けていると、隣の紳士がコップをことりとカウンターに置いた。

「私も、つい先日惜しい子を亡くしまして」

俯いたまま薄く目を開けたら、何かが崩れるような音がぴたりと止まった。

やはり自分はだいぶ酔っている。軽く頭を振って紳士に顔を向けた。

紳士はカウンターに肘をつき、唇の前で指を組んで遠くを見るような目をした。

「神様にも気に入られるくらいのいい子でした。泥濘《ぬかるみ》に咲く蓮《はす》のような子です。なんの下心もなく、見返りも求めず、自分の持っている物を惜しまず相手に差し出せる、そんな子でした」

なんだか湯峰を思い出し、貴文は眩《まぶ》しくもないのに目を眇《すが》める。

「でも、そういう子ほど悪い輩《やから》が寄ってくる。美しい花に群がるのは蝶《ちょう》ばかりではありません。あの子も悪い虫にたかられて、かわいそうに枯れてしまった。さすがに見ていられなくて、亡くなる直前に神様が一つだけ願いを叶《かな》えてくれるとおっしゃったんです。そうしたらその子、なんて言ったと思います？」

横目で貴文を見た紳士は、呆《あき》れとも憐《あわ》れみともつかない笑みを浮かべて言った。

「『俺の一番大切な人が絶望していたら、どうか助けてあげてください』ですって。最後なんだから、もっと我儘《わがまま》を言ってくれてもよかったのに」

「……湯峰みたいだ」

いかにもあいつが言いそうだと思ったら、無意識に呟《つぶや》いていた。余計な口を挟んでしまったことに気づいて慌てて唇を結ぶと、反対に紳士の唇がほころんだ。

「そう、湯峰覚《さとる》君です」

紳士が口にしたのは、たがわず湯峰のフルネームだ。なぜ湯峰の名前を知っているのか。まじまじと凝視した紳士の顔がゆっくりと回転して見えるのは、自分の目が回っているからか。体まで傾いていくようで、カウンターに手をついて身を支えた。

紳士はにこやかな笑みを浮かべ、山高帽のつばを軽く押し上げた。

「こう見えて、私は天使と呼ばれるものでして」

紳士の口調はゆっくりしているのに、急に何を言っているのかわからなくなった。音の響きは聞き取れたが、脳で上手《うま》く処理できない。

「湯峰君の最後のお願いなので、こうして叶えに参りました」

「お、お願いって……」

「一番大切な人が絶望していたら助けてほしいと。貴方《あなた》のことかと思ったのですが」

「一番って……俺はもう、あいつと別れて何年も連絡を取ってないのに……」

湯峰には親しい友人がたくさんいたはずだ。ほんの一時つき合っていただけの自分が一番になるはずもない。真面目にそう反論しそうになって頭を抱えた。

相手は自らを天使と名乗っている。どう考えてもまともな手合いではない。

下手に関わらず立ち去るべきだと腰を浮かせかけたが、体が傾いただけで上手く立ち上がれない。一体どれほど飲んだのか、体がいうことをきかなかった。

「そんな状態で立ち上がると危ないですよ。そう身構えず、少しお喋りしましょう」

紳士の顔色はほとんど変わっていないし口調もしっかりしているが、こう見えて相手もひどく酔っているのだろうか。湯峰の名前を知っていたのが気になるが、もしかすると貴文自身が酔って口走ったのかもしれない。駅前の居酒屋から屋台に至るまでの記憶がすっぽり抜けているのだから、その可能性は否定しきれなかった。

「湯峰君の最後のお願いです。何かお望みならば叶えて差し上げますよ」

警戒する貴文をよそに、紳士はいかにも親しげに湯峰の名前を口にする。冗談を言っているつもりなら質《たち》が悪い。湯峰は死んだのだ。不謹慎ではないか。

腹の底からふつふつとした怒りが湧いてきて、貴文は奥歯を嚙《か》みしめた。

「だったら、湯峰を生き返らせてほしい」

どう足掻《あが》いても実現不可能な望みを口にして、話を強引に断ち切りたかった。

案の定、紳士は困ったような顔をする。

「それはさすがに難しい。彼の肉体はすでに焼かれてしまったようですし。何か他の望みはありませんか？」

なおもしつこく食い下がられて、うっかり口を滑らせた。

「だったら湯峰が死ぬ前まで時間を戻してくれ……！」

言葉にした瞬間、血の気が引くようにさぁっと酔いが引いた。目の前の男に対する苛立《いらだ》ちも消え、引き潮の海岸のように茫漠《ぼうばく》としたやるせなさが胸に広がる。

とっさに口をついて出たのは、両親を失って間もない頃に何度繰り返したかわからない言葉だ。

神様、神様、お願いします。どうか時間を戻してください。すり切れるほど胸の内で繰り返した願いは、けれど一度も叶わなかった。

馬鹿げたことを口走ってしまった自分にうんざりして目を逸《そ》らすと、視界の端で紳士が微笑んだ。それも無理です、なんてわかりきった答えが返ってきたら今度こそ席を立とう。足がもつれたって構うものか。やけくそ気味に考えていた貴文に、紳士は朗らかな声で言い放った。

「湯峰君がまだ生きていたときまで時間を戻せばいいんですね？　ですが、もう一度同じ時間を繰り返すのは苦しいですよ？　一週間や二週間時間を戻したくらいでは湯峰君は救えない。年単位の時間を遡ることになりますが、その覚悟は？　たった一人のために、貴方がここまで培《つちか》ってきた時間を無に帰すことができますか？」

次々とぶつけられる質問に目を丸くする。問いかけられれば答えを探すのは条件反射のようなもので、その一瞬だけ頭が冷静になった。

年単位で時間を遡れば、また一年間の司法修習を受けなければならない。その前に司法試験だ。さらに遡れば、合格率数パーセントという超難関の予備試験を受け直さなければ。あれをもう一度やり直すとなれば容易なことではないだろう。

でも、それがなんだというのだ。貴文は乾いた笑みをこぼした後、猛然と髪を掻きむしった。

「本当に湯峰が死なずに済むのなら、あと百回だってやり直せるに決まってる……！」

そんな奇跡を起こせるものなら起こしてほしい。子供の頃は叶わなかった夢だ。それができるなら、どんな困難に巻き込まれたって構わない。

呻《うめ》くような声で告げると、紳士の顔にぱっと笑みが咲いた。

「そこまで言ってもらえるなんて湯峰君も幸せ者だ。彼は他人に尽くすばかりだったようですが、貴方のように彼のために自分の人生を賭してくれる方もいたんですね。時間を戻せばここまで貴方が築いてきた成功がすべてふいになってしまうかもしれないのに。よかった。彼が他人のために使った最後の願いが、彼自身を救うなんて」

紳士の弾んだ声を聞いているうちに、なんだかおかしいと貴文も気づき始める。どうしてこの紳士はこんなにも喜色満面なのだ。時間を戻すなんて酒の席の戯言《たわごと》でしかないのに。まるで本当に、これからそれが起こるとでも言いたげに浮かれている。

戸惑いを隠せずにいると、紳士が感じ入ったように胸に手を当てた。

「その心意気には感心しました。ですが、貴方は少々酔いすぎているようだ。冷静な判断ができなくなっているのかもしれません」

時間を戻せなんて無茶なことを口走っている時点で冷静でないのは明白だ。何を今更と鼻白む貴文に、紳士は穏やかな口調で続けた。

「とはいえ私もそう何度もこちらに来られるわけではありませんから、一度だけ時間の巻き戻しをリセットできるようにして差し上げましょう。貴方が自ら命を断てば、その瞬間にこの時代のこの場所に戻れるようにしておきます」

「……命を？」

「その代わり、一度リセットしたらもう二度と過去には戻れません。それからもう一つ、過去に戻った貴方が粛々と日常を過ごし、再び今日という日を通過したら、その時点で時間の流れは固定されます。その後で自ら命を絶っても時間は戻らず、貴方の命が失われるだけですのでお気をつけて」

「ま……ってください、何……？」

相手の顔をまっすぐ見ているつもりなのに、勝手に体がかしいでしまう。泥酔に近い状態で紳士の言葉を理解するのは難しかった。

過去に戻ったとしても、一度だけすべてをリセットできる。それだけはなんとなくわかったが、そもそも時間を遡るなどどうやって。

俯いて頭を振り、もう一度顔を上げて、貴文は「え」と短い声を上げた。

唐突に、目の前にあったおでんの屋台が消えていたからだ。

顔を伏せるまで、自分は確かにおでんの屋台にいた。間違いない。それなのに、視線の先にあったのはおでんでもなければ屋台を囲う暖簾でもない。

目の前にあるのは噴水だ。貴文はベンチに腰かけ、広場の中心にある噴水を見ていた。しかも仕事帰りに飲んでいたはずなのに、辺りはまだ真昼の明るさである。

貴文は呆然と周囲を見回す。頭を動かしてみて初めて、直前までアルコールに浸されたように重かった頭や体が軽くなっていることに気がついた。すっかり酔いが醒《さ》めている。

もしかすると屋台で飲んだ後に前後不覚になって、近くのベンチで寝込んでしまったのか。そんなふうにも思ったが、目の前の光景にやたらと見覚えがあって眉根を寄せた。

広場の周囲は桜の木々に囲われ、その下をたくさんの人が通り過ぎていく。並木の向こうに見える建物は図書館だ。あっという間に記憶が蘇り、貴文は愕然《がくぜん》として目を見開いた。

(ここ……大学か?)

目の前に広がるのは、数年前に卒業したはずの大学構内だ。

伯父の法律事務所から大学までは電車を乗り継いで一時間以上かかる。電車に乗った記憶もないのに自分はどうしてこんな場所にいるのか。状況がまるで理解できずにうろうろと視線を動かして、自分が着慣れたスーツではなくジーンズを穿《は》いていることに気がついた。足元はスニーカーで、上着は黒のブルゾンだ。

(なんでこんな学生みたいな格好を……?)

そこまで考えたところで全身が強張《こわば》った。

この黒のブルゾンは、大学時代によく着ていたものだ。就職と同時に処分したはずのそれを凝視して、まさかと思いながら上着のポケットをまさぐる。中から出てきた携帯電話は、普段使っているものと機種が違った。でも見覚えがある。何代か前の古い型だ。

なおも目の前の現実を受け入れられず、震える指先で携帯電話を操作する。カレンダーのアイコンをタップして西暦を確認し、いよいよ天を仰いだ。

（四年前の数字に戻ってる）

画面の表示を信じるなら、現在は貴文が大学四年生の十一月だ。

信じられない。まさか本当に時間が戻ったとでもいうのか。動転しつつも視線を巡らせれば、傍らに置かれたリュックに目がいった。これも学生時代自分が使っていたものだが、とうの昔に処分したはずだ。恐る恐る中を探ってみると、教科書やルーズリーフの間から見覚えのある財布が出てきた。中には自分の名前と顔写真が印刷された学生証まで入っている。学生証は卒業時に大学へ返却し、本来手元には残っていないはずのものだ。

いよいよ過去に戻った可能性が現実味を帯びてきて口を半開きにしていると、携帯電話が短く震えた。メールが着信したらしい。ディスプレイを一瞥《いちべつ》して、ひっと喉を鳴らした。

表示されていたのは、湯峰の名前だ。

（湯峰、湯峰は死んで――死んでないのか。じゃあ、本当に俺は、過去に……）

震える指でメールを開く。この頃はまだ湯峰とつき合っていたのか。一体どんなやりとりをしていたのだったか。詳細を思い出すまでもなく、届いたばかりの文面が目に飛び込んでくる。

『ごめん。もう別れよう』

短い文面に殴り飛ばされ、危うく卒倒しかけた。

覚えている。この文章。湯峰から送られてきた別れのメールだ。これを最後に、貴文は湯峰とメールはおろか顔を合わせることもないまま大学を卒業したのだ。

これから四年後、湯峰は様々な不運に見舞われ命を落とすことになる。その運命を捻《ね》じ曲げるべく、自分はこれから全力で湯峰をサポートしなければいけないのに。

(なんでこのタイミングで過去に戻ってくるんだよ……!)

貴文は渾身《こんしん》の力を込めて携帯電話を握りしめる。

先行きの不安を予見するかのように、手の中でみしりと不穏な音がした。

＊＊＊

大学受験の当日、受験票をなくしたと思い込んでパニックに陥りかけた貴文だが、気持ちを立て直して試験に挑み、無事志望大学に合格することができた。

合格通知を受け取り一息ついた後、気になったのは湯峰のことだ。

　あの後も湯峰は、休み時間に何度か貴文に声をかけてくれた。にもかかわらず、貴文は参考書に顔を突っ込んでろくな受け答えもできなかった。受験票をなくした動揺を引きずってしまい、最初の科目でいくつか解答を間違えた自覚があったからだ。巻き返そうと必死になるあまり、恩人である湯峰に終始素っ気ない態度をとってしまった。

　自分の態度があまりにも失礼だったことに気がついたのは、試験が終わって会場を出た後のことだ。互いの連絡先など交換しているわけもなく、無礼を謝ることもできなかった。

　もう二度と会うこともないだろうと諦めていた貴文だったが、入学から数ヶ月が過ぎた夏休み明け、大学構内にある生協の前でばったり湯峰に出くわした。

　貴文は最初、黒いTシャツにジーンズを穿いてビラを配っているその人物が湯峰だと気づかなかった。足早にその傍らを通り過ぎようとしたが、タイミングよく胸の高さにビラを差し出されて反射的に手を出した。

　季節外れのサークル勧誘のビラだ。折り紙サークルと書いてあるが、延々折り紙でも折っているのか。どんな輩がこんなサークルに、と目を上げたらビラを手渡してきた相手も貴文を見て、目が合った瞬間互いに声を上げていた。

　もう会えないだろうと思っていた相手と再会できた偶然に息を呑み、次いでさっと顔から血の気が引いた。

　恩人に気づかなかったばかりか、差し出されたビラを横目に素通りしようとしたのだ。ひどく感じの悪いことをしてしまったのではないかとうろたえて声が出ない。

立ち止まったはいいものの何も言えずにいる貴文に、湯峰はにっこりと笑いかけた。

「久しぶり。前に試験会場で会ったよね？」

無言で首を縦に振る。だんまりでは愛想が悪すぎると頭ではわかっているが、とっさに言葉が浮かばない。慌ただしく周囲に視線を巡らせた貴文は、湯峰の背後にある生協に目を留め
「ちょっと待っててくれ」と言い残して店に駆け込んだ。

とにかく試験会場での礼をしなければと、目についた菓子を片っ端からカゴに入れて会計を済ませた。生協の入り口ではまだ湯峰が大人しく貴文を待っていたので、買ったばかりの菓子を押しつけた。

「試験会場では世話になった。ありがとう。あのときはろくな礼も言わず悪かった。これ、礼になるかわからないが……」

買い物をしている間になんとか言葉を掻き集め、礼と謝罪を一緒に口にする。

湯峰は驚いた顔で菓子の入った袋を受け取り、すぐに嬉しそうに目尻を下げた。

「ありがとう、こんなにたくさん。あ、半分こする？」

「いや、いらない」

「だって俺があげた分よりずっと多いよ」

固辞したものの湯峰は譲らず、なぜかその場で湯峰と菓子を食べる羽目になった。これでは

礼にならないと複雑な気分になったが、湯峰が楽しそうに笑っているので無下にもできない。貴文は相変わらずろくな受け答えができなかったが、湯峰は気にしたふうもなくあれこれ話題を提供してくれた。

大学に入学して以来、貴文は毎日昼休みを図書館で過ごしていた。それも一人で黙々と自習をするばかりで、こんなふうに誰かと休み時間を過ごしたのは初めてだ。

その日、入学以降初めてノートも参考書も開くことなく貴文は昼休みを終えた。

次の日も貴文は昼休みに生協の前を通りかかった。

何かを期待していたつもりもないが、自然と視線は生協の入り口に向かう。そこには昨日と同じくビラを配っている湯峰がいて、意識したわけでもないのに歩調が鈍った。

のろのろと歩く貴文に湯峰はすぐ気がついて、満面の笑みでこちらに手を振ってくれた。たった三回会っただけの相手だ。目が合ってもすぐ逸らされたって不思議ではなかったのに、旧知の友人に出会ったような親しげな笑みに驚いて、うっかり湯峰の前で足を止めてしまった。すかさずビラを渡されて、反射的にまた受け取ってしまう。

「……なんでこんな時期に部員募集のビラなんて配ってるんだ？」

昨日訊きそびれたことを尋ねると、「春先は配ってなかったから」と屈託なく返された。

「折り紙サークルのメンバーも年々少なくなってきたし、部の存続に危機を覚えた先輩たちが今からでも今年の新入部員を募集しようって言い出して。でも先輩たちバイトとかレポートで忙しそうだったから」

「それでひとりでビラ配ってるのか。湯峰も折り紙好きなのか？」

「嫌いじゃないよ」

好きに決まってる、なんて力強い答えが返ってくるかと思いきや、湯峰の返答は肩の力が抜けたものだった。

「先輩たちはピンセットまで使って緻密な作品を作ってるけど、俺は折り紙の本を見ながらなんとかかんとか折ってる感じ」

先輩たちが一メートル四方の紙を使い、折り紙というよりはほとんど立体作品を作っているのに対し、湯峰は部室の隅でツルやカメなど折っているという。折り紙に興味があるわけでもないのにサークルに入ったのは、湯峰いわく「ちょっとした縁があったから」だそうだ。

入学して間もない頃、財布を忘れて生協のレジで右往左往している男子学生を見かけた湯峰は、自分の買い物と一緒に相手の会計を済ませてやった。大した金額でもなかったのでそのまま立ち去ろうとしたが「ちゃんと返したい、礼もしたい」と相手に頼み込まれて部室棟に連れ込まれた。そこが折り紙サークルだったという流れらしい。

「その場でカメの折り方を教えてもらって、ついでに勧誘されて入部した」

「そんな流れで興味もないサークルに入部したのか？　お前、マルチ商法にはくれぐれも気をつけろよ」

わかった、と素直に頷いて、湯峰は笑顔で続けた。

「でも折り紙サークルは楽しいよ。部室は静かだし、先輩たちも過去問くれるし。よかったら今度、宇津井も遊びにおいで」

サークルどころかバイトもせず、同じ学部内での人間関係を築くのもそこそこに勉強ばかりしていた貴文だ。適当に相槌を打ってその場を離れたが、湯峰からもらったビラは捨てることなくカバンにしまった。

次の日も貴文は昼休みに生協の前を通ったが、そこに湯峰の姿はなかった。さすがに毎日ビラを配っているわけではなさそうだ。そのまま図書館へ向かったが、その日はあまり勉強に集中できなかった。

昼休みが終わり図書館を出た貴文は、再び生協へ足を向けた。

別に生協に用はないが、天気がいいから、とか、レポート用紙を買い足しておいてもいいし、とか、誰にするでもない言い訳をしながら歩く。そうこうしているうちに生協が近づいてきて、意味のないことをしている自分が急に恥ずかしくなり足を速めた。

本当に意味がない。自分で自分に言い訳をするのも、用もないのに生協に向かっているのも。

「あ、宇津井」

俯いて生協の前を通り過ぎようとしたら覚えのある声が耳を打った。反射的に顔を上げれば、ちょうど湯峰が生協から出てきたところだ。買い物でもしていたらしく、その手に新入部員募集のビラはない。

その顔を見たら、直前までごちゃごちゃと頭の中で絡まっていた言葉がほどけて消えた。まっさらになった頭で体が動くのに任せたら、ほとんど駆け寄るように湯峰のもとに向かっていた。

「もうビラ配りはやめたのか？」

買い物袋しか持っていない湯峰に尋ねると、「駄目元だったし、もうビラも切れたから」と未練もなさそうな笑顔で言われた。ふぅん、と返した声は我ながらつまらなそうで、慌てて咳《せき》払いでごまかす。

湯峰はそんな貴文を見て、「宇津井も折り紙サークルに入る？」と軽い口調で誘ってきた。

「……入らない。忙しい」

答えるまでに、少し間が空いてしまった。

忙しいのは本当だ。自分には在学中に予備試験に合格するという目標がある。サークル活動なんて遊びみたいなものに興じるために伯父たちに学費を出してもらっているわけでもない。

だから断るのは当然なのに、嫌がるように喉が締まって即答できなかった。

「そっか。でももし気が変わったら声をかけてね」

「学部も違うのに？　そう簡単に顔を合わせることもないだろう」

「だったら連絡先の交換しよう」

湯峰に促されて連絡先を交換する。

久しぶりにアドレス帳に新しい名前が加わった。湯峰と特別なつながりができたような気分になってそわそわしたが、ちらりと見えた湯峰のアドレスにはたくさんの名前が並んでいて冷静になった。

社交辞令的に誰とでも連絡先を交換するタイプか。だとしたら自分の名前もあの中に埋没して、一度も連絡のやり取りなどせず終わるのだろう。連絡先を交換しただけで親しくなれた気分になっていた自分が恥ずかしく、その日は言葉少なに湯峰と別れた。

湯峰と自分はタイプが違いすぎる。きっとこれ以上は関わり合いになることもない。

そう思いながらも、次の日も貴文は昼休みに生協の前を通った。サークルのビラはもうないと言っていたし、湯峰がそこにいないことはわかっていたのに。

それでも往生際悪く生協の入り口に視線を向け、目を瞠《みは》る。

生協前には、植え込みに腰かけてペットボトルの麦茶を飲む湯峰の姿があった。

夏休みが終わったばかりで、まだまだ残暑が厳しい時期だ。顎から汗を滴らせた湯峰は貴文に気づくと立ち上がり、頭の上で大きく手を振った。その手に握られていたのは新入部員募集のビラだ。

「昨日家に帰ってみたら、まだ少しビラが残ってたから配ってたんだ」

差し出されたビラを反射的に受け取っていた。これで三枚目だ。

湯峰の手に残っているビラはあと数枚。きっと今日中には配り終わって、今度こそ生協前で鉢合わせすることもなくなるのだろう。そのことを、ほんの少しだけ淋《さび》しいと思った。

入学から数ヶ月もすれば同じ学部内でも気の合う者同士が集まるようになって、未だに一人で過ごしているのは貴文くらいのものだ。勉強に集中するため自らそんな状況を作ったはずなのに、昼休みにほんの一言、二言湯峰と喋るのは意外なほど息の抜ける時間だった。それこそ、用もないのに生協前を何度も通って湯峰の姿を探してしまう程度には。

「……そんなに部員がいなくて困ってるのか？」

ビラに視線を落として呟く。目の端で、湯峰が笑みを浮かべたのがわかった。

「うん。だから宇津井、折り紙サークルに入ってよ」

昨日よりも少し強引な物言いだ。前日と同じく「忙しい」と断っても湯峰は引き下がらず「バイトでもしてるの？」と質問を重ねてきた。

「いや、勉強」

「もう後期試験の準備？」

「違う、司法試験予備試験の準備だ」

予備試験がなんだかわからなかったのか湯峰は一瞬きょとんとした顔をしたものの、すぐに身を屈《かが》めて貴文に耳打ちしてきた。

「だったら部室で勉強したらいいよ。先輩たちはいつも黙々と折り紙折ってて静かだし、テーブルも広いから。それに真面目な先輩が多いから、般教《ぱんきょう》の過去問とかもらえるよ」

急に湯峰の顔が近づいてドキッとした。いつもニコニコと笑っているので柔和な印象が強かったが、間近で見ると案外逞《たくま》しい体つきをしている。首から肩のラインも筋肉質だ。

「部室を自習室代わりに使ったらいい。図書館だと試験前は混むでしょ？」

心揺らぐ提案だった。忙しい、と切って捨てるのは憚《はばか》られ、窺うように湯峰を仰ぎ見る。

「本当に、自習室代わりに使っていいのか？　折り紙なんてツルくらいしか折れないぞ」

「俺も最初はそうだった。でも本とか動画を見ながらいくらでも覚えられるから。カメの折り方だったら俺も教えられるしね。俺も部室では折り紙折ってるより課題やってる時間の方が長いくらいだし」

思えば湯峰も半ば強引に入部させられただけで、別段折り紙に熱中しているわけではないのだ。そういう人間ものほほんと過ごせるようなサークルなら入ってみてもいいかもしれない。

「一年は俺一人だから、宇津井も入ってくれると嬉しいな」

懇願するようなその言葉が決め手になって、貴文は折り紙サークルに入部した。

半分は人助けをするような気持ちだったが、いざ入部してみたら湯峰は言うほど困ってなどいなかったことが判明した。確かに一年生は湯峰だけだが、他に四人いた先輩たちは各々自分の世界を持ち、下級生が部室で何をしていようが見向きもしない。貴文が折り紙なんてそっちのけで勉強をしていても完全放置だ。さらに言うなら、さほど熱心に新入部員を勧誘してすらいない。

後から聞いた話によると、先輩たちは勧誘のビラを作るだけ作って配ることを失念しており、気を利かせた湯峰が誰に言われるでもなくビラ配りをしていたというのが真相だったようだ。

だとしたら、湯峰はどうしてあれほど熱心に貴文を折り紙サークルに誘ったのだろう。

――もしかすると、孤立している自分を湯峰は放っておけなかったのではないか。

そんなふうに思うようになったのは一年の終わり、貴文がすっかり部室に入り浸るようになった頃のことだ。

図書館と違い部室は広々とテーブルを使えるし、先輩たちが折り紙を折る合間に雑談をする適度な騒がしさの中だと、自室で一人参考書に向かうよりも勉強がはかどった。

湯峰と一緒に行動することも自然と増えて、気がつけば湯峰の知り合いだという法学部の同級生からも声をかけられるようになっていた。

湯峰が声をかけてくれなければ、入学から一年近く経った今も自分は学内のどこにも居場所を見つけられなかったかもしれない。そう思うと、ひそかに湯峰に感謝した。

部室ではたびたび湯峰と一緒になった。湯峰は課題をしたり、先輩たちと折り紙を折ったり、本を読んだりして過ごす。合間に湯峰の携帯電話には頻繁にメールや電話がかかってきた。アドレス帳に登録されたたくさんの名前は伊達《だて》ではないらしく、同じ学部の同級生はもちろん、先輩や高校時代の友人からも連絡がくる。ときどきは『今から遊びに行かないか』という誘いもあったようだが、部室にいるとき湯峰はいつもそれを断った。

「……この後、何か用でもあるのか？」

同じテーブルで電話をしていた湯峰の声を聞くともなしに聞いてしまって尋ねると、折りかけの紙に指を伸ばした湯峰に小首を傾げられた。

「用ってほどでもないけど、今日は宇津井と一緒に帰るから」

「そんな約束してないだろ」

とっさに言い返してしまい頭を抱えたくなった。

確かに約束はしていないが、部室で一緒になると湯峰はいつも貴文と帰りの時間を合わせてくれる。自分からサークルに誘った手前、気でも使ってくれているのかと思って最初は遠慮したが、そのうち湯峰が自分を待っていてくれるのが当たり前になった。内心そのことを嬉しいと思っているのに、とっさに口をついて出るのはこんなつっけんどんな言葉ばかりだ。

けれど湯峰は、ツンケンした貴文の態度にも気分を害した様子がない。

「約束してないけど、そのつもりだったから」

「……勝手に決めるな」

「駄目だった？」

向かいの席に座った湯峰から顔を覗《のぞ》き込まれ、慌てて参考書に視線を落とした。

「駄目じゃない」

むしろ一緒に帰りたい。友達と他愛のない話をしながら帰り道を歩くなんて小学生以来だ。でもそんな子供っぽいこと気恥ずかしくて口にできない。長年友達らしい友達を作ってこなかったせいで、友人同士の当たり前の距離感や会話もすっかり忘れてしまった。

ちらりと湯峰の表情を窺うと「よかった」と笑いかけられ、また慌ただしく目を伏せた。こんなにたどたどしい人づき合いしかできない自分に、よく湯峰は愛想を尽かさないものだと思う。

「お前、俺といて面倒くさくないのか？」

小さな折り紙でせっせとくす玉のパーツを折っている湯峰に尋ねると、「なんで？」と不思議そうな顔を向けられた。貴文は口ごもって、シャーペンの後ろで参考書の隅を押さえる。

「気難しいだろ」

「宇津井が？　そうかな」

湯峰は小首を傾げ、真正面から貴文の目を見詰める。

湯峰の視線は一直線だ。無言で視線を注がれると、こちらの表情や仕草どころか腹の底まで覗き込まれているような気分になって落ち着かない。

「気難しいというか、俺以外の人と一緒にいるときは、宇津井はもう少し大人びた態度になるよね。法学部の人とか、うちのサークルの先輩たちとか」

「お前の前だとそんなに態度が悪かったか……？」

木で鼻をくくったような態度は誰に対しても変わらないと思っていたが、湯峰にだけ当たりが強かったということか。無自覚だっただけにうろたえていると、おかしそうに笑われた。

「態度が悪いっていうより、素が出る感じだと思ってた」

「それは、嫌じゃないのか……?」

「嫌じゃない。宇津井みたいなクールな人が他人に甘えるなんて貴重だから」

唐突に飛び出した『甘える』という言葉を理解しかねて沈黙した。自分がいつ湯峰に甘えた態度をとっただろう。つい口から飛び出てしまう棘《とげ》のある物言いを指しているのか。

他の人間に対しては、確かにもう少し穏便な言葉を選んでいるかもしれない。自分が不愛想すぎてすぐにその場の空気を悪くしてしまう自覚はある。

けれど湯峰は貴文が上手く受け答えできなくても嫌な顔一つしない。大らかに笑って相槌を打ってくれる。だから安心して口を開ける。

──これが甘えでなくてなんだろう。

気づいた途端、猛烈な羞恥に襲われ湯峰の顔を直視できなくなった。

「わ、悪い。気がつかなかった」

参考書に目を落とし、左手の小指で意味もなく本の角を弄《いじ》っていると「ほら」と笑われた。

「そういうところ、素が出てる感じがする。嫌じゃないよ、そのままでいて」

不愛想な態度を改めろと言われるかと思いきや、湯峰はそのままでいいと言った。貴文からどんなに素っ気ない態度をとられても動じなかったし、懐かない猫でも眺めるような顔でいつも楽しそうに笑っていた。

甘えていると思われるのは気恥ずかしかったが、長年の行動を変えることは難しい。それに、何もかもわかった上で自分の物言いを許してくれる湯峰のそばにいるのは心地よかった。

好きだな、と思った。

湯峰のそばにいられる穏やかな時間が。いや、湯峰自身が。

そう自覚したのは、湯峰と再会してから丸一年が経った頃のことだ。

最初は当然、戸惑った。友人に対して抱く好意にしてはやけに熱量が高いそれを持て余し、二年の後期はほとんど湯峰を避けて過ごした。だがそれも、湯峰から「どうしたの？」と心配顔で声をかけられるまでだ。

湯峰だって貴文から避けられていることくらい気づいていただろうに、その理由より様子の変わった貴文の方を案じている。そんな姿を見ていたら、胸にくすぶる感情に火がついた。

湯峰を好きだと思った。友人としてではない。どうにか目を逸らしてきた恋心に、正面から向き合わざるを得なくなった。

そのときまで、貴文はまともに恋をしたことすらなかった。遅咲きの恋は質が悪い。日増しに募り、湯峰に対する態度がどんどんぎこちないものになってしまう。三年に進級して前期試験を迎える頃には、これ以上湯峰への想いをごまかすことは難しいと思い詰めるまでになった。

前期試験が終われば長い夏休みが始まる。その前に、折り紙サークルのメンバーと飲みに行くことになった。

その年は湯峰が率先して新入生を勧誘してくれたおかげで新入部員も増えていた。遅ればせながら新人歓迎会も兼ねた飲み会で、二年の貴文と湯峰は幹事を任された。

勉強を理由に断るつもりだったが、自分が抜けると湯峰にかかる負担が大きくなりそうで、渋々飲み会に参加することになった。

それまで酒を口にする機会もなかった貴文は無茶な飲み方を強要されるのではと身構えていたが、先輩たちは居酒屋ですら折り紙を折り、静かに酒を飲み続ける。酔って騒ぐこともなければ後輩たちに酒を飲むよう強要することもない。隣では湯峰もニコニコと酒を飲んでいて、貴文も気負いを捨てて先輩たちと同じペースで初めての酒を口に運んだ。

先輩たちが黙々と量を飲む酒豪揃《ぞろ》いだったと気づいたのは飲み会の後、すっかり泥酔した状態で湯峰に介抱されたときのことだ。

「……湯峰、すまん。俺のことは置いて帰ってくれ」

夜も更けた公園のベンチに湯峰と座り、まるで呂律《ろれつ》の回っていない状態で訴える。「湯峰」と呼んだつもりが「ゆいね」になり、「すまん」と言ったつもりが「すあん」になっているのだからとんでもない。

湯峰は「こんな状態で置いていけるわけないよ」と苦笑して、コンビニで買ってきた水を貴文に手渡してくれる。他のメンバーは帰ってしまって、夜の公園に二人きりだ。ペットボトルの蓋すらまともに開けられない貴文の手からボトルを取り上げた湯峰は、蓋を開けてからもう一度水を手渡してくれた。甲斐甲斐《かいがい》しいことこの上ない。

一気に水を飲み干すと、ほう、と冷たい息が喉から漏れた。力が抜けて、隣にいる湯峰の肩に凭《もた》れかかる。

「宇津井、だいぶ飲んでたんだね。全然顔色が変わらないからこんなに酔ってると思わなかった」

肩に凭れかかられても湯峰は嫌がることなく笑っている。声に合わせて肩が揺れ、その優しい振動を感じていたら、喉の辺りからブワッと熱い呼気がせり上がってきた。

同性の自分に恋愛感情を抱かれていると知ったら、きっと湯峰はこんなふうに肩を貸してくれなくなるのだろう。当然だ。だから一生言えない。でも苦しい。

泣きそうだ、と思ったときにはもう泣いていた。

突然嗚咽《おえつ》を漏らし始めた貴文を見ても、湯峰は一切動じなかった。貴文と違い交友関係が広く、常からあちこちの飲み会に顔を出していた湯峰は酔っ払いのこんな奇行にも慣れていたのかもしれない。

「気持ち悪くなった？　コンビニで袋もらってきたから、吐いても大丈夫だよ」

ぐらぐらと安定しない体を支えるように、湯峰に肩を抱き寄せられる。ただの介抱だとわかっていても胸が詰まった。こんなのもう、好きが募っていく予感しかない。

湯峰の傍らにいる限り、一生苦しいままなのだろう。離れようとしても、湯峰から「どうしたの」と声をかけられればあっという間にこれまでの距離感に戻ってしまう。

いっそ振られた方がましな気がしてきた。そうすれば勉強にも集中できる。

酔っ払いの思考はときに乱暴で短絡的だ。告白が失敗したらどうなるかなんて不安は吹っ飛んで、湯峰の肩に頭を寄せたまま涙声で「好きだ」と告げていた。

その瞬間、湯峰がどんな顔をしたのか貴文は見ていない。べろべろに酔って、まともに顔を上げることもできない状態だったのだ。そうでなくとも虫に食われたフィルムのように、記憶は飛び飛びにしか残っていない。

告白を受けた湯峰は、「そっか」と意外にも落ち着いた声で言った。ような気がする。

あまりにも普段と変わらぬ声だったから逆に現実感を失い、夢でも見ている気分で泣きながら想いの丈を打ち明けた。多分、出会ってから今日に至るまで湯峰に抱いていた感謝の言葉も交じっていたと思う。詳しい内容は覚えていないが、最後に「つき合ってほしい」と言葉にした記憶はあった。それだけは覚えている。それに対して湯峰が返した言葉が、未だ耳の底に焼きついて離れないからだ。

「――うん。いいよ」

短い沈黙の後、湯峰は穏やかな声でそう言った。

退けられるとばかり思っていた自分の想いが受け入れられた。喜ぶべきところなのに、その瞬間にふっと酔いが醒めた。それまで自分の足が地面についているのか空に引っ張られているのかわからないくらいの泥酔ぶりだったのに、あの一瞬だけ正気に戻った。

好きだと打ち明け、つき合ってほしいと告げた自分に対して、湯峰は一言「いいよ」と言った。興奮も感動もない穏やかな声で。

俺も好きだよ、と続くことはなく途切れた声。

告白したことを後悔した。

湯峰は相手の気持ちを汲《く》み取る能力が恐ろしく高い。そして困っている人間に気づいたら最後、どうしたって放っておけない。

受験会場では自分のこともそっちのけで貴文に声をかけてきた。折り紙に興味なんてないくせに先輩たちの勧誘を断らずサークルに入り、一度部員となってしまえば炎天下に自ら新入部員勧誘のビラまで配っている。善人というより極度のお人好しだ。優しすぎる。

こんなふうに泣きながら告白などしたら、湯峰が無下に断れなくなってしまうことくらい簡単に想像がついたはずなのに。

失敗した、と思った。でもやっぱり、断られなくてほっとしてもいた。同情を逆手に取ったずるい自分を自覚しながら、思いがけず手の中に転がり込んできた幸運を必死で握りしめて湯峰とつき合い始めた。

つき合ってからも湯峰は変わらず優しかった。変わらなすぎて拍子抜けしたくらいだ。態度も行動も告白前と大差ない。せいぜい部室で二人きりになったとき意味ありげに目配せしたり、誰もいない帰り道で手をつないだりするくらいだ。

唯一変わったのは、湯峰が「好きだよ」と言葉にしてくれるようになったことだ。告白したときは聞けなかった言葉に最初は舞い上がったが、湯峰の声はいつも穏やかで、貴文が湯峰に告白したときのような熱を感じさせない。

もしかすると湯峰は、告白を受けた際に自分からは好きだと返さなかったことに後から気づいて、その埋め合わせをしてくれているだけなのかもしれない。そう気づいてからは用心深く湯峰の表情を窺うようになった。

自分に触れるとき、湯峰がほんの少しでも嫌悪の表情を浮かべたら別れを切り出そう。それくらいのことは覚悟していたのに湯峰はどこまでも優しくて、その本心をこちらに悟らせない。夜道で手をつなぐときの仕草だってごく自然だ。むしろ貴文の方が動揺して、湯峰の手をまともに握り返すこともできなかった。

つき合っている間、湯峰は何度か女子から告白を受けていた。相手は同じ学部の生徒だったり、バイト先の先輩だったりと様々だ。でも湯峰は「恋人がいるから」と誠実に告白を断った。手しかつなげない貴文を、それでもちゃんと恋人扱いしてくれた。

湯峰は優しい。同情で告白を受け入れた相手にも寄り添ってくれる。

つき合い始めて半年も経つ頃には、嬉しいよりも申し訳ない気持ちが募った。会話を重ねるうちに湯峰はこれまで女性としかつき合ったことがないこともわかって、ゲイでもないのに男の自分とつき合うなんてどれほど無理をしているのだろうと心配にすらなった。

せめて素面《しらふ》で告白していればよかったのだ。湯峰の優しさにつけ込んでしまった。わかっていながら別れを切り出すことができない。そんな自分の浅ましさに心底うんざりした。

湯峰は他人の心の機微に敏《さと》い。ふさぎ込む貴文にもすぐ気づいて、何度となく「どうしたの」と声をかけてくれた。

「何か気になることがあったら言って。してほしいことでもいいよ」

してほしいことならいくつもあった。そろそろ手をつなぐだけではなくキスがしてみたい。もっと恋人同士のように触れ合いたい。

言えば湯峰は善処してくれるだろう。わかっているから言えなかった。湯峰はいつだって相手の望みを容易に叶える。湯峰自身がそうしたいと思っているかいないかなど関係なく。

ただでさえ告白の仕方を間違えたのだ。もうこれ以上湯峰に無理を強いたくなかった。

四年に進級した貴文は、湯峰と会う時間を少しずつ減らしていった。五月から始まる予備試験の準備が忙しかったのもあるし、もっと恋人らしいことをしたいという願望が湯峰にばれてしまわぬよう警戒していたせいもある。

それなのに、澄ました顔の下から滲む貴文の欲望に湯峰は気づいてしまう。気づいてしまったら最後、放っておけないのが湯峰だ。

つき合い始めてから一年と少しが過ぎた秋、久々に部室で湯峰と顔を合わせた。別々に帰る口実もなく一緒に部室を出たら、いつの間にか雨が降りだしていた。

「宇津井、よかったらうちに来ない？　傘貸すよ」

そう言って湯峰は貴文を自宅アパートに誘った。

つき合い始めてからだいぶ経つが、湯峰の部屋を訪れたことはまだ一度もなかった。行ってみたいのはやまやまだが、二人きりになったら平静でいられる自信がない。一度は断ったが歩いているうちに雨が激しくなり、半ば押し切られる形で湯峰のアパートに上がり込んだ。

大学の徒歩圏内にある1Kのアパートは物が少なく、すっきりと片づいていた。

ラグを敷いた床に直接座り、壁際に置かれたベッドを背凭れ代わりにして湯峰の入れてくれたインスタントコーヒーを飲んだ。最初こそ緊張しきって湯峰の顔をまともに見ることもできなかったが、湯峰は部室にいるときと変わらぬ調子でお喋りをしてくれる。

湯峰とは距離を置こうとしていたのに、そばにいられればやっぱり嬉しい。最初の緊張もいつの間にかほぐれ、下らない話で盛り上がった。

他愛のないお喋りと肩がぶつかる距離が嬉しくて、いつもより浮かれていた自覚はある。ふと会話が途切れ、至近距離で湯峰と目が合った。

とっさに目を逸らしたが、頬が見る間に赤くなるのを隠せなかった。

自宅に招かれたからといって期待なんて何もしていない。そう見えるように必死で振る舞っていたのに台無しだ。意識していない振りをしていたのがばれてしまう。

そんな反応をしてしまったからだろう。湯峰の手が伸びてきて、そっと頰に触れられた。

「宇津井、まだしばらく忙しい？　最近あんまり会えてなかったけど」

指先で頰を撫《な》でられ、思わず湯峰の方を向いてしまった。今までで一番距離が近づいた瞬間だったかもしれない。湯峰から目を逸らせないまま、微《かす》かに唇を動かして答える。

「た、短答式試験と論文式試験の結果は出たけど、来週……口述試験、だから」

「それが終わったら少し落ち着く？　そうしたら、二人でどこかに出かけようか」

俺もそろそろ卒論の準備始めないと、なんて言いながら湯峰は貴文の頰を撫で続ける。無理をしているようには見えない表情で、湯峰も自分に想いを寄せてくれているのではないかと勘違いしてしまいそうな優しい手つきで。

「宇津井、どこか行きたいところある？　したいこととか」

ある、たくさん。もっとお前と一緒にいたい。もっと恋人同士みたいなことがしたい。

そんな言葉が胸に浮かんだが、口には出さずに呑み込んだ。でもきっと顔に出ていたのだろう。親指の腹でゆっくりと頰をなぞられたと思ったら、ごく自然な仕草で身を倒した湯峰にキスをされていた。

これまで手をつなぐのがせいぜいだったのに、前触れもなくキスなどされて仰天した。

もっと恋人同士のようなことがしたいとは思ったが、口に出して頼んだわけでもないのに。それとも言葉にせずとも伝わってしまうくらい、よほど物欲しそうな顔でもしていたのか。

こちらの願望を読まれたのだと思ったら羞恥で湯峰の顔を見返すことができなくなった。俯くと、挨拶でもするような軽やかさで額にもキスを落とされる。

「ごめん、宇津井がなかなかしてほしいこと言ってくれないから」

先んじて行動を起こしてくれたということだろうか。でもそれは、湯峰自身がしたいことだったのだろうか？

初めて他人と唇を重ねた衝撃から立ち直れないうちにもう一度キスをされた。ゆっくりと体重をかけられ、背後のベッドに背中を押しつけられる。急展開についていけず、貴文は慌てて湯峰の胸を押し返した。

「ま……待った！　湯峰、おま、お前……っ」

斜め上からこちらを覗き込んでくる湯峰の顔を直視できない。きつく目をつぶり、湯峰に告白をしてからずっと胸にわだかまっていた疑問を吐き出した。

「お前、本当に俺のことが好きなのか……⁉」

多分違う。たとえ恋愛感情を抱いていなくても、泣いて告白してきた相手を振るなんて優しい湯峰にはできなかったはずだ。もういっそ本当のことを言ってくれと身を硬くして返答を待っていると、ゆっくりと湯峰の体が離れた。

恐る恐る目を開くと、湯峰が眉を下げてこちらを見ていた。

「好きだよ。今までも、何度も言ったと思うけど」

「言われた、けど、好きにもいろいろ種類があるし……」

「俺はずっと恋人として宇津井と接してきたつもりだったけど、伝わらなかった？　それとも、信じられなかった？」

「それは、だって……」

どうやって信じればいいというのだ。自分に湯峰を惹《ひ》きつけるようなものがあるとは思えないし、それならば生来のお人好《ひとよ》し気質をいかんなく発揮した湯峰がこちらの告白を断りきれなかったと思う方がよほど腑《ふ》に落ちた。

俯いて黙り込む貴文に、湯峰はぽつりとこう言った。

「……宇津井は俺に、どうしてほしかったの？」

してほしいことならたくさんある。でもこれ以上湯峰の優しさにつけ込みたくない。

問いかけに答えられないまま、逃げるように湯峰のアパートを飛び出した。傘を借りるまでもなく、すでに雨はやんでいた。

それから口述試験が終わるまでの二週間、湯峰からは一度も連絡がなかった。いつもは三日にあげず他愛もないメールを送ってくれるのに、こんなに長いこと連絡がないのは初めてだ。

落ち着かない気分で試験を終えた貴文は、思いきって自分から湯峰に連絡を入れようと決意した。

ただでさえ無理につき合ってもらっているのにこれ以上湯峰の時間を奪うのは申し訳ないと思いこちらからの連絡は控えていたが、最後に湯峰に尋ねたかった。同情でもなんでもなく、本当に一欠片《ひとかけら》くらいは自分に対する恋心があったのか。嘘《うそ》偽りなく答えてほしい。

どんな言葉でなんと送ろう。悩んで何度もメールを下書きした。

『ごめん、もう別れよう』と湯峰からメールが届いたのは、そんな矢先のことだった。

＊＊＊

「あら貴文《たかふみ》君、今日は随分ゆっくりなのね」

朝、玄関先で靴を履いていたら背後から伯母に声をかけられた。

四年ぶりの大学構内を散策するつもりで一コマ目の授業が始まるよりだいぶ早く家を出ようとしていた貴文はぎょっとする。この時間でゆっくりだなんて、何か他に予定があっただろうか。

(……そういえば、いつもは授業の前に部室で勉強してたんだっけ?)

家より集中できるからと、授業が始まる一時間以上前に大学に到着していたような気もする。

たかが四年前のことなのに、案外忘れていることが多い。

天使を名乗る謎の紳士に声をかけられ、時間を飛び越え学生時代に戻ったのが昨日のこと。一夜明けても現実離れした状況は変わらず、貴文は今なお大学四年生のままだ。

「予備試験も終わったし、少しゆっくりするといいわ」

おっとりと微笑《ほほえ》んだ伯母にぎこちなく笑い返し、行ってきます、と家を出た。

駅に到着した貴文は電車に乗り込むと、ガラス窓に映る自分の顔を眺めた。

（……少し若い、か？）

四年しか経《た》っていないのでそれほど大きな変化はないが、頬の辺りが若干ふっくらしているように見える。

自分の顔を眺めていても過去に戻ったという実感は湧かないが、伯父も伯母も自分をごく当たり前に学生として扱ってくるこの状況では認めざるを得ない。

（よりにもよって湯峰《ゆみね》に振られた日に戻ってくるなんてなんの嫌がらせかと思ったけど、予備試験が終わってたのは幸いだったな）

結果発表はまだ先だが、貴文が過去に戻ってきた時点ですでに試験は終わっていたのだから合否はもう確定している。合格だ。

司法試験は来年の五月なので、それまで湯峰と向き合う時間がとれるのはありがたい。試験の内容もうっすらとだが覚えているし、何より自分は昨日まで現役の弁護士として働いていたのだ。卒業式後に勉強を始めても十分間に合う。

問題は、湯峰だ。

湯峰から別れを告げるメールが来たのが昨日の昼。過去の自分はこの文面を見て、やはり湯峰はずっと無理をしていたのだと思い知った。

最後に会った晩、貴文の望みを汲《く》み取る形でキスまでしてやったというのに拒絶されたのだから湯峰はさぞ面白くなかったことだろう。別れを切り出されるのも当然だ。

そうは思ってもやはりショックは相当なもので、過去の自分はこのメールに返信をすることすらできなかった。

しかし、今はあのときと状況が違う。メールを見た貴文はその場で湯峰に電話をした。幸い着信拒否にはされていなかったが湯峰は電話に出ることなく、もう一度かけ直してみたときにはもう電源が切られていた。

焦った貴文はすぐに『もう一度会いたい』とメールを送った。電源を切っているのならどうせすぐには見ないだろうと続けて次々送信する。

『直接会って話がしたい』『もう一度だけでいい』『頼む』『返事をしてくれ』

必死になる自分を見苦しいなんて思っている余裕もなかった。放っておいたら湯峰は死ぬ。

確かに来るその未来を、自分だけが知っている。

帰宅途中も何度か電話をかけ、自宅に戻ってからも短いメールを送った。

湯峰からは一向に反応がなく、こうなったらもう湯峰のアパートに押しかけるしかないと思い始めた深夜、ようやく湯峰からメールが来た。明日、学校でなら会ってくれるという。

返信を喜んだのは一瞬で、学校か、と唸《うな》ってしまった。さすがに衆目の前で湯峰に「別れないでくれ！」と縋《すが》りつくのは難しい。

（……場所を学校に指定したのは、込み入った話をさせないための牽制《けんせい》だろうな）

電車に揺られながら唇を噛《か》む。湯峰はもう、貴文と別れる意志を覆す気がないのだ。だとしても、もう一度会ってくれるだけありがたい。未来を変えるための方法はまだ具体的に思いついていないが、とりあえず湯峰とコンタクトがとれないことには始まらないのだ。

（それにしても、なんでこんな昔まで戻されたんだ……？）

自分が過去に戻ってきたと理解した後、真っ先に考えたのはそれだった。

湯峰の死を阻止するだけなら、湯峰が倒れる前日に戻してくれても十分事足りそうなものだ。それなのに四年も前に戻される理由がわからない。単純にあの紳士が自分を過去に戻す際に目測を誤ったのか、それとも何か理由があるのか。

湯峰が亡くなったことを連絡してくれた同級生によると、大学の先輩に泣きつかれブラック企業に就職した湯峰は、父親が病死したのを機に一度実家へ戻っている。その後母親も事故で亡くし、実家の借金が発覚して、会社を畳み、友人の借金の連帯保証人になって、最後は再びブラック企業に戻り過労で倒れるのだ。

この流れのどこを変えれば湯峰は死なずに済むのだろう。

(とりあえず、ブラック企業に就職するのを阻《はば》めばいいのか?)

湯峰が実家を継いで家族のそばにいれば、父親の不調にも、工場の経営不振にだってすぐ気づくのではないか。万事解決、と思ったが、貴文はすぐにその考えを打ち消した。

(いや、相手はあの湯峰だぞ? 泣きついてきた先輩とやらを追い返したところで、また似たような輩《やから》に言い寄られてもっとブラックな会社に転職しかねないんじゃないか?)

どんな環境に置いたところで、他人の厄介事を自ら引き受けようとする湯峰の気質は変わらないだろう。だとしたら変えるべきは就職先ではなく、湯峰の考え方自体ではないか。

とはいえ染みついた他人の習性を変えるなんて一朝一夕で成し遂げられることではない。

(……だから四年も前に戻ってきたのか?)

一度や二度の忠告で終わらせるのではなく、四年間みっちり湯峰に寄り添い、湯峰が道を踏み外しそうになったら体を張ってでも自分が止める。それくらいしか湯峰の未来を変える方法などないのかもしれない。

(だとしたら、絶対にここであいつとの縁を切っちゃいけないんじゃないか……?)

過去に戻ってきたはいいものの、やり直せるチャンスは一度限りだ。今後の自分の行動に湯峰の運命がかかっている。

これはもう、泣いて縋りついてでも湯峰との関係を継続させよう。そう意気込んで大学へ向かった貴文だが、事態は思ったよりも深刻だった。

湯峰が待ち合わせ場所に指定してきたのは昼休みの学食だ。

貴文は早めに学食に来て湯峰を待っていたが、昼休みが始まってから十五分が過ぎても湯峰は現れない。時間に正確な湯峰にしては珍しいことで、はたと嫌な予感に思い至った。

（まさかすっぽかすつもりじゃ……。え、俺、そこまで嫌がられてるのか？　あの湯峰に？）

やはり押し倒されたときに拒んだのがよくなかったか。湯峰のプライドを傷つけてしまったのかもしれない。そんなことを悶々《もんもん》と考えていたら、ふっとテーブルに影が落ちた。

人の気配に顔を上げ、貴文は鋭く息を呑《の》む。傍らに立っていたのは、肩からカバンを下げた湯峰だった。

うわ、と声を上げそうになった。未来からやってきた貴文の体感では約四年ぶりの対面だ。

懐かしさに胸がよじれる。見上げるほどの長身に一瞬身構えてしまうものの、見遣《みや》った先にあるのは目尻の下がった優しげな顔だ。目元にさらりとかかる髪は薄茶色で、瞳も同じく明るい茶色。宇津井《うつい》、と貴文を呼ぶ声はいつだって穏やかで優しかった。

（ああ、湯峰だ――……）

大学を卒業し、弁護士になった後も湯峰とは一切連絡を取っていなかった。もう二度と会うことはないだろうと思っていたし、実際二度と会えない状況に陥ったはずの男が目の前にいる。

生きている。でも近く失われる。湯峰のいない世界を自分は知っている。

しばし不思議な感覚に浸っていたが、こちらを見下ろす湯峰の顔を見て我に返った。

湯峰は眉間に皺《しわ》を寄せ、唇を真一文字に引き結んでいた。

常になく険しい表情に怯《ひる》みそうになったが、しつこいくらいメールを送ってようやく会ってもらえる運びになったのだ。貴文も立ち上がり、空いていた向かいの席を指し示した。

「無理に呼び出して悪かった。とりあえず、座ってくれるか？」

促されてもなお逡巡《しゅんじゅん》するように視線を揺らす湯峰を見て、貴文は体の脇に手を添え「頼む」と頭を下げた。

社会人になってから身につけた最敬礼だ。改まりすぎたのか、湯峰がたじろいだように後ずさった。近くの席に座っていた学生たちまでちらりとこちらを見て、湯峰もそれに気づいたのか黙って向かいの席に腰を下ろす。無駄に注目を集めたくなかったのだろう。

席についてくれたことにほっとしたが、湯峰は明らかに硬い表情で貴文とろくに目を合わせようともしない。すぐにもこの場から立ち去りかねないその様子を見て、早々に本題を切り出すことにした。

「昨日のメールのことなんだが……」

周りには他の生徒たちもいる。別れるだなんだという具体的な言葉を続けられずに口ごもると、湯峰の顔に緊張が走った。

「……あれ以上、俺から宇津井に対して言うことはないよ」

小さな声で、でもきっぱりと湯峰は言った。もうこちらの顔も見たくないのか視線が合わない。微《かす》かに眉が寄った表情は苦しげで、強張《こわば》った肩も相まって貴文と一緒にいるのは不快だと全身で訴えている。

そんな湯峰の姿を眺め、つくづくと思った。

（……年を取ってよかったな）

もし大学四年生の自分が湯峰のこんな姿を見ていたら、心臓が粉々に砕けていたかもしれない。やっぱり会わなければよかったと後悔して、ろくに会話もできないまま終わっただろう。

しかし社会人になって世間の荒波にもまれるうちに、柔《やわ》かった自分の心もいくらか鍛えられていたらしい。特に弁護士なんて、金と人間関係が絡んだ修羅場を連日目の当たりにする職業だ。余裕を失った依頼人から理不尽に怒鳴られたり罵倒されたりするのは日常茶飯事で、それに比べたら湯峰の拒絶なんて可愛《かわい》いものだった。

（そもそも、こいつのプライドを傷つけた俺が悪いんだもんな。こうやって会ってくれただけでもありがたい。やっぱり湯峰は優しいんだな）

とはいえ、人当たりのいい湯峰がこれほど他人を拒むなんて尋常ではない。こんな状況で、自分は未来からやって来た、などと告げても受け入れてもらえないだろう。むしろ何を企《たくら》んでいるのだと警戒を強められかねない。

貴文はテーブルの上で軽く手を組むと、努めて穏やかな声で言った。

「わかった。その件については了解した。今まで俺の我儘《わがまま》につき合ってくれて、ありがとう」

伏し目がちにしていた湯峰が目を見開いた。ゆっくりと顔を上げ、驚きと困惑が入り混じった表情でこちらを見る。

「我儘なんて……」

言いかけて、湯峰は砂でも噛《か》んだかのように顔を歪《ゆが》めた。とっさにフォローしようとしたものの、これまでの貴文の行動を思い出してやっぱりできないと思い直したのかもしれない。

これは本格的に前途多難だぞと内心焦り、貴文は口早にまくし立てた。

「でも湯峰、俺はお前との関係を完全に断ち切りたくない。お前にはさんざん我儘を言ったけど、もう心を入れ替えた。頼むからこの先も、俺と友達でいてくれ……！」

テーブルに額を打ちつける勢いで頭を下げる。大げさな行動に驚いたのか、それまで一本調子だった湯峰の声に、初めてうろたえた響きが交じった。

「う、宇津井……どうしたの、みんな見てるよ」

どんなに冷淡に振る舞ってみても、こうして縋りつかれれば湯峰は他人を切り捨てられない。狡猾《こうかつ》になれ、と貴文は己を奮い立たせる。湯峰の未来を変えられるのは自分しかいない。離れるわけにはいかないのだ。

（どんな言葉を投げかければ、この優しい男をつなぎとめられる？）

瞬《まばた》きの間に様々な言葉を頭に並べた貴文は、ガバリと顔を上げると引き絞った弓を放つように狙いすまして言葉を放った。

「お前以外、友達らしい友達なんて俺にはいないんだ。ずっと勉強ばっかりで、ろくな人間関係を築いている余裕もなかったから」

湯峰は困っている人がいると放っておけないし、自分から面倒事に首を突っ込んでいくところがある。そして何より情に脆《もろ》い。根っからの善人。その良心につけ込むことにした。

「お前にまで手を離されたら、また一人だ」

なりふり構ってなんていられない。わざと湯峰の罪悪感を煽《あお》るような言葉を口にした。

案の定、湯峰の顔に迷いが過《よぎ》った。ここで自分が貴文を見捨てたらどうなってしまうのだろう。そんなことを考えているのが透けて見える。

そういう性格だから将来悪人につけ込まれるんだぞ、と膝詰めで説教をしたいところだが、今はその人の好さに貴文自身がつけ込むのが先決だ。

「これまでみたいなつき合いをしてくれとは言わないから、せめて電話に出てくれ。メールも、できればたまに返事をしてくれると嬉《うれ》しい。頻繁には連絡しないから」

電話やメールのやり取りができるだけでも状況は違ってくるはずだ。将来自分が弁護士になったと知れば、もしものときに湯峰から相談を持ちかけてくれるかもしれない。

とにかく縁を切られたくない一心で、息すら詰めて湯峰の返答を待つ。

湯峰は困り果てた顔で貴文を見返し、最後は根負けしたように小さく息を吐いた。

「……わかった。友達に戻ろう」

「本当か！」

「宇津井からの電話とメールに応えればいいだけの話でしょう？　だったら、別に……」

それぐらいなら許容範囲ということか。

「電話とメールだけじゃなく、学校で会ったら俺から声をかけてもいいか？」

「それはもちろん、友達なんだし……」

「心が広くて助かる……！」

組んだ両手を額に押し当て、拝むようにして呻《うめ》く貴文を見て湯峰が目を丸くした。

「……宇津井、何かあった？」

湯峰が何に驚いているのかはわかっている。学生時代の自分は——いや、弁護士になってからも、こんなに感情をあらわにすることがなかった。

でも今は違う。

「今、人生をやり直してる真っ最中なんだ」

湯峰が不可解そうな顔でこちらを見る。詳しいことを説明することはできない。したところで土台信じてもらえるような内容でもない。

誰に信じてもらえなくても、わかってもらえなくてもいい。自分はただ、湯峰の人生を途切れさせないためだけにひっそりと立ち回るのだ。

そのためなら、二回目の自分の人生なんて多少崩れても歪んでも構わないとさえ思った。

昨日の夕飯のメニューは思い出せても、一昨日《おととい》となると疑わしい。

一週間前ともなるともっとわからない。記憶なんて曖昧だ。川底の砂のように、絶えず流れる時間に浚《さら》われ、流れて、消えてしまう。

いわんや四年前の日常生活など、どうして覚えていられるだろう。

（昼休みに図書館通いをしてたのは、一年の頃だけだっけ？）

四年の時間を飛び越え、貴文が学生時代に戻ってきてから今日で一週間。午前の授業もないのに昼前に大学へやってきた貴文は、うろうろと構内を歩き回る。

（予備試験が終わった後、卒業まではどう過ごしたんだったか……）

卒業まで半年を切った十一月ともなれば、授業はゼミくらいしか入っていない。貴文の通う大学では法学部の学生に卒論の提出が課されていないし、この時期は黙々と司法試験の勉強をしていたような気もする。

（卒業間際はずっと家で勉強してたような気もするんだよな……。学校だと湯峰と鉢合わせするかもしれないから、とか考えてたんだっけ？）

記憶が曖昧なのは、湯峰に振られたショックで呆然《ぼうぜん》自失だったせいもあるかもしれない。

歩き回っているうちに昼休みになり、講義棟から学生たちが出てきた。

貴文はまず学食へ向かい、湯峰の姿がないことを確認してから部室に移動する。しかしここにも湯峰はおらず、今度は図書館へ足を向けた。ロビーに湯峰がいるかもしれない。

この一週間、貴文は湯峰がいそうな場所に足しげく通って湯峰との接触を試みていた。メールで『今どこにいる?』と尋ねてしまえば話は早いが、あまりしつこくすると今度こそ音信不通になってしまう。偶然を装い湯峰に会うべく、広い構内を無駄に歩き回っていた。

さんざん歩いて昼休みも半分を過ぎる頃、ようやくカフェテリアに湯峰の姿を見つけた。窓際のカウンターテーブルで二人組の男子学生と話し込んでいる。

貴文は迷わず店に入るとコーヒーを買ってカウンター席に向かった。

空いていた湯峰の隣の席に腰を下ろし、いかにも今気がつきましたというふうに声をかける。

「あれ、湯峰?」

湯峰は貴文がカフェテリアに入ってきたことに気づいていなかったようで、驚き顔でこちらを見た。その向こうにいた男子二人が、誰? と言いたげに湯峰に視線を向けている。

貴文は湯峰とお喋《しゃべ》りをしていた二人に営業用の笑顔で会釈をする。他人と必要最低限の接触しかしてこなかった学生時代ならできなかった応対だ。そもそも学生時代は湯峰が他の誰かと一緒にいたら声すらかけられなかった。

貴文は湯峰に視線を戻すと、「商学部の友達か?」と尋ねる。ぎこちなく頷《うなず》いた湯峰の手元には、過去問のコピーらしきものがあった。

「もう試験勉強始めてるのか。商学部ってこの時期でもまだ必修の授業残ってんの？」

大変だなぁ、と心底同情した口調で言うと、湯峰の向こうに座っていた二人が苦笑を浮かべた。

「いや、必修じゃなくて般教《ぱんきょう》。俺ら去年単位落として、卒業ぎりぎりだから」

「そうなんだ？　般教だったら足りない過去問あったら言って。俺も持ってるかも」

にこやかに声をかけると、二人とも少し砕けた表情になった。

「大丈夫、過去問なら大体湯峰が網羅してるから。他の学部にも顔見知り多いし」

それもそうかと頷くと、一人が貴文の顔を覗《のぞ》き込み「何学部？」と尋ねてきた。

「俺は法学部」

「へえ、湯峰って法学部にまで友達いるんだ。何つながり？」

「湯峰とサークル一緒なんだ。折り紙サークル」

「そんなマイナーな部に法学部の奴《やつ》とかいるんだ？」

「折り紙折るのに学部関係ないだろ？」と貴文は肩を竦《すく》める。

二人は折り紙サークルに興味津々らしく、「なんか折って」と貴文に頼んできた。仕方ないのでもらったばかりのレシートを正方形に切ってツルを折る。が、途中で手順を間違えた。

「あれ？　羽が広がらない」

「折り紙サークルのくせにツル折れてないじゃん！」

湯峰の連れ二人に遠慮なく笑われ、貴文も苦笑するしかない。

学生時代は部室に入り浸っていたが、ほとんど自習室代わりに使っていただけでろくに折り紙なんて折っていなかった。それでもあの頃はツルくらい折れたはずなのだが。

そんなことをしているうちに昼休みが終わり、この後授業があるという二人はカフェテリアを出て行った。二人に手を振りながら、貴文は湯峰に尋ねる。

「湯峰はこの後、授業ないのか?」

ないけど、と答えて振り返った湯峰の顔には、探るような表情が浮かんでいた。

貴文が他の二人と喋っているとき、湯峰は一切口を開かなかった。急に話に割り込んできた貴文を不愉快に思っていたのだろうか。

どぎまぎしてコーヒーを飲んでいると、途中まで折られたツルに湯峰が指を伸ばした。

「いい?」と問われ、慌てて頷く。湯峰は畳まれたレシートを丁寧に開き、ここ、と言った。

「内側に折り込む場所が上下逆になってる。だから羽が開かなかったんだよ」

「あ、そうか。そうだった気もする」

「部室で初めてツルを折ったときも、同じように間違えて折ってた」

丁寧に紙を折る湯峰の指先に目を奪われ、そうだっけ、と生返事をした。

喋りながらも湯峰の長い指先はするすると器用に動いて、端のずれた折り目を正し、あっという間に端整なツルが誕生した。

貴文はレシートの切れ端で作ったそれをそっと摘まみ上げる。湯峰が折ったものだと思うと貴重に思え、もらっていいかと尋ねるつもりで顔を上げたら互いの視線が交差した。

「宇津井、なんだか急に社交的になったね？」

湯峰の顔にはほとんど表情がない。警戒しているようにも見える。

無理もない。湯峰の知る貴文は極力他人と接点を持たず、黙々と勉強に打ち込む人物だったはずなのだから。同じ法学部の同級生から事務的な用事で声をかけられたときでさえ若干煩わしげな顔をしていたのに、名前も知らぬ他学部の学生に気安く声などかけ始めたのだから違和感しかないのだろう。

社会に出て接客など続けていれば嫌でもこれくらいのやり取りはできるようになる。胸の内だけでそう返して、貴文は掌《てのひら》にツルを載せた。

「ちょっと必要に迫られてな」

「……必要？」

「じゃなかったら、保険みたいなもんか」

湯峰だけでなく、その周囲の人間とも連絡先を交換する程度の関係を作っておきたかった。そうすれば卒業後、万が一湯峰から一方的に連絡を絶たれても、伝手《つて》を辿《たど》って近況を知ることができる。

どこでどんな人脈が役に立つかわからない。だからここ数日、貴文は湯峰と遭遇すると必ずその近くにいる湯峰の知人たちにも声をかけるようにしていた。

不可解そうな顔をする湯峰に、貴文はそれらしい説明を加えた。

「今のうちに知り合いを増やしておけば、弁護士になったときすぐにセールスができるだろ」

わざとらしく真面目な顔を作って言い返すと、湯峰に目を丸くされた。

「弁護士が自分からセールスをかけるの？」

「次世代の弁護士はそれくらいのことするんだよ」

「そうなんだ……？　そういえば、予備試験終わったんだよね。結果は？」

「合格発表は来週だけど、大丈夫だと思う」

すでに結果は知っているので貴文も落ち着いたものだ。

前回のこの時期は食事も喉を通らないほど緊張していた。一気に体重が落ちた記憶がある。それとも食事ができなかったのは、湯峰に振られたショックからだったか。

いろいろなことを忘れている。でも、目の前にいる湯峰の顔は記憶とぴたりと重なってぶれがない。別れてからの四年間、意識的に湯峰の顔を思い出さないようにしてきたのに。

カウンターに肘をついて湯峰の横顔に見惚《みと》れていると、湯峰もこちらを向いた。目が合って、少し困ったような顔をされる。

「今日は勉強しないの？　いつもは椅子に座るなり勉強道具を取り出すのに……」

「ん？　ああ……。うん、そうだったな」

コーヒーカップから立ち上る湯気と一緒に、ゆっくりと昔の記憶が蘇《よみがえ》る。

湯峰と一緒にいるときは、いつも参考書に顔を突っ込んでいた。部室にいるときはもちろん、こんなふうにカフェテリアやファミレスで二人きりで過ごしているときでさえ。

勉強が忙しい以上に、湯峰と向かい合うと顔が赤くなってしまってまともに見返すことができなかった。目が合ったら、きっと言葉にせずとも好きだと思う気持ちが溢《あふ》れてしまう。

湯峰はもともとゲイではないし、男から露骨な好意を寄せられても気味悪がられるだろう。生々しい恋愛感情をぶつけたら引かれてしまう。

湯峰に嫌われたくない、迷惑をかけたくない。考えるのはそればかりで、頭も体もろくに動かなかった。でも、今は違う。

（湯峰に嫌われようと迷惑がられようと構わない。生きてくれればなんだっていい）

四年後、湯峰は過労で倒れる。出勤の支度をしている途中に、一人暮らしのアパートで。

勤務先は始業時間を過ぎても湯峰が出勤してこないことを不審に思い、湯峰の自宅に連絡をしたが、無断欠勤くらいにしか考えていなかったのだろう。丸二日連絡が取れなくなってようやく警察に連絡がいき、湯峰は死後三日経ってから発見された――らしい。電話口で同級生から聞いた話なので、貴文もさほど詳しいことを知っているわけではない。

一人暮らしのアパートで、周囲に助けを求めることもできぬまま死を迎えた湯峰の姿を想像すると胸が潰れそうになる。両親を亡くし、工場も手離し、他人の借金を抱え、誰に看取《みと》られることもなく一生を終えるなんて、湯峰にはそんな最期を迎えてほしくない。

戸惑い顔の湯峰をとっくりと眺め、貴文は目を細めた。

「友人の息災な姿に見惚れてるんだ」

「……俺のこと?」

「他に誰がいる」

湯峰はわけがわからないと言いたげに眉を寄せたものの、満足げに笑う貴文を見て毒気を抜かれたのか、最後はふっと笑みをこぼした。

「変なの」

息を呑む。久々に湯峰の笑顔を見た。この一週間、隙あらば湯峰の前に顔を出していたが、湯峰はいつも戸惑ったような顔で、ろくに笑ってくれることすらなかった。

喉の奥から歓喜とも懐かしさともつかないものがせり上がってきて、貴文はぐっと唇を噛んだ。

(ああ……まだ好きだ)

涸《か》れ井戸の底からじわりと水が滲《にじ》み出てくるように、湯峰に対する恋心が胸の底を湿らせる。滾々《こんこん》と湧き出る想いを押し戻すことは難しい。だが、もう一度恋人になってほしいなんて口が裂けても言えない。言えるわけがない。断られたら今度こそそばにいられなくなってしまう。

今後も長く湯峰のそばにいるためには、友人、あるいは親友のポジションに収まらなくては。

そのためにも、この恋心を湯峰に気取られるわけにはいかないのだ。

決意も新たにそんなことを考えていると、湯峰が自身の腕時計に視線を落とした。

「ごめん、俺そろそろ行かないと……」

「この後まだ授業あるのか？」

「そうじゃなくて、ＯＢの先輩と会うことになってるんだ。三年くらい前に商学部を卒業した人らしいんだけど、なんだかちょっと困ってるらしくて」

「困ってるって？」

「ＯＢ訪問してくれる新卒を探してるけど、なかなか見つからないんだって」

ふと嫌な予感が胸を掠《かす》め、貴文は湯峰の上着の裾を摑《つか》んで引き留めた。

「湯峰、お前卒業後は実家の工場を継ぐんだよな？」

「え、そりゃもちろん……」

「じゃあ、間違ってもその先輩の会社に就職したりしないよな？」

「そんな気ないよ。困ってるから話を聞いてほしいって人伝《ひとづて》に頼まれただけだし」

当然とばかり頷かれたが嫌な予感は一向に去らず、貴文は湯峰の上着をきつく握りしめた。

「それ、俺も同席させてくれないか」

大きな窓から燦々《さんさん》と日が射し込む図書館ロビーには、一人掛けの小さなソファーと、勉強道具を広げるには小さすぎるテーブルがいくつも置かれている。

図書館とはいえロビーなので お喋りに興じる者も多い。和やかな雰囲気の漂うその場所で、くたびれた黒いスーツを着てソファーに沈み込んでいたのが、湯峰と待ち合わせをしていた田《た》島《じま》だった。

田島はひょろりとした長身で、頬は削げたように痩せている。立ち上がって貴文たちに会釈をしてくれたときだけは微かな笑みを見せたものの一瞬で無表情に戻り、ソファーに座るときは重たい荷物を下ろすような溜息《ためいき》をついた。ひどく疲れているようだ。

田島は湯峰と同じ商学部を卒業し、飲食関係の企業に就職したという。系列店の経営の他、外部の飲食店のコンサルティングなども請け負っている会社らしい。

貴文と湯峰が席に着くと、早速田島は暗い表情で切り出した。

「急にごめんね。うちの会社、夏頃から何人か新卒採用出してたんだけどこの土壇場になって内定辞退してくる学生がぞろぞろ出てきちゃってさ。本当にもう、困ってて……」

田島は周囲の光を吸い込むような暗い表情で肩を落とした。

「とにかく、どうにかこうにか入社式までに新卒を五人集めないといけなくて。じゃないと上司が灰皿ぶん投げてくるから。あ、でも、厳しいのはそれだけ部下に期待してるってことだから、全体的に見ればアットホームないい会社だよ？」

土気色の顔に疲れた笑みを浮かべ、田島は覇気のない声で喋り続ける。

上司が灰皿を投げてくる職場と聞いて「ぜひ」と身を乗り出す学生などいないと思うが、どこか目の焦点が合っていない田島は自分の失言に気づいていない。目の下にも濃い隈《くま》が浮いているし、寝不足で明らかに判断力が鈍っているようだ。

これは早々に立ち去るべきだと思ったが、湯峰は真剣な顔で田島の言葉に相槌《あいづち》を打っている。

「一応ね、二人は集まったからあと……三人？　だけど、この時期だと四年生はもうほとんど内定もらってるし、なかなか……」

呟《つぶや》いて、田島は両手で顔を覆う。

「……嫌だなぁ、また上司に怒鳴られるの」

声を震わせる田島を見て、この人自身限界が近いのでは、と貴文は眉を寄せる。こんなふうに後輩に声をかけている暇があったらとっとと離職した方が田島のためだ。

しかし、隣にいた湯峰は全く違うことを考えていたらしい。

「あの、俺でよければ……」

控えめながら確かな意志を感じさせる声で湯峰が言った瞬間、貴文と田島は同時にガバリと顔を上げた。期待に目を輝かせる田島を横目で捉え、貴文は勢いよく湯峰の腕を掴む。

「お前は実家の工場を継ぐんだろうが！　ご両親が泣くぞ！」

ロビーに貴文の切迫した声が響いて、近くの席に座っていた学生たちが何事かと振り返る。湯峰も驚いたように目を見開いて、腕を掴む貴文の手に視線を落とした。

「もちろんそうだけど……何か役に立てればと思って。他の奴に声をかけたりとか」

本当だろうか。今、「俺でよければOB訪問に行きますよ」くらいのことを言おうとしていなかっただろうか。不安で湯峰の腕を掴む手に力がこもる。

「宇津井、痛いよ」

湯峰が苦笑して、そっと貴文の手に自身の手を重ねてくる。引きはがすわけでもなく、ただ柔らかく重なった掌に驚いて貴文も手を引っ込めた。

ほんの一瞬手が重なっただけなのに、ドドッと心臓が大きく脈打った。つき合っていた頃だって人目のない場所でしか指先を触れ合わせることなんてなかったのに。手の甲に湯峰の体温が残っているようで落ち着かず、意味もなく腰を浮かせて椅子に座り直した。

（そういえば、湯峰のそばにいるときはいつもこんな感じだったっけ……）

学生時代、湯峰と一緒にいると目が合うだけで心臓が早とちりしたようにドキドキとうるさくなったし、声をかけられると過剰に肩先がびくついた。

湯峰のことが好きで好きで仕方がないと全身で訴える自分が恥ずかしくて、それを湯峰に悟られまいと可能な限り素っ気なく振る舞っていたことまで思い出して居た堪《たま》れない気分になる。

貴文は隣にいる湯峰の存在をなるべく意識から追い出し、向かいに座る田島に目を向けた。

田島は今や湯峰に縋るような視線を向けている。その顔を見て、やはり湯峰をブラック企業に引きずり込んだ張本人は田島だろうと見当をつけた。田島を放置するわけにはいかない。

（ここで俺がこの人を追い返したところで、後から湯峰に直接泣きついてくる可能性は大いにある。俺の目の届かないところで籠絡《ろうらく》されたらどうにもできない）

ならばいっそ、田島を今の会社から引き離す方が話は早いのではないか。

「先輩の会社、月の残業時間ってどれくらいですか？」

貴文の質問に、田島は夢から覚めたような顔で瞬きをする。

「え、と……六十時間くらいかな？」

「まあ許容範囲ですね。残業代は満額支払われてます？」

「一応、申告した分は」

急に田島の視線が揺れ始めたので不審に思って詳しく尋ねると、実際の残業時間は六十時間どころか八十時間を上回っていることが発覚した。二十時間はサービス残業として会社に報告していないらしい。有休は基本的に取れず二十連勤もよくあることで、体調を崩して休めば上司から罵倒される。とんでもない現状を聞き出して、貴文は眉間に深い皺を刻んだ。

不信感もあらわな貴文の顔を見て、田島が慌てて言い添える。

「違うんだ。残業代がつかないのは俺がエリアチーフを任されてるからで」

「それってどんな仕事を担当してるんです？」

「普段はテナントを回って店舗物件を探したり、俺が任されてるエリアの系列店からアラートが上がってきたら対応しにいったりしてる。お客さんのクレーム処理とかね。急にバイトが来なくなったとかで人が足りないところには他の店舗からスタッフ回して、それでも人手が足りなかったら俺が店に出ることもあるし。あと季節イベントの企画とか」

「そんなことまでやってるんですか……？　やたらと仕事が多いじゃないですか」

あまりに仕事が多岐にわたっているので眉を寄せたが、田島は「まあ、エリアチーフだからね」となぜか誇らしげだ。

一つの部署でこなせる内容とは思えないが、もしや他部署の仕事まで回されているのか。部署の垣根がない分、膨大な量の仕事を押しつけられているようにも思える。だというのに本人はエリアチーフという偉そうな肩書きに満足しているのか現状を問題視すらしていない。

「会社の勤務体系おかしくないですか？　業務内容だけじゃなくて上司も問題です。社内で罵倒してくるなんてパワハラ以外の何物でもないですよ」

「パワハラってほどでは……」と弱々しく否定しようとする田島を、貴文はきっぱりと遮った。

「今すぐ弁護士に相談するべきです。ハラスメントの代理交渉もやってくれますから、先輩が直接上司と交渉する必要もありません。場合によっては損害賠償も請求できますし、悪質なら刑事告訴もできます」

貴文の言葉にも田島はぴんときた様子をみせず、緩慢な瞬きを返す。

「いや、そんな大それたこと……弁護士さんとかどうやって依頼するのか知らないし」

「俺の身内に弁護士がいます。すぐにもご紹介できますよ」

「でもそんな、相談してる時間もないし……」

自分が窮地にいる自覚がないのか、打開策を提案してみても田島の反応は鈍い。

（まともに寝ていない人間の反応だな……。頭が回らなくなってる。いっそ家族や医者に相談できればいいけど……）

自分に弁護士資格があったらこのまま強引に依頼を受けることもできるだろうが、今の貴文は一介の大学生でしかない。伯父を紹介することならできるが、田島に上司を訴える意志はないようだ。それよりも上司に怯《おび》え、どうにか新卒を探さなければと躍起になっている。

弁護士でもなんでもない自分の立場が歯がゆい。知識はあっても資格がなければできることも限られる。何か別のアプローチを考えないと。

仕事ならこんな面倒なことを考えなくていいのに、と嘆息して、ふと気がついた。

（逆に仕事じゃないんだから、多少無茶なことをしてもいいんじゃないか？　失敗しても事務所の看板に傷がつくわけじゃないし、伯父さんに迷惑もかからない。今の俺はまだ学生なんだから、おかしなことをやらかしたって全力で謝れば許してもらえる余地もあるし）

改めて田島を観察してみる。一見して顔色が悪いし、頬もこけている。ワイシャツはよれよれでクリーニングに出しているのかもわからない。

「先輩、一人暮らしですか？　ご実家は近いんですか？」

「実家は遠いなぁ、新幹線に乗らないと帰れない」

「じゃあご家族にちょくちょく様子を見にきてもらうことは難しいですね。同棲《どうせい》してる恋人もいないんですか？　だったら俺、先輩の家にご飯とか作りに行きましょうか？　どう見てもちゃんと食べてないですよね。あと、部屋の掃除なんかもよかったら……」

田島がぽかんとしているうちに話をまとめてしまう気でいたら、横から伸びてきた湯峰の手に腕を摑まれた。

「どうしたの宇津井。なんで宇津井が先輩のためにそこまで？」

それまで黙って成り行きを見守っていた湯峰が、突然話に割り込んできた。思ったよりも強い力で腕を捕らわれ、さらに顔を覗き込まれてどきりとする。どんな状況でも柔らかく微笑んでいる湯峰がこんな切迫した表情をするなんて珍しい。

「だ、だって先輩、どう見てもろくに頭が回ってないだろ。こういう場合は温かい食事をとってきちんと眠るのが最善なんだよ。周りがあれこれ説得するより、本人に正常な思考を取り戻してもらった方が話は早い」

「だからって宇津井がそこまでする必要ないよ。先輩とも今日初めて会ったのに」

「それはお前も同じだろうが。にもかかわらず力になりたいとか言ってたくせに」

湯峰はぐっと言葉を詰まらせ、貴文の腕を摑む手にますます力を込めた。

「でも、宇津井は勉強で忙しいんだよね？」

「そうだけど、予備試験も終わったし今はちょっと余裕があるから……」

「だったら俺が先輩の家に行く。掃除でもなんでもするよ」

ぎょっとして、今度は貴文が湯峰に手を伸ばす羽目になった。自分の腕を摑む湯峰の手首を握りしめ、待て待て、と必死で湯峰を止める。

「お前は行くな、先輩の家に通ううちに情が移ったらどうする」

「それを言うなら宇津井だって」

「俺は先輩の家の悲惨な状況を目の当たりにしても同情しない。弁護士になるって決意も揺らがないからいいんだよ。でもお前は同情が横滑りしかねないだろう」

お互いがお互いの腕を摑んで牽制し合う。その様子を、田島がぼんやりと眺めている。眠そうな目をこちらに向けているが、自分の話をされていると理解しているのだろうか。

「とりあえず先輩、俺も他の友達を当たってみるので先輩の連絡先教えてください」

湯峰と田島を近づけまいと、貴文は率先して田島と連絡先の交換をした。この後まだ仕事があるという田島に「無理はしないでください」と声をかけ、その後ろ姿に手を振る。

田島がロビーを去った後、一息つくつもりでソファーに凭《もた》れかかったら横から湯峰に顔を覗き込まれた。頰に息がかかりそうな距離に驚いて大げさなくらい肩が跳ねる。

未《いま》だに湯峰に恋心を抱いているなんてばれたらまた距離を取られてしまうかもしれない。あたふたと立ち上がり、先ほどまで田島が座っていた向かいの席に移動した。

湯峰は唇を真一文字に引き結んで貴文をじっと見詰める。何か気に障ることでもしたかと内心動揺していると、湯峰が重々しく口を開いた。

「……友達、いるの？」

友達を当たってみる、と貴文が田島の前で言ったのが引っかかったようだ。友達とまでは言えなくとも顔見知りくらいなら、と言い返そうとしたところで、湯峰がぽつりと呟いた。

「友達、俺しかいないって言ってたのに」

瞬間、さっと顔から血の気が引いた。湯峰から別れ話を切り出された後、お前以外友達らしい友達なんていないとか、お前にまで手を離されたらまた一人だなんて言葉で湯峰の同情を引いて無理やり友達に戻ったことを思い出し、慌てて首を横に振った。

「い、いない！　あれは単なる言葉の綾《あや》だ！　同じ学部になら顔と名前が一致してる連中もいるから片っ端から声をかけてみるだけだ！　お前以外の友達なんていない！」

力説するような内容ではなかったが、貴文は必死で誤解を解こうとする。嘘をついたと思われて、湯峰の心証を悪くしたくない。強い口調で言い切ると、そう、と小さな声で呟かれた。

わかってもらえたかとほっとして、貴文は携帯電話を取り出す。

「顔見知り程度の相手でも、もしかしたら一人や二人興味を持ってくれる奴がいるかもしれないからな。見つけたらこっちから先輩に連絡してみる」

「そのときは俺も呼んで」

田島の連絡先を確認していた貴文は、へ、と間の抜けた声を上げる。

「田島先輩と会うときってことか？　でも……」

できれば湯峰と田島をこれ以上近づけたくない。しかし湯峰は硬い表情で「絶対に呼んで」と譲らない。

「宇津井がこんなに積極的に他人に手を貸すことなんて滅多にないから気になるんだ。最初に声をかけられたのは俺なんだし」

湯峰は責任感の強い男だから、田島の窮地を知ってしまったからには放置しておけないのかもしれない。でなければ、これまで勉強一辺倒で他人の問題などどこ吹く風だった貴文にすべて任せることに不安でもあるのか。どちらにしろ本気で田島を案じているらしい。

（この調子で今回もあの先輩の会社に入社したりしないだろうな……？）

一抹の不安を覚えたものの、ここで突っぱねて湯峰の機嫌を損ねるのも上手《うま》いやり方とは思えない。むしろ自分が一緒にいた方が湯峰の暴走を止められる可能性は高い。

そう思い直し、貴文は渋々ながら湯峰の申し出を受け入れた。

湯峰という男は、基本的に優秀だ。

毎回真面目に講義を受け、どの教科も危なげなく単位をとっている。滅多なことでは講義も休まないので同じ学部の学生からはかなり頼りにされているようだ。やれノートをコピーさせてくれだの過去問を貸してほしいだの、はたまたさっきの授業の内容がよくわからなかったから教えてほしいだの、休み時間のたびに誰かしらから拝むような格好をされている。今時路傍の地蔵だってあんなに手を合わせられないのではと思うほどだ。

以前の貴文は、誰かが湯峰を頼ってくると静かにその場から離れるようにしていた。万が一自分たちがつき合っていることが周囲に知れたら湯峰に迷惑がかかってしまう。

もちろん、今はそんな殊勝な態度などとっていない。むしろ湯峰の友人に積極的に自分から声をかけていくくらいだ。

おかげでわかったことがある。

「あ、すっぽかされちゃった」

昼休みも終わりに近い学食の隅。向かいの席で昼食をとっていた湯峰が携帯電話を取り出してぽつりと呟く。その言葉を聞きつけ、貴文は眉を吊《つ》り上げた。

「待ち合わせしてた後輩か？　過去問貸してほしいってあっちから声かけてきたくせに？」

「次の時間に提出するレポートまとめてたら昼休み終わっちゃったんだって。四コマ目が終わるまで待っててほしいって……」

「はっ？　お前、まさか大人しく待つ気か？　午後の授業もないのに？」

「そうだね、部室で折り紙でもしながら待ってようかな」

「いや、怒れよ！　授業遅刻する覚悟で走って取りにこいって言ってやれ！」

貴文が声を荒らげても、当の湯峰は「怒るほどのことでもないでしょ」と笑うばかりだ。

貴文が大学時代に戻ってから一ヶ月が過ぎた。その間、授業のあるなしに関係なく学校に足を運び、隙あらば湯峰に声をかけていたのが功を奏したのか、最近では顔を合わせると湯峰の方から手を振ってくれるようになった。交際していることを周囲に悟られないよう気を張ることもなくなった分、つき合っていた頃より会話は弾むくらいだ。

そうやって遠慮なく言葉を交わすようになって初めて、貴文は湯峰が思った以上に周囲からいいように使われていることを知った。

湯峰は周りから助けを求められると、穏やかに頷いてすべてを引き受ける。相手に頼まれるまでもなく察して自ら手を貸すことも多い。

湯峰はなんだかんだと頭もいいし気も回る。何を頼まれても苦労している様子がないので、周りは簡単に湯峰に問題を投げかける。その問題を引き受け、解決してしまえるだけの能力も湯峰にはある。

そうやってさんざん湯峰の世話になっておきながら、万事解決してもおざなりな感謝しかしない輩のなんと多いことだろう。湯峰を頼る人間が多いことは知っていたし、若干搾取されている気もしていたが、ここまでだったかと頭を抱えるレベルだ。

「湯峰はもうちょっと怒れよ。今日は朝一の授業しかなかったんだろ？　それなのに四コマまで待ちぼうけとかあり得ないだろ。この前だって学祭の実行委員になんか手伝わされてたよな？」

「後片づけの件でちょっとね」

「なんで実行委員でもないお前に声がかかるんだよ。どういうルートで？」

「実行委員長が友達の後輩だったんだ」

「それ、お前が手伝う義理あるか？」

貴文が鼻息を荒くしても、湯峰は困ったような顔で笑うばかりだ。

こうして湯峰を詰問するより湯峰に甘える周囲の人間に睨《にら》みを利かせるべきなのだろうが、あまりにもその数が多すぎて貴文一人では手に負えない。仕方ないので湯峰自身に「やりすぎだ」と折に触れて忠告している。

「就活しなくていいとはいえ、湯峰だって暇じゃないだろ？　卒論だって書かなきゃいけないし、居酒屋でアルバイトもやってるんだよな？」

「うん。最近はファミレスのバイトも始めたよ。友達に誘われて」

「それ、頼まれての間違いじゃないか？　自分の後釜に入ってくれ、みたいな……」

湯峰は無言で笑みを深くする。否定しないのが答えのようなものだ。「お前な」と貴文は声を震わせた。

「人助けをするのもたいがいにしろ！　ちゃんと自分の時間も作ってるんだろうな？」

湯峰は貴文を眺め、庭にやってきた珍しい鳥でも見るような顔で小首を傾《かし》げた。

れなかったのに」
「宇津井はなんだか、変わったね。少し前まで、俺にどうしてほしいか訊《き》いても全然答えてく
じっと見詰められ、前のめりにしていた体を慌てて後ろへ引いた。「そうだったか……？」
と一転して勢いを失った声で尋ねると、しっかりと頷かれる。
「宇津井の元気がなかったとき、『何か気になることがあるなら言って』って何度か言ったよ。
『してほしいことでもいいよ』って。覚えてない？」
覚えている。湯峰の同情につけ込んでいる自覚がありながらお離れられない自分に自己嫌
悪していたとき、よく言われたセリフだ。
でも何も答えられなかった。ただでさえ無理をしてつき合ってもらっているのに、本当に俺
のことが好きなのかとか、もっと恋人らしいことがしたいなんて言えるわけもない。
あの頃の貴文は、小指の先を伸ばしてなんとか湯峰と手をつないでいるような状態で、不要
な一言でこの手を離されないかとびくびくしてばかりいた。恋焦がれた相手に嫌われたくなか
ったたし、面倒だと思われたくなかった。
いじいじしていた当時の記憶を、貴文は鼻息で遠くへ吹き飛ばした。
「あのときは保身に走って余計なことばっかり考えてたからな。でも、状況が変わった。取り
返しのつかないことが起きて目が覚めたんだ」
「取り返しのつかないことって？」

お前が死んだ、とは言えない。でもあの未来を覆すためなら、今更湯峰に嫌われようと鬱陶しがられようと構わない。腕を組み、「いろいろ」と答えるにとどめた。

貴文にこれ以上答える気がないと察したのか、湯峰は視線を斜め下に滑らせて溜息をついた。

「……何が宇津井を変えたんだろう」

「時間じゃないか？」と適当に流そうとしたが、「ついこの間まで一緒にいたのに？」と反論されてしまった。

湯峰は頬杖《ほおづえ》をついた手で口元を隠し、くぐもった声で呟く。

「何がきっかけか知らないけど……俺は宇津井を変えられなかったから、少しだけ悔しいよ」

貴文は目を丸くする。運動会の徒競走で惜しくも二位になったとしても、一位の生徒に笑顔で惜しみない拍手を送るだろう湯峰が『悔しい』なんて、似つかわしくない言葉だ。

「湯峰も悔しいとか思うんだな」

しかも、その理由がよくわからない。貴文が変化した原因が自分とは別のところにある。そんなことで神経をささくれさせるなんて。

ぽかんとした顔をする貴文を見て、湯峰は複雑に眉を動かした。

「俺も、自分で驚いてる」

「ええ？　なんだよそれ、変なの」

変だねぇ、と溜息交じりに湯峰が呟いたところで、テーブルの上に置きっぱなしにしていた湯峰の携帯電話が震えた。過去問を所望していた後輩から詫《わ》びのメールでも来たのかと思いきや、湯峰のバイト先からの連絡らしい。

「忘年会するから、適当に飲み食いできる店の予約をしてほしいって」

平然とした顔でメールの文面を読み上げた湯峰を見て、貴文は眉を吊り上げた。

「なんでバイトのお前がそんなことまで！　別にお前が一番バイト歴長いってわけじゃないんだろ？　正社員とかいないのか？」

「このメール、正社員のスタッフさんから」

「そいつにやらせろよ！　ていうか今こそ怒れ！」

「うん？　でも、俺がやった方が早そうだから」

そう言って湯峰は唇を綺麗《きれい》な弓なりにする。無理をしているふうでもなく、本当に他愛もない仕事をこなしているだけと言いたげだ。

「そうやって次々仕事を押しつけられて、腹が立ったりしないのか？」

「特には」

早速携帯電話で忘年会の会場を検索し始めた湯峰を見詰めていると、視線に気づいたのか湯峰が画面から顔を上げた。貴文の表情を見るなり携帯電話をテーブルに伏せ、「なんで宇津井が怒ってるの」と弱り顔で笑う。

「俺も怒るべきところなのかな？」

「無理に怒らなきゃいけないこともないけど……」

　唇をへの字にする貴文を見て、湯峰はおかしそうに笑う。後輩から約束をすっぽかされ、バイト先の社員から業務と直接関係のない仕事を押しつけられても本当に怒っていないのだから恐れ入る。しかし湯峰はよくても貴文は納得できない。こういうとき、毅然《きぜん》とした態度で怒ってくれる人間になってもらわなくては先が心配だ。

　憤りも露《あら》わな貴文を見て、湯峰は困ったような顔で眉を掻《か》く。

「俺もときどき不安になるよ。周りと自分の反応が違いすぎて。あんまり俺が怒らないから呆《あき》れる人もいる。けど、怒るポイントがよくわからないんだよね」

「いっぱいあるだろ、そんなもん」

「そうかな。俺は自分が手を貸せそうなところに手を貸してるだけだし、その手を振り払われても、無理やり引っ張られても構わないと思ってる。そうじゃなかったら最初から手を出したりしない」

「そう簡単に割り切れるもんか？」

「割り切るっていうか、困ってる人に手を貸すのは半分自分のためだから」

「なんで自分のため？　徳を積むための修行でもしてんのか？」

　矢継ぎ早な質問に、そうじゃなくて、と湯峰は苦笑する。

「困ってる人の横を素通りすると、その姿がずっと頭に残って落ち着かないんだ。夜、布団に入っても『あの人大丈夫だったかな』って気になって眠れない。だからどっちかというと、自分の安眠のためにやってることだよ」

貴文はもう溜息しか出ない。他人のために身を粉《こ》にしながら、自分のためだと迷いなく告げる。こういう人間だからこそ、神様にまで気に入られてしまったに違いない。

（そうじゃなかったら、俺は時間を遡ってここに来られなかったんだろうしな……）

改めて時空を飛び越えた不思議に浸っていると、湯峰の眉が八の字になった。

「やっぱり俺、おかしいのかな？　自分ではよくわからないんだけど」

「おかしくはないのかもしれないが……俺はただ、お前が心配なんだ。他人に優しすぎるから、もうちょっと自分を大事にしてほしい」

「ないがしろにしてるつもりはないけど……」

「だったら絶対田島先輩の会社には行くなよ！」

三週間ほど前に連絡先を交換してからというもの田島はたびたび大学にやってきて「うちの会社志望してる子見つかった？」と貴文たちに声をかけてくるようになった。まだはかばかしい返事はできていないが、田島は諦めていないようだ。というより、すでに湯峰にターゲットを絞っているようにも見えて気が抜けない。

「他人のために就職先を変えるとかあり得ないだろ」とぶつぶつ貴文が呟いていると、息継ぎのタイミングを狙ったように湯峰が口を開いた。

「だったら、宇津井はどうして弁護士を目指したの？」

　不意を突かれて声を失った。正面から見詰められ、視線を逸《そ》らすタイミングを見失う。

「俺は……伯父さんが、弁護士だったから」

「そうなんだ。知らなかった」

　湯峰の顔に驚いたような表情が浮かぶ。思えば貴文は、湯峰に自分の家族についてほとんど何も語っていない。伯父が弁護士であることはおろか、両親を亡くしたことも。その後伯父夫婦に引き取られたことも。

　隠していたわけではない。自分のことなど湯峰は関心もないだろうと思っていたのだ。けれど目の前の湯峰は身を乗り出し、興味深そうに貴文の言葉に耳を傾けている。

「弁護士になるよう伯父さんに勧められたの？」

「違う」

　反射に近い素早さで否定する。思ったよりも鋭い声が出てしまい、痒《かゆ》くもないのに鼻の頭を掻いてごまかした。そうじゃなく、と努めて落ち着いた声で続ける。

「伯父さんから弁護士を勧められたことなんて、一度もない。俺が勝手に——憧れて、それで弁護士を目指しただけだ」

　憧れ、という言葉を口にするとき、喉の奥に詰まったものを無理やり押し出すような力が全身にこもった。心にもない言葉だと、自分の反応で思い知る。

他人の心の動きを敏感に察知する湯峰のことだ。不自然な受け答えに何か引っかかるものを感じて言及してくるのではと身構えたが、湯峰は「そっか」とにこりと笑っただけだった。

「憧れなんだ。だから宇津井はいつも熱心に司法試験の勉強してたんだね」

納得した、と言わんばかりの表情だが、本当に納得しているのかはわからない。もしかすると、この話題にはこれ以上踏み込んでくれるなと貴文が念じていたのを汲み取ったのかもしれない。大人しく引き下がってくれた湯峰に甘え、貴文も「うん」と頷くにとどめておいた。

そうこうしているうちに昼休みも終わり、学食から人気《ひとけ》が失《う》せていく。湯峰は辺りを見回し、「そろそろ行こうか」と席を立った。

「湯峰、部室行くのか？」

「うん。特に予定もないし」

「じゃあ俺も行こうかな。ちょっと勉強しよう」

部室に向かう途中で通りかかった生協の入り口には、クリスマスの飾りつけがされていた。

今年ももう残りわずかだ。

「湯峰は今年の年末、どうするんだ？」

「実家に帰るよ」

笑顔で返されて足を止めそうになった。実際少し歩調が鈍ってしまい、大股で湯峰を追いかける。

「湯峰の実家って大学から近いんだっけ？」

「まあまあ遠い。電車で二時間半くらい」

そうか、と返す声が掠れた。湯峰が歩きながらこちらを振り返る。どうしたの、と小首を傾げられ、数歩進んだところで思いきって口を開いた。

「冬休み、お前の実家に遊びに行っていいか？」

さすがの湯峰もこの申し出は予期していなかったらしい。先ほどの貴文と同じく足取りが鈍り、ふらふらと蛇行して最後は立ち止まってしまった。

「俺の実家に？　宇津井が来るの？　俺のアパートじゃなく？」

自分でもおかしなことを言っている自覚はあった。大学生にもなって友人の実家に遊びに行きたいなんて言い出す人間は稀《まれ》だ。しかも相手から誘われたわけでもないのに。

だが、貴文はどうしても湯峰の両親とも接点を持っておきたかった。

（湯峰をブラック企業に就職させないことで頭がいっぱいだったけど、湯峰の家族のことも考えないといけないんだよな？　このままだと立て続けに両親を亡くすことになるんだから）

湯峰が倒れた理由は過労だが、心労もあるかもしれないのだ。もしかするとそちらが直接の原因という可能性すらあるのだし、家族の問題を放っておくわけにはいかない。

もっと早くに気づくべきだった。湯峰の家族となんとしても顔合わせをしなければ。奇異の目を向けられても構うものかと声を張り上げた。

「行きたい！　お前の家族にご挨拶したい！」

「な、なんでうちの家族に……？」

「それは――……っ、と、友達の家に遊びに行くのに憧れてたからだ！」

貴文は必死で頭を巡らせ、湯峰が頷いてくれそうな言葉を探す。

「長年の夢だったんだ、今までろくに友達いなかったから！　社会人になったら長い休みとってだらだら過ごすこともできなくなるだろうし、これが正真正銘、友達の家に遊びに行ける最後のチャンスなんだよ！」

「そ、そんなに必死になること？」

「なるだろ！　俺の学生生活が最後に輝くか否かの瀬戸際だぞ！」

もはや自分でも何を言っているのかわからないが、ここは勢いで押し切るしかない。断られたら最悪、湯峰の後をつけて実家の前まで行ってやろう。そんなことまで考えていたが、湯峰が啞然《あぜん》とした表情から一転、おかしそうに笑いだしたので不穏な想像はそこで途切れた。

「宇津井のそんな顔、初めて見た……！」

声を立てて笑う湯峰を見上げ、貴文はきゅっと唇を引き結ぶ。よほどの形相だったのだろう。必死になりすぎて歯茎まで剝《む》いてしまった。湯峰はなかなか笑いの発作を止めることができないようで、苦しそうに咳《せ》き込んですらいる。

なすすべもなく湯峰が笑いやむのを待ちながら、貴文はそっと湯峰の顔を盗み見た。

（……俺も、湯峰がこんなに派手に笑うところを見るのは初めてだな）

記憶の中の湯峰はいつも温和に笑っていた。それが元からの表情であるかのように。

穏やかな横顔に、優しい眼差《まなざ》し。実年齢より大人びて見える湯峰が、こんなふうに年相応に笑う姿を初めて見た気がする。恋人としてつき合っていた頃でさえ見られなかった顔だ。

湯峰の笑顔に見惚れていると、ようやく笑いを収めた湯峰がこちらを見た。目尻に浮かんだ涙を指先で拭い「わかった」と弾んだ息の下から言う。

「いいよ、俺が実家に帰るとき一緒に行こう。クリスマスの次の日まではバイトが入ってるからその後になるけど……」

「いいのか！」

食い気味に尋ねるとまた湯峰に噴き出された。

笑われたって構わない。湯峰の未来を少しでも変えたい。

笑い続ける湯峰に構わず「本当に行くからな！」と貴文は高らかに宣言した。


大学生ともなればクリスマスは友人や恋人同士で過ごす者も多いようだが、貴文は毎年自宅でその日を迎える。当日は伯母がケーキを、伯父がプレゼントを用意してくれるのが恒例だ。

プレゼントは何が欲しいか事前に尋ねられ、答えたものが用意される。伯父たちに引き取られて以来、成人してもその習慣は変わらない。

ここ数年、貴文は毎年新しい参考書をプレゼントにもらっていたが今年は違った。

貴文が伯父たちに頭を下げてねだったのは真新しいスーツだ。

なぜそんなものをと訊かれたら、卒業式に着用するために、などとそれらしいことを言うつもりでいたが、二人は難色を示すどころか「貴文君から何かをねだってくるなんて珍しい」と張りきって、わざわざ百貨店まで貴文を連れていき一緒にスーツを選んでくれた。

年の瀬も押し迫った十二月の末、貴文は下ろしたてのスーツに袖を通して家を出た。

自宅の最寄り駅で菓子折りを買い、電車に乗って湯峰と待ち合わせをした駅に向かう。

先に駅に着いていた湯峰はスーツ姿の貴文を見て「なんでそんなに改まった格好してるの？」と目を丸くした。

「ご家族に対する印象を良くしたい」

「友達の家に遊びに行くってそんなに堅苦しいものじゃないよ？」

湯峰は少し呆れたような顔で言い、「でも、よく似合ってる」と苦笑交じりに褒めてくれた。

湯峰の家族を意識して選んだ服だったが、思いがけず湯峰にまで褒められ、実家に着く前から舞い上がってしまった。思えば湯峰とつき合っていた頃はデートらしいデートもせず、相手の前でめかしこむ機会すらなかったのだ。

スーツのシルエットとネクタイの色にさんざん悩んだかいがあった。湯峰に見えぬよう、体の後ろで密《ひそ》かにガッツポーズを作った。

ちょうど昼時だったので、昼食を食べてから電車に乗り込む。平日のせいか下りの電車は空《す》いていて、座席に隣り合って腰かけ、後期試験の結果や湯峰のバイトの話など他愛のない会話をしながら目的地を目指した。

向かう先はもちろん、湯峰の実家だ。

「今日は天気がいいから暖かいね」

黒のダウンジャケットで着膨れした湯峰がのんびり呟く。

窓から差し込んでくる日差しを背中で受け、そうだな、と貴文も返したがどうしたって上の空だ。まだ顔も見たことのない湯峰の両親に自分がこれからしなければいけないことを考えると嫌でも緊張する。

「なんでそんなに緊張してるの？」

湯峰の両親にどう挨拶しようか考え込んでいたら、横から湯峰に顔を覗き込まれた。

ここからの自分の行動に湯峰の命がかかっているからだ、と言えたらどんなに楽だろう。もちろん言えるはずもなく「よその家、慣れてないから」とごまかした。

「湯峰の家って板金加工の工場持ってるんだろう？　大きいのか？」

緊張を紛らわすために尋ねると「全然」と苦笑された。

「うちの両親も含めて総勢八人で回してる小さい工場だよ」

「湯峰のお父さんが社長さんなんだろ？　やっぱり忙しいのか？」

「まあ、朝から晩まで働いてるね。他のみんなが帰った後も夜中まで工場にいることもざらだし。土日くらいちゃんと休めばいいのに、人脈を広げるためなんて言って飲み歩いて……仕事の一環だってことはわかってるけど、少し心配だな」

「――そうだな。本当に心配だ」

期せずして深刻な声が漏れてしまった。そんな生活をしていたら体も壊す。ぜひとも今すぐ生活改善をしていただきたい。

「俺の祖父《じい》ちゃんが興した会社だから、自分の代で潰さないようにしなくちゃって必死なんだと思うよ。だから俺も、ちゃんと後を継ごうと思ってる」

何気なくこぼされた言葉に、貴文は激しく反応する。

「だったらお前、絶対田島先輩の会社とか行くなよ！」

「え、それはもちろん……。でも、どうしても先輩が困ってるのなら短期でも……」

「駄目に決まってんだろ！　お前の性格じゃ引き止められて辞められなくなるぞ！」

電車内であることも忘れて声を荒らげると、湯峰に軽く肩を叩《たた》かれた。

「わかった、わかったからちょっと落ち着いて」

「わかったんだな？　言質取ったぞ……！」

「わかったってば、本当に……」

湯峰の言葉尻が掠れ、柔らかな笑い声に呑み込まれる。緩く握った拳で口元を隠し、湯峰は肩を震わせて笑った。

「宇津井ってそんな性格だっけ？　第一印象と全然違うね」

「もっと根暗で、ろくに主張もできない奴だとでも思ったか？」

試験会場であれほど取り乱した姿を見られているのだ。今さら何を言われたところで動じる気もなく尋ねると、ゆっくりと首を横に振られた。

「根暗と思ったことはないよ。ただ、水仙みたいな人だと思ってたから意外だっただけで」

水仙という単語がとっさに脳内で変換できず、少し間をおいてから花の名前だと理解した。すらりと天に伸びる茎の先に、小ぶりな白い花が咲くあの水仙か。

「俺なんて花にたとえられる柄じゃないだろ。なんで水仙なんだよ？」

「初めて試験会場で見かけたとき、周りが全員座ってるのに宇津井だけぽつんと一人で立ってたから。随分姿勢がいい人だなって思って見てたんだけど全然動かないし、気になって近づいてみたら真っ白な顔で俯いてて」

「実際貧血起こしかけてたからな」

「綺麗だなって思ったんだ」

当時の失態を笑い飛ばすつもりでいたら、思いもかけないことを言われてむせそうになった。

あの状況のどこに綺麗なものなどあっただろう。からかわれているのかと眉を寄せたが、湯峰は茶化すでもなく唇に柔らかな笑みを浮かべている。

「群生地から外れた場所でぽつんと咲いてる水仙みたいに見えた。横顔が本当に真っ白で、白い花びらが光に透けてるみたいで」

「いや、だから……貧血だ、それは。そんなに綺麗なもんじゃない」

「綺麗だよ。宇津井はもともと美形だからね」

驚いて今度こそ咳き込んでしまった。これまで一度として容姿について湯峰に言及されたことなどなかったからだ。

見てくれを褒めそやされるようになったのは愛想笑いを覚えた社会人になってからで、それ以前は自分の顔など中の下くらいと考えていた。湯峰もそういう認識で自分とつき合っていたのだろうと思っていたが、美形だと思われていたとは驚きだ。それどころか、初対面の段階で花にたとえられていたなんて想像もしていなかった。

絶句する貴文を見て「容姿が整ってる自覚なかった？」と湯峰は小首を傾げる。少なくとも大学時代の自分は自覚していなかったので頷くと、眩《まぶ》しいものを見るように目を眇《すが》められた。

「みんなも気がつき始めてると思うよ。少し前の宇津井はあんまり表情が変わらなかったし、いつも俯き気味だったから見逃されてたみたいだけど。最近の宇津井は本当に人が変わったみたいにくるくる表情が動くから、ばれちゃった」

呟いて正面に顔を戻した湯峰の横顔に、何かを惜しむような表情が過った気がしてうろたえた。

単なる見間違いだ。湯峰に何を惜しむ理由がある。独占欲のようなものを抱く性格でもない。ましてや好きでもないのにつき合っていた自分に対して、あり得ない。

「……お前は泥に咲く蓮《はす》の花みたいだって、前に誰かが言ってたぞ」

動揺を隠して呟くと、「どういう印象？」と苦笑いされた。

他愛のない会話をしながら、隙あらば息を吹き返しそうになる恋心を胸の底に押し沈める。冷静になれ、と何度も自分に言い聞かせるが、不意打ちのような褒め言葉にどうしても心が浮ついた。好きな相手に褒められて嬉しくないわけがない。でもそんなふうに思っていることを湯峰に気取られるわけにはいかない。

意識すまいと意識しすぎて、結局電車が目的の駅に着くまで、湯峰に視線を向けることもできなかった。

二時間ほど電車に揺られ、湯峰の実家に到着したのは冬の短い日が暮れる頃だった。

「ここ、うちの工場」

歩きながら湯峰が指さしたのは、いかにも町工場といった風情の建物だ。道路に面した駐車場は、荷物を搬入するトラックでも出入りするのか、かなり広い。トタン屋根の下に広い開口部があり、奥にコンクリートが打ちっぱなしになった作業場が見えた。中で青い作業着を着た従業員が働いているようだ。

湯峰の実家は工場を回り込んだ裏にあった。二階建ての、ごく普通の一軒家だ。湯峰は上着のポケットから鍵を取り出すと横開きの戸をガラガラと開け、ただいまの挨拶もなく中に入ってしまう。

「……誰もいないのか？」

「うん。父さんも母さんもこの時間はまだ仕事中だから」

「子供の頃からずっとこんな感じか？」

「そうだね。でもすぐ裏が仕事場だから、退屈すると母親がいる事務所なんかによく遊びに行ってたよ。小さい頃は祖母《ばあ》ちゃんも同居してたし。俺が中学に入る前に亡くなったけど」

「他のお祖父さんやお祖母さんは？　ご存命の方はいないのか？」

「いないなぁ。母方の祖父母は俺が生まれる前に亡くなってるから、直接顔を見たこともない」

「伯父さんとか伯母さんとか、他の親戚は？」

「うちの両親は二人とも一人っ子で、親戚なんかもあんまりいないんだ。だから従兄弟《いとこ》と遊ぶとか、子供の頃はちょっと憧れた」

大人二人が並んでもまだまだ余裕のある広い玄関で靴を脱ぎ、そうか、と相槌を打つ。

（だとしたら、ご両親を亡くした湯峰はほとんど天涯孤独の身だったんだな……）

湯峰が他人の借金を肩代わりしたり、ブラック企業に再就職したりするのを誰も止めなかった理由がわかった。そこまで親身になってくれる人がいなかったのだろう。

やはり自分がこの時代に戻されたのには理由があるのではないか。ここから長い時間をかけて湯峰と親密な関係を築き、もしもの時は親代わりになって湯峰を止めるのだ。責任重大だ、と真顔で考えていたら、早速茶の間に通された。

小さな庭に面した茶の間には、テレビと茶簞笥《ちゃだんす》、中央に年季の入ったこたつが置かれていた。こたつの上には読み止《さ》しの新聞紙や水道の料金表などが無造作に放り出されていて、住人の日常生活をありありと想像させる。

いつもモデルルーム並みに片づいている伯父たちのマンションとはあまりにも違う。ごちゃついた茶の間を見ていたら、唐突に両親と一緒に暮らしていた家を思い出した。

両親と貴文が三人で暮らしていたマンションは伯父夫婦のマンションほど広くも綺麗でもなくて、貴文はよく母親に「少しは部屋を片づけなさい」と叱られた。

あの当時リビングに放り出されていたのは、分厚いマンガ雑誌や玩具《おもちゃ》つきの菓子など、伯父の家に引き取られてからは一度も買っていないようなものばかりだ。今さら欲しいとも思わないのに、ざらついた雑誌の手触りや玩具についていたラムネの匂いを思い出して胸が詰まる。

貴文が母親に叱られている横で、父親が自分の散らかした菓子の袋をこっそり片づけていて、お父さんばっかり叱られる前にずるい、と詮無い文句を口にしたことまで思い出す。

慌てて唇の前で指を立てる父の顔と、呆れたような母の顔。

どうして急に記憶が逆流してきたのだろう。伯父夫婦に引き取られてから、他人の家に遊びに行く機会などなかったせいだろうか。雑多な茶の間の風景がかつての実家と重なって、喉の奥を摑まれたように息ができなくなった。

「……宇津井？ どうしたの？」

茶の間の入り口に立ち尽くして動かない貴文に気づいたのか、こたつのスイッチを入れていた湯峰が怪訝《けげん》そうな顔で声をかけてくる。

我に返って湯峰に顔を向けたそのとき、ガラガラと玄関の戸を引く音がした。

「覚《さとる》？ もう帰ってるの？」

足音とともに声が近づいてきて、廊下の向こうから青いジャンパーを羽織った女性が現れた。五十代と思《おぼ》しき女性は湯峰の母親だろう。貴文を見て、あら、と目を丸くする。

「いらっしゃい。ごめんなさいね、お構いもせず」

短く切った髪にパーマをかけた湯峰の母は、うりざね顔に温和な笑みを浮かべて挨拶をしてくれた。湯峰と雰囲気がそっくりだ。

貴文は慌てて姿勢を正すと、手にしていた紙袋を湯峰の母親に差し出した。

「突然お邪魔して申し訳ありません。湯峰君と同じ大学に通っております、宇津井と申します。これ、つまらないものですが皆さんで召し上がってください」

12

和菓子の詰め合わせが入った袋を差し出すと「丁寧にありがとう」と笑顔で受け取ってもらえた。ほっとしていたら再び玄関の戸が開く音がして、どかどかと荒い足音が近づいてくる。

「おい、今夜の飯だが――……」

現れたのは青い作業着に身を包んだ大柄な男性だ。貴文に気づくとぴたりと口をつぐんだ。こちらは湯峰の父親だろう。太い眉にがっしりした顎、不審そうに貴文を見る目は「誰だこいつ」と言いたげだ。湯峰の父親にしては荒っぽい、というのが素直な第一印象だった。

「覚のお友達の宇津井君よ。今朝言っておいたでしょう？　大学のお友達が遊びにくるって」

「あ？　ああ、そうだったか……？」

妻に軽く背中を叩かれ、湯峰の父親は眉を上げ下げしている。

貴文は背筋を伸ばし、湯峰の父親に向かって深々と頭を下げた。

「宇津井と申します。湯峰君とは学部が違いますが、いつも仲良くさせてもらっています」

「あら、宇津井君は商学部じゃないの？」

「法学部です。弁護士を目指して勉強中です」

言いながら素早くジャケットの内ポケットに手を入れて名刺を差し出した。

「伯父が弁護士事務所を開いています。私もいずれこちらで働く予定です。何かお困りの際はぜひご一報ください」

「まあ、しっかりしてるわねぇ」

宇津井の母親は名刺も笑顔で受け取ってくれたが、貴文を見る父親の顔はなんとも胡散《うさん》くさそうだ。初対面でセールストークのようなことをしてしまったのがいけなかったか。だが何かあったとき真っ先に思い出してもらえなければ湯峰一家に手を差し伸べられない。

「どんな些細《ささい》な問題でも駆けつけますので、宇津井法律事務所をぜひご贔屓《ひいき》に！」

「はぁ……。覚、お前ちょっと珍しい友達ができたな？」

貴文の頭を飛び越し、湯峰の父親は息子に声をかける。湯峰を振り返ると、こちらはもうこたつに足を入れ、ニコニコしながら貴文たちの様子を見守っていた。

貴文が背を向けた隙に、湯峰の父親は「ちょっと飲みに行ってくる」と妻にぶっきらぼうな口調で言った。

「これから？　明日納会なのに」

「佐野《さの》さん、明日から休みだから納会出られないだろ。帰りは頼む」

はぁい、と湯峰の母親は軽やかな返事をする。夫婦の会話は簡潔だ。振り返ったときにはもう湯峰の母親は台所に、父親は玄関に向かって歩き出していた。

「宇津井もこたつに入ったら？」

茶の間から湯峰に声をかけられたが、貴文はきっぱりと首を横に振る。

「お父さんにも名刺渡してくる」

「え、名刺ならさっき渡してたんじゃ？」

「お母さんにしか渡してない」

言い置いて玄関に向かう。玄関先では湯峰の父親が靴箱に手をつき靴を履いているところで、声をかけると怪訝そうな顔で振り返られた。

「あの、よろしければお父さんにも名刺をお渡ししたいのですが」

湯峰の父親は貴文の謎の熱意に明らかに怯んだような顔をしたが、息子の友人を無下にできないとでも思ったのか黙って名刺を受け取ってくれた。居心地が悪そうな顔ですぐにもこの場を立ち去ろうとしている湯峰の父に、貴文は思いきって声をかける。

「お仕事、お忙しいそうですね。ここに来る途中も、お父さんは働きすぎだって湯峰君が心配してました」

名刺を胸ポケットにしまっていた湯峰の父が顔を上げる。少し驚いたような顔だ。それから再び俯いて、ぼそりと呟く。

「……大学の友達の前でそんなこと言ってんのか、あいつは」

貴文に話しかけているというよりは独白に近い口調だ。低い声には少し照れが交じっているようにも思える。少しは場が和んだか。言うなら今か。

「湯峰君もお父さんが体を壊さないか随分心配していたようなので、健康診断なんかにはきちんと行くようにしてあげてくださいね」

息子の名前を出されると弱いのか、湯峰の父は俯き気味に「まあ、はい」などと答えている。

しかしこれだけではまだ足りない気がして、貴文はさらに声に力をこめた。

「市の無料健診は簡易的なものも多いので、できれば一度精密検査など受けることを強くお勧めします」

「え？　はあ……」

「お酒も、どうぞほどほどになさってください。くれぐれも体をお大事に……！」

次はいつ会えるかわからないだけに、言うべきことは全部言っておこう。そんな気持ちで言葉を重ねたが、再びこちらを見た湯峰の父親は困惑を通り越してうすら寒いような顔をしていて、無言のまま背を向けられてしまった。

振り返ることもなく出て行った湯峰の父親を見送り、肩を落として廊下を引き返す。茶の間では湯峰がこたつでテレビを見ていて、「父さんと何か話してたの？」と尋ねられた。

「……体を大切に、と伝えてきた」

「え、なんで急に？」

「お前からも、近いうちに精密検査を受けるよう伝えておいてくれ」

「本当になんで急にそんな心配してるの？」

数年後、湯峰の父親は病に倒れる。そう伝えたら湯峰一家の態度も変わるだろうか。その前に、二度とこの家の敷居をまたげなくなる可能性の方が高い。

「……性急すぎたか」

湯峰の父親に健康面の注意を促すにしても、もう少し互いの距離を詰めてからの方がよかったか。反省しながらこたつに近づくと、湯峰に片手を差し出された。

「コート預かるよ。荷物はその辺に置いておいて」

「ああ……悪い。夕飯の前には帰るから」

覇気のない声で呟くと、コートを受け取った湯峰に目を見開かれた。

「そんなにすぐ帰るの？　ご飯は？　てっきり食べていくかと思ってたのに……」

「そうよ、宇津井君。せっかくだから食べていって」

朗らかに会話に割り込んできたのは、湯呑と茶菓子の載った盆を手に茶の間にやってきた宇津井の母だ。遠慮しようとしたが、宇津井の母は「いいじゃない」と笑って取り合わない。

「お友達が来るっていうから張りきって夕飯の下ごしらえしておいたのよ。うちのお父さんも急に飲みに行っちゃったし、おかずならたくさんあるから、よかったら食べていって」

「そうだよ。遅くなったら泊まっていってくれてもいいよ」

「いや、さすがにそれは……！」

「だったら夕飯だけでも」

湯峰と母親は異口同音に言ってにっこりと笑う。

二人がかりで誘われては断るに断れない。押し負けて湯峰の家で夕飯を食べていくことになり、配膳の手伝いなどしていたら再び湯峰の父親が戻ってきた。台所から茶の間へ料理を運ぶ貴文を見て、まだいたのか、と言いたげに眉を寄せる。

どうやら第一印象は最悪になってしまったようだが、落ち込んだところでどうしようもない。開き直って満面の笑みで会釈をすると、ますます嫌そうな顔でそっぽを向かれてしまった。何をやっても裏目に出る。

作業着から私服に着替えた湯峰の父が「行ってくる」と妻に声をかける。

「はぁい、気をつけてね。あ、お財布忘れてるじゃない。覚、お父さんに渡してきて」

「わかった。……父さん、忘れ物！」

茶の間の前の廊下を湯峰一家が慌ただしく行きかう。こたつの上に皿を並べていると、玄関から湯峰と父親の「お、悪いな」「まさか佐野さんにたかるつもりだった？」「馬鹿言うな」という会話が微かに聞こえてきた。

気心知れた親子の会話だ。

貴文も以前はこんなふうに両親と言葉を交わしていたが、伯父夫婦が相手だとそうはいかない。どうしても敬語になってしまう。伯父たちがどんなに親しげに笑いかけてくれても、両親に対してそうしていたように屈託なく笑い返すことができなかった。

（それに、笑っちゃいけないだろ、俺は。だって、俺のせいで——……）

「宇津井？　どうかした？」

こたつの天板を凝視していたら玄関先から戻ってきた湯峰に声をかけられた。のろのろと顔を上げれば廊下から心配そうな顔で湯峰がこちらを見ていて、うっかり泣きごとめいたことを漏らしそうになった。だがすぐに、言ってどうする、と己を叱責して口を引き結ぶ。

「……なんでもない」

無理に唇の端を上げ、力なく笑ってそう答えた。

けれど湯峰は茶の間の入り口から動かず、貴文から目を逸らそうともしない。

こちらの胸の底まで見透かそうとする目だ。隠しているものにスポットライトを当てられそうになって、とっさに湯峰から目を背ける。

湯峰はもの言いたげにその場にとどまっていたが、結局何を尋ねることもなく「お箸持ってくるね」と言い残して台所へ戻っていった。

遠ざかる足音を聞きながら、貴文は小さな溜息をつく。生活感が強く漂う他人の家や、遠慮のない親子の会話にどうしても過去の記憶が刺激されてしまう。

せっかく湯峰の実家を訪れることができたのだ。自分のことなど考えている場合ではない。

しっかりしろ、と自身の頬を軽く叩き、配膳を手伝うべく貴文も台所へ向かった。

「――はい。すみません、急に。明日の午後には戻ります。……はい、おやすみなさい」

電話での通話中、相手に見えるわけもないのに頭を下げるようになったのは仕事を始めてからだ。たとえ相手に見えなくても声のトーンが変わるのだと伯父に教えられた。

今も携帯電話を耳に押しつけ、貴文は深々と頭を下げる。通話を切って顔を上げると、目の前の窓ガラスに自分の顔が映っていた。外はもう真っ暗で、黒い鏡に映したように自分の顔がはっきり映る。表情は普段と変わりがないが、顔色まではよくわからない。自分の顔を左見右見していたら、背後ですらりと襖《ふすま》が開いた。現れたのは、この部屋の主である湯峰だ。

上下揃いの黒いスウェットに着替えた湯峰は、湯上がりでまだ少し湿った髪をかき上げながら部屋に入ってくる。

「ごめん、電話中だった？」

「急に泊めてもらうことになったからな、一応家族に連絡しておいた」

答える貴文も湯峰から借りたグレーのスウェットを着ている。風呂は湯峰より先に入らせてもらっていた。

二階にある湯峰の自室は八畳ほどの広さで、畳にカーペットが敷かれている。室内にあるのは勉強机とベッドくらいのもので、今はベッドの横に客用の布団が敷かれていた。

ベッドに腰かけて携帯電話を操作し始めた湯峰を見下ろし、貴文は窓辺に立ったまま首をひねった。どうしてこんなことになってしまったのだろう。

夕飯を食べたらすぐに帰るつもりだったのに、食事の途中で湯峰の母親が「よかったら」と缶ビールなど勧めてきて、断りきれず一本飲んだ辺りからおかしくなったのだ。

貴文はあまり酒が強くない。それくらいの自覚はあったが、社会人になれば否応もなく飲みに誘われる回数は増える。そうやって少しずつ飲み続けるうちに、知らぬまにアルコールに対する耐性がついていたのだろう。二十六歳の貴文はビールの一杯や二杯ではさほど酔わなくなっていたが、この時代の自分の体はそこまで酒に慣れていなかったらしい。ビール一本でふわふわと酔って、湯峰と母親に言いくるめられて湯峰の家に一泊していくことになっていた。

たっぷりと水を飲み、軽く湯を浴びて湯峰を待つうち、すっかり酔いは引いていた。「急に悪かったな」と詫びを入れると、湯峰が携帯電話の画面から顔を上げた。

「謝らないでよ。無理に引き止めたのはこっちなんだから」

「無理にでも引き止めなきゃならないくらい俺は酔っぱらってたってことか……？」

自分では少しばかりふらつくくらいで、そこまで酔っていた自覚もなかった。幸い湯峰の父親はまだ帰っておらず醜態を見せずに済んだが、一緒に食事をしていた湯峰の母親にだらしない印象を与えてしまっては困る。青ざめていると、湯峰に「違うよ」と苦笑された。

「単に俺が、もう少し宇津井と話したかったんだ」

冗談とも思えぬ口調にどきりとした。軽い調子で「なんだよ改まって」なんて茶化せたらよかったのに、タイミングを逸してしまって沈黙が落ちる。

「な……なんか、あったか？」

今さらのように湯峰の部屋で二人きりなのだと意識して声が掠れた。うろうろと目を泳がせていると、静かな声で問い返される。

「宇津井こそ、何かあった？」

湯峰はベッドに座ったまま、まっすぐに貴文を見上げて続ける。

「最近の宇津井は遠慮みたいなものがなくなって話しやすい。でも今日は無理やり言葉を呑み込んでるみたいで気になった。少し前の宇津井に戻ったみたいで……」

やはり湯峰はよく他人の顔色を見ている。湯峰の実家の様子に記憶を喚起され、昔のことなど思い出して自責の念に囚《とら》われていたのがばれていたらしい。

だが、できればその話題には触れてほしくない。

顔を強張らせる貴文を見上げ、湯峰はふっと表情を和らげた。

「まあ今日引き止めたのは、やっぱり宇津井が思ったより酔っぱらってたから心配だったっていうのもあるけど」

話題の矛先を変えてくれたのは、きっと湯峰の優しさだ。ほっとして、「そんなに酔ってたか？」とすかさず話に食いついた。

「だいぶ話に脈絡がなかったからね。急にうちの親に免許の返納を迫ってきたときは、さすがにこれは酔いすぎだってはらはらした」

「それは、酔っていたというか――……」

夕食の最中、何かのはずみで湯峰の母親があまり運転は得意でないという話になった。仕事で必要になるかもと一応免許を取ったものの、仕事周りの運転はすべて他の社員に任せているらしい。たまに酔った夫から「迎えに来てほしい」と頼まれたときに車を出すぐらいで、スーパーに買い物に行くときなどは自転車を使っているのだという。

湯峰の母親が車の事故で亡くなることを知っている貴文は、ここぞとばかりに免許の返納を提案した。人には向き不向きがある、運転に自信がないなら車に乗らないに越したことはない、免許があればどうしたって運転を任される、すぐにでも免許は返納すべきだ、と。

「なんだかすごい剣幕だったけど、どうして急にあんなこと？」

貴文が酔って妙なことを言い出したと思い込んでいるのか、湯峰はくすくすと笑っている。

未来を見たと言ったところで、どうせ信じてはもらえないだろう。へらりと笑って適当な言葉ではぐらかそうとしたが、ふとその口元から笑みが消えた。

（……はぐらかしていいのか？）

未来を見たと言う以外にも、自分にはもっと説得力のある説明ができるはずだ。

でもそれを口にするのは怖い。胸にずしりと重たいものがのしかかり、肺の動きが制限されたかのように呼吸が浅くなる。

気がついたら深く俯いて自分の爪先を見ていた。我に返って顔を上げると、湯峰がじっとこちらを見ている。先ほどまでの笑みを消し、貴文の胸の内を探るような表情で。

逃げるように目を逸らしそうになって、寸前で思いとどまる。

昔の自分は、湯峰に胸の内を暴かれてしまうのが怖かった。何もかも知られたら嫌われるかもしれない。でなければ逆に、これまで以上に同情で縛りつけてしまうかもしれない。

我儘を押し通して大事なものを失う羽目になった愚かな自分に、湯峰を引き留めるだけの価値などないのに。

「……っ」

喉の奥から負の感情が溢れてくる。嘔吐《おうと》感にも似たそれに足元をぐらつかせて壁に凭れかかった。湯峰が慌てたように腰を浮かせかけたので、片手を上げてそれを止める。

罪悪感にまみれた重たい感情を、随分久々に思い出した。

思えば湯峰とつき合っていた頃は常にこんな気分に苛《さいな》まれていたのだったか。別れてからは湯峰にまつわることは極力思い出さないようにしていたので、こんな感情も一緒に封印してしまったのだろう。

壁に後頭部をつけて深呼吸を繰り返していると、途方に暮れたような顔でこちらを見る湯峰と目が合った。

「ごめん、変なこと訊いた？　無理して答えなくていいから……」

心配そうな顔でこちらを見ている湯峰を見たら、少しだけ息がしやすくなった。呼吸を整え、改めて湯峰を見下ろす。

「少し疲れた？　もう眠ろうか」

そう言って、湯峰は柔らかく会話を打ち切ろうとする。決して無理強いはしてこない。

つき合っている間も別れてからも、湯峰は第一に相手のことを考える。

そういう湯峰だから好きになったのだ。別れた後も忘れられず、その死を回避させるために時間すら飛び越えてしまった。そんな相手に、今自分ができることをしないでどうする。

貴文は大股で窓辺を離れると、湯峰の座るベッドに勢いよく腰を下ろした。

ベッドと一緒に、湯峰の驚いたような顔も揺れる。その顔を横目で見て、貴文は覚悟を決めるつもりでもう一度だけ大きく息を吐いた。

「俺の両親、車の事故で亡くなってるんだ」

大きく目を見開いた湯峰の方は見ず、自身の膝頭に視線を落として続ける。

「小二のとき、夏休みに家族で旅行に行ったんだ。最初は目的地まで新幹線で行く予定だったんだけど、車で行きたいって俺が駄々こねた。サービスエリアでアイス食べたいとか、そんな下らない理由で」

貴文の両親は共働きで、普段は電車で通勤していた。車を出すのは土日だけ。それも近所のスーパーに行くときに使うくらいという、典型的なサンデードライバーだった。

父親は車での長距離移動に難色を示した。新幹線なら移動中も眠れるのにとぼやいていたのも覚えている。それでも貴文が我を通して、結局旅行は車で行くことになった。

「俺の母親もあんまり運転は得意じゃなくて、高速は慣れないから怖いとも言ってた。でも俺はそんなの全然気にしなくて、とにかく車で出かけられるのが嬉しくて仕方なかった」

湯峰は息すら潜めて貴文の言葉に耳を傾けている。強張ったその顔を横目で見て、少しでも空気を軽くしようと微苦笑を漏らした。

「行きの高速で事故ったんだ。その瞬間のことは、よく覚えてない。俺、後部座席でちゃっかり寝てたから。目が覚めたら病院のベッドにいて、両親はもう息を引き取ってた」

後から聞いた話によると、事故の瞬間ハンドルを握っていたのは母親だったそうだ。それもあってつい、食事の席では湯峰の母に強く免許の返納を勧めてしまった。

「だからまあ、運転得意じゃないって自覚があるなら控えた方がいいんじゃないかなって。でも免許持ってりゃどうしても頼られるだろうから、いっそ返納したらどうかなって……。いや、仕事で使うこともあるだろうし、そうあっさり手放せるもんでもないだろうけどさ！」

参考までに、と笑ってつけ足したが、湯峰はにこりとも笑わない。笑えるわけもないかと貴文は眉を下げた。

「……この話、誰かにしたのは初めてだ」

特に自分の我儘を押し通して車で旅行に行くことになったことは誰にも打ち明けたことがない。自分を引き取ってくれた伯父夫婦にさえもだ。

貴文の話を聞き終えた湯峰は、膝の上で軽く手を組んでぽつりと呟いた。

「……宇津井のご両親が亡くなってるって、知らなかった。前に家族と暮らしてるって言ってたから」

「伯父夫婦が引き取ってくれたんだ」

その一言で、湯峰がぴんと来たような顔になる。

「そういえば、伯父さんも弁護士なんだよね？　もしかして宇津井が弁護士目指してるのって、引き取ってくれた伯父さんのため？」

「いや、違う。伯父さんたちに何か言われたわけじゃない。弁護士になれって勧められたことすら一度もないし」

慌てて否定する貴文の横顔に視線を注ぎ、「本当？」と湯峰は眉をひそめる。

「最近はそうでもないけど、少し前まで宇津井は食事時まで参考書を広げて勉強してたよね。毎日寝不足みたいな顔してたし。弁護士を目指してるのは知ってたけど、それにしても必死すぎて、見てるこっちが心配になるくらいだった」

「……そうか？」

「そうだよ。俺、気になってちょっと調べたんだ。別に予備試験に受からなくても、法科大学院を卒業すれば司法試験は受けられるよね？」

驚いた。まさか湯峰が自主的にそんなことを調べているとは思いもしなかったからだ。

司法試験の受験資格を得る方法は二つある。一つは貴文が選んだように司法試験予備試験に合格すること。予備試験には受験資格がなく高校生でも受けられる。

もう一つの方法は法科大学院に進むことだ。大学院を修了すれば司法試験を受けられる。

「時間はかかるけど院に進む方が確実だよね？　どうして極端に難易度が高い予備試験を受けることにしたの？　伯父さんが院に進むのを許してくれなかったとか？」

湯峰がこちらに身を乗り出してきて、互いの距離が近くなる。肩がぶつかってしまいそうで動揺して、貴文は視線を泳がせた。

「ち、違う……けど、伯父さんたちには、一人息子がいたんだ。俺にとっては従兄弟にあたる人で、俺より一回り以上年上で、その従兄弟が予備試験に合格してたから……」

「従兄弟と張り合ったってこと？　仲でも悪いの？」

貴文はゆらゆらと揺れていた視線を止め、湯峰の顔をまっすぐに見返した。

「……違う。従兄弟と同じようにならないと、俺はあの家にいられないと思ったんだ」

「どうしてそんな……」

「従兄弟、もう亡くなってるんだ。俺の両親が亡くなる少し前に」

何か言いかけていた湯峰の口が固まった。頭の中で時系列を整理して、伯父たちの行動の理由を探っているのだろう。貴文も引き取られた直後に同じことを考えた。湯峰が自分と同じ結論に至るタイミングを見計らい、力なく笑ってみせる。

「伯父さんたちは、きっと従兄弟の代わりが欲しくて俺を引き取ったんだ。だったら俺は、どうしても従兄弟みたいにならないと」

そう結論づけたあの日から、目の前に広がる未来に一筋の足跡ができた。生前の従兄弟がつけたものだ。あの足跡に自分の足を重ねて前に進まなければいけないのだと幼な心に理解した。

　大学受験を本命一本に絞ったのもそのためだ。細い綱を渡るように、従兄弟の歩んだ道を少しのずれもなく辿らない限り、伯父夫婦の恩に報いることはできないのだと思い込んだ。

「でも、伯父さんたちはそんなこと宇津井に一言も言わなかったんだよね？」

「言わなかったけど、そうじゃなかったら俺なんか引き取ってくれる理由がない」

　湯峰だって同じ結論に至ったのではないかと視線で問うが、険しい表情で首を横に振られた。

「宇津井の伯父さんたちにそんなつもりはなかったと思う」

「だとしても、せめて従兄弟と同じくらいの結果は残さないと」

「どうしてそんなふうに思うの？　二人から何か言われたわけでもないのに……」

「だって俺の両親が死んだのは、俺のせいなんだぞ？」

　見えない場所から飛んできた掌に頬でも打たれたような顔をして絶句する湯峰に、そうだろう、と貴文は続けた。

「俺の下らない我儘で両親が死んでるんだ。でも伯父たちにそのことは言ってない。本当のことを隠したまま引き取ってもらったんだから騙《だま》したみたいなもんだ。だったらせめて従兄弟の代わりになるくらいしなかったら……そうじゃなかったら、俺はあの家にいられない……！」

　震える声で言い切ると、室内に沈黙が落ちた。

　いつもより速い自分の呼吸音を聞きながら、貴文は俯いて固く目を閉じる。

息が整うより先に後悔が襲ってきた。もう何年も誰にも言えなかったことを、よりにもよって湯峰に打ち明けるなんてどうかしている。しかもこんなタイミングで。

両親の事故のことはともかく、伯父夫婦と従兄弟にまつわる話まですべきではなかった。湯峰の未来を変えるために必要な情報ではない。それなのに口を滑らせたのは、無自覚に湯峰に甘えてしまったからだ。

苦しい記憶を誰かに話して、託して、楽になりたかった。でも長年そんな相手は見つからなかったし、湯峰とつき合っていた頃は気を張っていて本音も弱音も漏らせなかった。

（だからって今こんな話をしてどうする……）

別れた相手の身の上話など聞かされても湯峰は困惑するだろう。まだ酒が残っていた振りでもして話題を変えようと口元に無理やり笑みを浮かべたら、湯峰に静かに問いかけられた。

「……宇津井はそうやって、どうにかして自分に罰を受けさせたかったの？」

口元に浮かべた笑みは一瞬ではがれ、え、と貴文は小さな声を出す。

湯峰はまっすぐ貴文に顔を向け、噛んで含めるような口調で続けた。

「宇津井は今までずっと、自分の我儘のせいでお父さんもお母さんも亡くなったと思ってたんだよね？　でもそのことを誰にも言えなかった」

合ってる？　と言いたげに目を覗き込まれ、貴文は微かに頷く。

「悪いことをしたのに誰からも責められないから、自分で自分を責めるしかなかったんじゃないの？　伯父さんたちに隠し事をしてるのも後ろめたくて、その罪滅ぼしがしたくて亡くなった従兄弟の代わりになろうとしたんだよね？　でも、志望大学を従兄弟と同じ学校一本に絞るなんて後のないことをしたり、大学生活全部つぎ込んで合格率の低い予備試験に挑戦したりするのは、もう自分で自分の首を絞めてるようにしか見えない。自罰的すぎる」

自罰的という、あまり日常生活では使わない言葉を頭の中で変換するのに時間がかかり、火花が散るようなその一瞬で、ああ、と貴文は腑に落ちる。

伯父夫婦は優しい。

身寄りのない貴文を快く引き取り、ふさぎ込む貴文に温和に接してくれた。自分たちだって一人息子を亡くして間もないのにその翳《かげ》りを見せず、亡き息子と貴文を比較するようなこともしない。そのことがありがたい反面、心苦しくもあった。

自分は秘密を抱えたまま伯父たちに引き取られたというのに。優しい二人を騙しているようで苦しかった。

せめて二人の役に立ちたい。でなければ申し訳が立たない。死んだ従兄弟の代わりを務められれば許されるだろうか。それ以外、自分がこの家にいられる理由なんてない。両親を死に追いやった自分が、なんの苦労もせず安穏とこの家で暮らしていていいわけがないのだ。

――罰を与えなければ。伯父たちがそうしてくれないのなら、自分自身で。

「……そうだったのかもしれない」

気がつけば、ぽろりと言葉が漏れていた。

貴文の内省が聞こえていたはずもないだろうが、湯峰はそれを理解しているかのように小さく頷いた。そうだよ、と肯定してくれたようにも見える。

自罰的、という言葉が引き金になって、ときどき自分の胸に重くのしかかってくるものの正体がわかった気がした。

呼吸が深くなり、貴文は細く長い息を吐く。肺の底にたまっていた澱《おり》が抜けていくようだ。

息を吐ききってからようやく我に返った。急にこんな重い身の上話を持ち掛けられて、湯峰もたまったものではないだろう。妙な話を聞かせてしまったことを謝ろうとしたが、湯峰は穏やかに笑ってこちらを見ている。迷惑そうな顔どころか、子供を見守るような眼差しに面映《おもは》ゆさを覚え、貴文は意味もなく両手を組んだり解《ほど》いたりしながら言った。

「……あのさ、伯父さんたちのこと勘違いしてほしくないから言っておくけど、弁護士になれとかあの人たちから要求されたことなんて本当にないんだ。大学受験するときだって、本命一校に絞らずいくつか受験した方がいいって言ってくれたし。予備試験なんてそう簡単に受かるものじゃないんだから、無理せず院で勉強した方がいいとも言ってくれた」

「そっか。いい人たちなんだね」

「そうだよ、でも俺が勝手に……わざと難しい道ばっかり選んだんだ」

まるで自分をいじめるかのように。これを自罰的と言わずなんと言えばいいだろう。

湯峰に指摘されるまで自覚もできなかった。思い込みに囚われていた自分を初めて客観視できた気分になって、貴文は前屈《かが》みになり深々と息を吐く。

その背中に、そっと湯峰の手が添えられた。

「宇津井の従兄弟は、司法試験にも受かって弁護士になったの?」

温かな掌の感触にどきりとして、束《つか》の間《ま》息が途切れた。それを湯峰に悟られぬよう、息を吐ききってから答える。

「いや……予備試験には合格したけど、その直後にバイクの事故で亡くなってる」

「司法試験は受けてないってこと?」

頷くと、軽やかに背中を叩かれた。

「じゃあ、宇津井の罪滅ぼしはもうお終《しま》いだ。従兄弟と同じ結果を出せたんだから」

湯峰の声には朗らかな笑いが交じっていた。思わず顔を上げれば、こちらを覗き込む湯峰の顔が目に飛び込んでくる。

「もともと宇津井が悪いことなんて何もなかったと思うけどね。宇津井の言葉がきっかけで家族が車を出したのは本当かもしれないけど、直接の原因は別にあるはずなんだから」

でも、と反駁《はんばく》しかけた貴文に、湯峰は笑顔で言いきった。

「事故が起きたのは宇津井のせいじゃないよ。伯父さんたちにも本当のことを伝えてたら、きっと同じことを言ったと思うよ?」

そうかな、と言いかけたが、喉が痙攣《けいれん》して上手く声が出なかった。湯峰の答えを聞くまでもなく、そうかもな、と思えて急速に胸の奥が緩む。

両親が車を出した理由を伯父夫婦に伝えていたら、きっとあの二人も「気に病まなくていい」と言ってくれたはずだ。

伯父に引き取られた直後の、今よりずっと子供だった自分には許されるなんて想像もできなかったが、伯父たちと十五年以上一緒に暮らした今ならそう確信が持てる。

湯峰の部屋の壁際には、貴文が着てきたスーツがハンガーにかけられている。

クリスマスプレゼントにスーツが欲しいなんて急に貴文が言い出しても、伯父夫婦はその理由を深く尋ねようとしなかった。ただ嬉しそうに「一緒にお店に見に行こう」と言ってくれて、これが似合う、こっちがいい、と我が事のように真剣にスーツを選んでくれた。そんな人たちが、幼かった貴文の行動を責めるわけもない。

俯いた貴文の頭を、湯峰の大きな手がぐしゃぐしゃと撫でる。

「従兄弟みたいになるって目標は達成されたんだから、これからは自分のために好きなことをしたらいいよ。伯父さんたちだって宇津井がそんなこと考えてること知ったら絶対こう言うよ。長い間お疲れさまって」

目の奥から熱いものがこみ上げてきたと思ったときにはもう、膝の上にぽたりと涙が落ちていた。グレーの布地に、ごまかしようもないほどはっきりと黒い水玉模様ができる。

袖口で慌てて涙を拭ったところで落涙はごまかしきれなかっただろう。でも湯峰は何も言わずに頭を撫で続けてくれる。

優しい手つきに体のこわばりが解けていく。しかし気持ちが落ち着いてくると、今度は猛烈に恥ずかしい。成人した男が友人の前で昔語りをして、挙句泣き出してしまうなんて。

(……そうだ、友達だ。しかも、元恋人の)

ちらりと湯峰の顔を仰ぎ見る。

湯峰は指先で髪を梳《す》くようにゆったりと貴文の頭を撫で、前髪の隙間で微かに目を細めた。

いつになく親しみのこもった眼差しにドキッとして、慌てて視線を膝頭に戻した。

(な、なんか、湯峰の距離感ってどうなってんだ……？　一度は俺たち、つき合ってたんだよな？　でも湯峰は俺と別れたがってて、俺が無理やり追い縋って友達に戻って……)

未来から戻ってきた貴文がぐいぐい距離を詰めてきたときは困惑していた様子だったのに、いつの間にか以前と変わらぬ態度になって、今はこんなふうに優しくしてくれる。

(やっぱりこいつ、底なしのお人好しなのかな……)

いつまでも優しく頭を撫でてくれる湯峰の手に甘えてしまいそうになり、乱暴に目元を拭って背筋を伸ばした。

「なんか……他人にこんな話するの、初めてだ」

泣いてしまった後だけに、照れくさくて湯峰の顔を見られない。わざとらしく首を回し、天井に向かって呟いた。

「二ヶ月前の俺だったら、こんなこと絶対言えなかっただろうなぁ」

「――二ヶ月前？」

唐突に湯峰の声が低くなった。と思ったら、一度は離れた手が再び背中に添えられてぎくりとする。

湯峰はこんなに気安く体に触れてくる男だっただろうか。恐る恐る視線を向けると、唇に仄《ほの》かな笑みを含ませた湯峰がこちらを見ていた。

「そういえば、その頃から急に宇津井の行動が変わった気がするけど……何かあった？」

湯峰の唇の端は上がっているが、目が笑っていない。心の底まで見透かされそうで、無意識に胸の上に手を当てる。未来から過去へ戻ってきたなんて荒唐無稽な話を打ち明けることもできず、貴文はそそくさとベッドから立ち上がった。

「いや、ほら、予備試験も合格したし、余裕ができたから！」

とっさの言い訳だったが、時期的にもぴたりと一致していたからか湯峰もそれ以上追及してこなかった。これ幸いと床に延べられた布団に潜り込む。

「……もう寝る？　じゃあ、電気消そうか」

湯峰が立ち上がって、天井からぶら下がる電球の紐《ひも》を引っ張る。一回、二回と紐を引き、室内は豆電球の暗い橙《だいだいいろ》色に満たされた。

「……湯峰の家、なんかいいな。サザエさんの家みたいで」

「古いだけだよ。元は父方の祖父母が建てた家らしいからね」

暗がりの中に湯峰の柔らかな声が響く。続けてベッドの軋《きし》む音がして、湯峰も布団に入ったのがわかった。おやすみ、と声をかけようとしたが、湯峰はまだ眠るつもりがないらしい。宇津井、とひそやかな声で名を呼ばれる。

「俺ね、前からずっと気になってたんだ。宇津井はいつも感情を押し殺したような顔をしてるけどどうしてだろうって」

「……そんな顔してたか？」

ベッドの方に顔を向けてみるが、高低差があるので湯峰の姿は見えない。「してたよ」という笑い交じりの声が耳に届いて、なんだか耳元がくすぐったい。

「そ、そうかな。表情乏しいって言われることならよくあったけど」

「俺には苦しそうな顔に見えた。でも、今日はその理由が少しわかった気がする」

闇の中では声くらいしか相手の心情を推し量る術《すべ》がない。それでも十分、知れてよかった、と湯峰が思っているのが伝わってくるような声だった。

別れた相手にすら、湯峰はこうして心を傾ける。それが嬉しいような、お人好しすぎて心配なような、複雑な気分で貴文は苦笑した。

「いつからそんなふうに思ってたんだ？」

「宇津井が折り紙サークルに入ってくれた頃からかな」

　貴文が告白するよりずっと前だ。「お前本当に他人のことよく見てるんだなぁ」と感心して呟くと、喉の奥で低く笑う声が闇に響いた。

「見てるっていうか、嫌でも目が行くよ。だって宇津井、あんな熱烈な目で俺のこと見てるんだから」

「……えっ、俺が？　湯峰のこと？」

「自覚なかった？」

　ない、とは言えず口ごもる。告白する前から長く湯峰に想いを寄せていたのは事実だ。なるべく慕情が面《おもて》に出ないよう努力していたつもりだったが、まったく隠せていなかったらしい。

「……男にそんな目で見られて、気味悪くなかったのか？」

「全然。最初は恋愛感情込みだなんて気がついてもいなかったし、単に何かすごく困ってる人なのかなって思ってた。困ってると、ああいう熱心な目で俺を見る人は多いから。でも宇津井は思い詰めた目で俺を見るくせに何も言わないし、何も求めてこないから、なんだろう、とは思ってた」

　それきり湯峰は言葉を切る。話は終わったのだろうか。身じろぎすると、シーツがしゃりっと音を立てた。客用のシーツにはしっかり糊《のり》が利いていて、なんだか体になじまない。

　寝返りを打とうとしたら、再び暗がりに湯峰の声が響いた。

「——困ってる人はみんな熱心に俺を見る。でもそれも、俺が頼みごとを引き受けるまでなんだけどね」

感情の窺《うかが》いにくい平淡な声に貴文は動きを止めた。

田島を筆頭に、湯峰の周りにはトラブルを抱えた人間が群がってくる。そういう手合いは湯峰が頼みごとを引き受けた途端切迫した雰囲気を消し、肩の荷は下りたとばかり安堵《あんど》しきった顔になる。仕事もトラブルも全部湯峰に丸投げして、自分はもう関係ないと言いたげに湯峰に背を向ける者も少なくない。

時間を飛び越え過去に戻り、湯峰の後を追い回すようになってから初めて貴文はそんな現場を目の当たりにするようになった。そのたび「ちゃんと怒れ！」と訴えたが、湯峰は大したこともないと笑うばかりだった。

今だって、闇に響く声は淡々としている。事実をあるがまま述べ、そのことになんの感慨も抱いていないのが窺える。

そんな湯峰の声が、闇の中でゆるりと変化した。

「宇津井だけだったな。時間も場所も関係なく、ずっとあんな目で俺を見てたのは。言葉では何も望まないのに、目だけずっと何か欲しがってるみたいな」

湯峰の声が仄かな熱を帯びる。面白がっているような、興奮しているような声だ。からかわれているのかもしれない。どちらにせよ、自分がどんな目で湯峰を見ていたのか突きつけられたようで恥ずかしい。

好きで好きで仕方がない。そんな思い詰めた眼差しを隠せていなかったのだろう。

「……悪かったよ」

「どうして謝るの？　俺は応えたかったよ」

潜めた声で囁《ささや》かれ、心臓がどきんと跳ねた。

視線を上げてみるが、ベッドの上にいる湯峰の顔は相変わらず見えない。別れた今になってどうしてこんな話をしているのかわからなくなって、貴文は布団に潜り込んだ。

「……応えてくれただろ。俺と、つき合ってくれたし」

「でも、最後まで宇津井には本音を明かしてもらえなかった」

湯峰の声に一抹の淋《さみ》しさが過った気がして、慌てて布団から顔を出した。

「別になんか隠してたつもりはないぞ！　それに今日はちゃんと、いろいろ伝えられたし」

視線を上げると、ベッドの縁から湯峰も顔を出した。こちらを見ているようだが、豆電球だけ灯《とも》した部屋の中では表情がよく見えない。

「そうだね。今日はいろいろ話が聞けてよかった」

布団に沈み込むような柔らかな声で言って、でも、と湯峰は声を低くする。

「宇津井が急にそうやって本音を口にできるようになった理由がわからない。少し前まであんなに頑《かたく》なだったのに……」

また少し沈黙が流れ、湯峰は静かな声で言った。

「宇津井が何か吹っ切れたのならよかったけど、俺の知らないところで、一人で先に進んでしまったのは……少し淋しいかな」

淋しいという言葉に思いがけず深刻な重みがあって目を瞠《みは》った。一体どんな顔でそんな言葉を口にしたのだろう。表情を見定めようとしたが、湯峰はまた顔を引っ込めてしまう。

「おやすみ」

かける言葉を探していたら、穏やかに就寝の挨拶を告げられ会話を打ち切られてしまった。しばらくは往生際悪く口の中で切れ切れの言葉を転がしていたが、上手く会話の糸口が見つからず「おやすみ」と返す。

ほどなく、室内に湯峰の寝息が響き始めた。

けれど貴文は眠れない。湯峰の言葉の意味を上手く捉えられない。

(……淋しいってなんだよ)

別れ話を切り出してきたのは湯峰だ。貴文に愛想を尽かせたのではなかったか。

だというのに、湯峰は項垂《うなだ》れる貴文の背中に手を添え、優しく頭を撫でてくれた。貴文が落ち着いてくると、たわむれるように指先で髪を梳いてきさえした。つき合っていた頃よりずっと恋人らしい仕草だったような気がする。

思い出したら急に体が熱くなった。真冬にもかかわらず、布団の中が蒸し暑い。

湯峰とはもうただの友人だ。この先もよりを戻すつもりなんてない。自分は湯峰に寄り添い、不幸な未来を回避させなければいけないのだから。つき合ったり別れたり、そんな不確かな関係でいるくらいだったらいっそ親友を目指した方がいい。

そう思うのに、じわじわと頬が熱くなっていくのを止められない。こうして湯峰のそばで柔らかな声や表情を目の当たりにしたら、いともたやすく恋心が息を吹き返してしまった。

（そんなことしてる場合じゃないだろ、俺は……！）

自分のすべきことは湯峰への恋心を再確認することではなく、湯峰の未来を変えることだ。わかっているのに、湯峰の寝息に耳を傾けているだけで心臓が落ち着かない。

（……なんでこうなる！）

貴文は布団に潜り込み、必死で湯峰に対する想いを打ち消そうとする。でも上手くいかない。湯峰の寝息や寝返りの音に過敏に反応してしまい、心臓は苦しいくらいに早鐘を打つ。もう隠しようもなく恋い焦がれている相手と二人きりで布団を並べるなんて拷問だ。湯峰の寝息を聞きながら、貴文は泣きたい気分でまんじりともせず夜を過ごした。

年末の特別番組は毎年代わり映えがしない。大晦日《おおみそか》は特に。

四年前にも同じ番組を見たのだろうか。毎年同じように過ごしているので確信が持てぬまま、伯父夫婦と一緒にリビングでテレビを眺めて年越しをした。

カウントダウンが終わった瞬間歓声が上がるような家でもなく、三人で「あけましておめでとうございます」と静かに頭を下げ合った。

無事にカウントダウンが終わった途端わかりやすくテンションが下がった生中継を眺め、両親と過ごした年越しはどんな様子だっただろうと思い返す。あの頃はまだ自分も幼かったし、深夜まで起きていられる特別感に興奮していたようにも思う。初日の出も見るのだと意気込んだものだが、それが実現した記憶はない。両親はアルコール類を飲みながらお喋《しゃべ》りしていて、二人の会話に耳を傾けているうちに寝落ちしてしまったのだったか。

両親と過ごした日々を思い出すのは傷口を引っ掻《か》くような痛みを伴い長く避けていたはずなのに、最近はあまり抵抗がない。生々しい思い出に薄くかさぶたができたような気がする。

湯峰《ゆみね》の実家を訪れた辺りからか。あの日の湯峰の言葉に心のどこかが慰められた。

「貴文《たかふみ》君、こんな所で寝ちゃ駄目よ」

伯母に声をかけられハッと目を開けた。ソファーでテレビを見ているうちにウトウトしていたらしい。伯母と伯父がこちらを見て「貴文君が居眠りなんて珍しい」と笑う。

リビングでうたた寝をするなんて初めてだ。新年とはいえ伯父たちの前で気を抜きすぎた。すみません、と謝って慌てて部屋に戻ろうとすると、背後から伯父に声をかけられた。

「今日くらい、もう勉強はおしまいにして眠るんだよ」

「そうよ、しっかり寝ないと初夢が見られなくなっちゃう」

でも、と言いかけて貴文は言葉を切る。

以前の自分ならきっと、わかりました、と従順に頷《うなず》いて、でも部屋に戻ったら参考書を広げていたに違いない。

両親を亡くしてから貴文の胸には絶えず罪の意識が広がっていて、手を抜いたり何かを楽しんだりすることに言い知れぬ後ろめたさを感じていた。その想《おも》いを払拭するために自分で自分を戒めて心の平穏を保っていたのだ。伯父たちはそんなことを望んでもいないのに。

貴文は廊下で立ち止まると、伯父たちに向かって軽く頭を下げた。

「今日はそうさせてもらいます。おやすみなさい」

おやすみなさい、と温かな声が返ってきて、貴文はそっとリビングのドアを閉める。

その晩は自身の言葉を違《たが》えることなく、大人しく布団に入って早々に就寝した。

明けて元日。朝から自室で勉強をしていると、携帯電話に湯峰から連絡があった。しかも、メールではなく電話だ。

元日に電話がかかってくるなんて初めてだ。画面に表示された名前をしばし凝視してしまい、我に返って電話を取る。

『もしもし、宇津井《うつい》？　あけましておめでとう』

柔らかな声が耳朶《じだ》を震わせ、思わず耳元から携帯電話を離してしまった。声に動揺が伝わらぬよう、一つ深呼吸してから口を開く。

「おう、おめでとう。今年もよろしく……」

『こちらこそよろしく』と応じる湯峰の声が微《かす》かに震えている。何事だ、と耳に携帯電話を押し当て、湯峰が笑いをこらえていることに気づいた。

『年賀状、届いたよ。工場の住所に送ってくれたんだ？』

ああ、と貴文は眉を開く。

「実家の住所がわからなかったから、工場のホームページ見てそっちに送った」

『どうしたの、急に。今まで一度も年賀状なんて送ってくれたことなかったのに』

「そりゃ、年末お世話になったから。一晩泊めてもらったし」

『だから宛名に俺だけじゃなくて、家族全員の名前が書いてあるんだ？』

「そう。湯峰敏郎《としろう》様、幸恵《さちえ》様、覚《さとる》様って」

『親の名前なんて教えたっけ？』

「帰り際に表札見て確認した」

『二人とも喜んでたよ、律儀だねって』

「湯峰のお父さんも？」

ふふ、と湯峰が笑う。明確な返事がないところを見るに、実は嫌そうな顔をされたのかもしれない。湯峰の父、敏郎との初対面は完全に失敗したと思う。

『大学の友達から年賀状が届いたの初めてだよ。今年もよろしくってメールならよくもらうけど。宇津井はこれまでメールもくれたことなかったから、驚いた』

湯峰の声にはずっと笑いが滲《にじ》んでいる。突然の年賀状がよほどおかしかったのか。

「ちなみに、年賀状は来年も送る予定だ」

『もう来年の話？』

「今回は俺の名前で送ったが、伯父の事務所に就職したら事務所の名前で送る。何か困ったことがあったらすぐうちに連絡してくれるようご家族に伝えておいてくれ」

『もしかしてこれ、セールスの一環？　俺以外にも年賀状ばらまいてるの？』

まさか、と苦笑する。いくら伯父たちの世話になっているとはいえ、貴文だってそこまではしない。湯峰一家が窮地に陥ったとき、少しでも手を差し伸べられるチャンスがあればと考えてのことだ。

「年賀状なんてお前のところにしか送ってないよ」

『うちだけ？』

念押しされ「当然だ」と返すと、柔らかな笑い声が返ってきた。少しはしゃいだようなその声を聞きながら、貴文は手の甲で頬をこする。

（わざわざ電話までかけてくるなんて、年賀状がそんなに嬉《うれ》しかったのか？）

首を傾《かし》げる貴文も少し浮かれている。新年早々湯峰の声が聞けた。熱を拭い落とすつもりで頬をこすってみたが効果はなく、火照った頬を片手で扇《あお》いだ。

電話でよかった。あからさまに意識している顔を見られずに済む。

年末に湯峰の家に一泊してから、すっかり恋心が息を吹き返してしまった。こうして声を聞いているだけで顔に熱が集まっていく。湯峰の家に泊まった翌日もろくに湯峰の顔を見ることができず、朝食を食べるが早いか慌ただしく礼を言って辞去することになった。

『宇津井、今何してたの？』

「司法試験の勉強」

『ごめん。邪魔だった？』

「全然」

会話を打ち切られそうな気配を察し、食い気味に返事をしてしまい頭を抱えた。もっと湯峰の声を聞いていたいのがばれてしまう。ごまかすように「ちょうど休憩入れようと思ってたから」と言い足す。

『元日からもう勉強してるんだね。でも、たまには息抜きもしないと体を壊すよ？』

「わかってる。さすがに四六時中勉強してるわけじゃない。明日は初詣にも行く予定だし」

『そうなんだ。家族と？』

「いや、田島《たじま》先輩と」

答えるや、唐突に電話の向こうが静かになった。通話が切れてしまったのかと思い耳元から画面を離して確認したが、通話時間は順調に延びている。

「湯峰？　もしもし、聞こえてるか？」

『――聞こえてる。田島先輩と出かけるの？　連絡取り合ってるんだ？』

湯峰の声は鮮明だ。一瞬音が途切れたのはなんだったのだろうと思いつつ、貴文は椅子に凭《もた》れて天井を仰いだ。

「ああ、年末に先輩から連絡があった。なんかあの人、仕事納めの日にわざわざ連絡くれたみたいでさ。『うちの会社志望してくれる子見つかった？』って。相変わらず追い詰められた声出してたから、ちょっと会えませんかって誘ってみたんだよ。でも年末は仕事持ち帰るから身動き取れないって。マジでとんでもない会社だよな。ちょっと本格的に離職を勧めてみようと思って、明日無理やり約束取りつけた。一応初詣とは言ってあるけど、どっかでなんか温かい飯でも食わせてちゃんと話を聞いてみようかと――……」

『俺も行く』

言葉尻を奪われ、貴文は天井を見上げたまま目を瞬《しばたた》かせた。一拍置いてから、反動をつけて身を起こす。

「明日？　お前も来るのか？　でもお前まだ実家にいるんだろ？」

『大丈夫、今日の夜には帰る予定だったから。で、どこの神社行くの？』

湯峰の声は穏やかだが、先程までの楽しそうな笑い声はすっかり鳴りを潜めている。

『どうしたの？　俺も行くよ。田島先輩と会うときは俺も呼んでって言ったじゃない』

口調こそゆっくりだったが、声には断固として譲らない響きがあった。やはり最初に声をかけられたのは自分だという責任感があるのか、はたまた困っている相手を放っておけない性《さが》なのか。

（できれば湯峰と田島先輩はあんまり会わせたくなかったんだけどな……）

うっかり口を滑らせたことを後悔しつつ、貴文は渋々田島との待ち合わせ場所を伝えた。


「あけましておめでとう。で、うちの会社を志望してくれる子は見つかった？」

大学近くの神社で待ち合わせをした田島は、貴文たちと顔を合わせるなり本題を切り出してきた。「まだです」と答えると目に見えて落胆された。やつれた頬は土気色だ。会うたび顔色が悪くなっている。

「ほら先輩、まずはお参りに行きましょう。今年は運気を変えないと」

貴文に促され、田島もよろよろと参道を歩き出した。その体を支えるように歩く湯峰も心配顔だ。

大学の近くにある神社は参道の両脇にちらほらと出店が並び、社務所の前では甘酒なども配られていた。新年二日目ということもあり、普段は閑散としている境内も今日は人でいっぱいだ。本殿に続く参道にも行列ができている。

十五分ほど並んで本殿の前に立つと、三人で横並びになって手を合わせた。

もう神頼みしかできないのか、青い顔で「新卒が見つかりますように……」とぶつぶつ呟《つぶや》く田島の横で、貴文は敢《あ》えて大きな声で言う。

「田島先輩が今年こそブラックな会社と縁を切れますように！」

「……えっ、ちょ、ちょっと！　何お願いしてるの！」

慌てふためく田島を一瞥《いちべつ》して、貴文は本殿に向かって深く一礼してから列を抜けた。

「だって先輩、このままじゃ倒れますよ。最悪死にます」

「そんな大げさな……」

「先輩の顔見たら大げさだなんて思えません。真っ青を通り越して顔白いじゃないですか」

同意を求めるように湯峰を見上げると、湯峰も真剣な顔で頷いた。

「宇津井の言う通り、本当に顔色が悪いです。温かいものとか飲んだ方がいいと思います」

「いや、でも……早く帰って仕事をしないと」

「そんなに時間は取らせませんから。ほら、あっちで甘酒も配ってますし」

湯峰に背中を押され、田島もよろよろと歩き出す。

仕事がある、と田島は言ったが、三が日も終わっていないのにもう会社は動いているのか。

今の時代、元日からオープンしている飲食店も珍しくないから早速使い走りをさせられているのかもしれない。どれだけ酷使されているのだと眉をひそめ、絶対にこんな会社に湯峰を送り込むわけにはいかないと改めて心に誓った。

「先輩、会社辞めた方がいいですよ。働き口なんて他にたくさんあるでしょう」

社務所の前で配られていた甘酒を受け取り、境内の隅でそれを飲みながら貴文は切り出す。

至極まっとうなことを言ったつもりだったが、田島から返ってきたのは、わかってないな、と言わんばかりの溜息《ためいき》だ。

「そう簡単に辞められるわけないよ。だって俺、エリアチーフ任されてるんだから」

部署の垣根を超えた雑用係のことか。甘酒を一口飲んで、肩書きというのは重要だな、としみじみ思った。こうやって従業員に妙な責任感を抱かせることができるのだから。特に田島は入社から数年でたいそうな肩書きを与えられ、余計に張りきってしまったのかもしれない。

田島は白い湯気を立てる甘酒を一口飲んで、切れ切れの溜息をつく。

「そうでなくてもうちの会社、本当にぎりぎりの人数で回してて、俺が辞めたら他の人たちの迷惑になるから……」

他人のことなんて気にしてる場合か、と一蹴してやりたかったが、湯峰は思い当たる節があるような顔で「それは辞めにくいですね」などと同意している。ブラック企業にずるずるとついてしまうのは、こうやって周囲に気を配りすぎてしまうお人好《よ》しなのだろう。

湯峰に同意してもらえたのが嬉しかったのか、田島の目がわずかに光を取り戻した。

「だよね？　わかってくれる？　湯峰君、うちの会社に向いてるかもしれないよ。よかったら俺と一緒に働かない？　いきなり最終面接受けられるようにしてあげるから……」

「やめてくださいよ先輩、こいつは実家の工場を継ぐ予定なんですから」

「家業を継ぐ前に別の業界を知っておくのもいいと思わない？　企業研究の一環だと思って」

企業研究という言葉が効いたのかまんざらでもない顔をする湯峰を見て、貴文は慌てて二人の間に割って入る。

「湯峰は駄目です！　湯峰は俺の――……っ」

背後に湯峰を隠して声を荒らげたが、急ブレーキをかけたように言葉が途切れた。

とっさに口走ったはいいが、湯峰は俺の、に続く言葉が出てこない。大事な相手だ、というようなことを言いたかったのだが、具体的な単語を選ぶのが難しい。

恋人、ではない。好きな人、とも言えない。

田島は相変わらず寝不足のような顔でぼんやりとこちらを見ている。このままうやむやにしてしまおうかと思っていたら、斜め上からひょいと湯峰に顔を覗《のぞ》き込まれた。

「『湯峰は俺の』？」

続きを促され、ぎくりとして目を上げる。湯峰は紙コップを唇に寄せ、じっと貴文を見て動かない。口元が見えないので表情が窺《うかが》いにくく、貴文は動揺を押し殺して答えた。

「……だ、大事な、友達、なので」

なぜか田島ではなく、湯峰本人に向かってそう口にする羽目になった。

湯峰の反応が気になって目を逸《そ》らせない。万が一嫌そうな顔をされたらどうしたものかと息を詰めたが、案に相違して湯峰はゆっくりと目元をほどいた。

「大事なんだ。新年早々、宇津井と友情が深められて嬉しいな」

紙コップを下ろした湯峰の唇は綺麗《きれい》な弓なりを描いているが、本心からその言葉を口にしているのかはよくわからない。友達に戻ってほしいと懇願したのは自分だが、本当に別れた相手と友情など築けるものだろうか。少なくとも、貴文には難しそうだ。湯峰に対してたっぷりと未練を抱いているだけになおさらである。

「そ、それより、おみくじでも引いていきませんか……！」

まだ湯峰への恋心をくすぶらせているなんてばれては大変だと、貴文は甘酒を飲み干してそそくさとその場を離れた。

おみくじ売り場にも人だかりができていたが、本殿に並ぶ参拝客ほどではない。ものの数分でくじを買い、その場で全員くじを開いた。

貴文と湯峰は中吉だ。お互いぱっとしないな、なんて言い合っていたが、問題は田島である。

「……凶だった」

青白い顔で呟く田島からは生気が感じられない。湯峰が気遣わしげに田島に寄り添う。

「やっぱり俺はもう駄目だ……新卒も見つけられないし、上司にミンチにされる……」

「大丈夫ですよ、まだ入社式まで三ヶ月もあるんですから。きっと見つかります」

「だったら湯峰君が入社してくれよぉ……！」

　おみくじを握りしめた田島はほとんどべそをかいている。その様子に胸を痛めたのか、湯峰が微かに眉を寄せた。田島の肩に手を添え、今にも「俺でよければ……」なんて言い出しそうな湯峰を見て、貴文は猛然と田島に体当たりをした。

「ここで凶が出たってことは、先輩の不運も底を打ったってことじゃないですか！」

　田島が驚いた顔でこちらを見る。その目が湯峰に向かないよう、勢いよくまくし立てた。

「凶より悪いことなんてないんですから、ここから先輩の運は上がる一方ですよ！　もういいことしか起こりません！　泣くほど嫌な会社なんて辞めるべきです。これを機に悪運と縁を切ってください」

　田島はぽかんとした顔で貴文の言葉に耳を傾けていたが、突然顔を歪《ゆが》めたかと思うと、手にしていたおみくじを放り出して貴文に抱きついてきた。

「本当にもう、これ以上悪いことなんて起こらないかなぁ……！」

　さすがにぎょっとしたものの田島の体を押し返すこともできず、半ばやけくそになってその体を抱きとめた。

「大丈夫です！　今が一番悪いときなんですから、そこから動けば状況は変わります！」

　だからとっとと会社を辞めろと言いたかったのだが、ガバリと顔を上げた田島は貴文とはまるで違うことを考えていた。

「宇津井君……！　君さえよければ、うちの会社に来ない？」

束の間《つかのま》絶句した後、貴文は腹の底から「なんでそうなるんですか！」と叫んだ。

「会社を辞めろって言ってるじゃないですか！」

「俺がいなくなったら仕事が回らなくなる。それよりも、君みたいにはっきり物申せる新人がうちには必要だ！　どうだろう、ぜひ……！」

「駄目です」

簡潔だがきっぱりとした声が降ってきたと思ったら、背中に大きなものがぶつかった。振り返ると、背後に湯峰が立っていた。

湯峰は貴文の肩に手をかけると、さりげなく自分の方へ引き寄せる。貴文に抱きついていた田島の腕も離れ、ほっと息を吐いたら今度は湯峰に背後から抱き込まれた。

「うぇ……っ、ゆ、湯峰……っ？」

慌てて背後を振り返るが、湯峰はまっすぐ田島を見ている。その眼差《まなざ》しがいつになく厳しい。

「宇津井は弁護士になる夢があるんです。司法試験も近いんですから、冗談でもそんなこと言わないでください」

貴文が弁護士を目指した経緯を知っているからか、湯峰の表情は険しい。田島から距離をとるためとはいえ抱き込まれてどぎまぎしたが、続けて湯峰が何を言おうとしているのか気づい

た瞬間、体から血の気が引いた。

「そんなに新人が必要なら、いっそ俺が——……」

「ば……っ、馬鹿！　軽はずみなことを言うな！」

勢いよく上体をねじり、両手で湯峰の口をふさぐ。むぐ、と湯峰がくぐもった声を出すのと、田島のコートのポケットから携帯電話の着信音が響いてきたのはほとんど同時だ。

田島はハッとしたようにポケットに手を突っ込むと、画面を見て顔を青ざめさせる。

「上司からだ……！　仕事の件かもしれない！　ごめん、先に帰るね！」

言うが早いか携帯電話を耳に押し当て、田島はこちらを振り返りもせず参道を駆け抜けていってしまった。つい先ほどまで目の焦点も合わない様子でふらふらと歩いていたのが嘘《うそ》のような機敏さだ。よほど上司が恐ろしいのか。

「……先輩、絶対退職した方がいいよなぁ」

呟くと、斜め上から「んぐ」と返事があった。湯峰の口を両手でふさいだままだったことに気づき慌てて手を下ろす。

「悪い。苦しかったか」

掌《てのひら》に湯峰の唇の感触が残っているようで落ち着かない。「大丈夫」と湯峰は笑ったが、貴文を抱き寄せる腕はそのままだ。

「な、なんだ……？　もう離せって……」

顔を前に戻して深く俯《うつむ》く。そうしないと赤くなった顔が湯峰に見られてしまう。

つき合っていた頃だってまともに抱きしめられたことなんてなかった。押し倒されたことはあるが、あれだって斜め上から体重をかけられただけで完全に寝そべってはいなかったような。

（そんなこと思い出してる場合か⁉）

余計な記憶を引っ張り出してきたせいでますます顔が赤くなる。慌てふためく貴文を尻目に、湯峰はのんびりと笑った。

「こうしてると温かいから」

「人をカイロ代わりにするな！」

笑いながらもようやく湯峰が腕をほどいてくれた。

田島に抱きつかれたときは、困ったな、くらいにしか思わなかったのに、湯峰に同じことをされたらもう相手の顔を見返すこともできない。せめて顔の熱が引くまでごまかさなければ。目的地もないまま大股で歩き出そうとしたら、後ろから腕を掴《つか》まれた。

「待って宇津井、帰る前に社務所で買い物して行こうよ」

貴文が帰ろうとしていると勘違いしたのか、湯峰が慌てたように腕を引いてくる。肩越しに振り返ると、湯峰は人垣のできた社務所の方を見ていてほっとした。

コートの袖口でごしごしと頬を拭い、湯峰と一緒に社務所に近づく。

「お守りでも買っていく？　ほら宇津井、学業成就のお守りなんかもあるよ」

社務所の前までやってきた貴文は、色とりどりのお守り袋が並んだ台を興味深く眺めた。

こんなふうに初詣に来るのは初めてだ。貴文の両親も、伯父夫婦にも初詣に行くという習慣がなく、つい最近まで勉強以外脇目もふらなかった貴文をこうしたイベントに誘ってくれる友人もいなかった。

「就職成就のお守りとかもあるんだな。田島先輩、これ買っていけばよかったのに」

「縁結びでもいいかもしれないよ。新しいご縁がありますようにって」

あれこれ見て回り、せっかくなので紺の袋に銀色の縫い取りがされた学業成就のお守りを買っていくことにした。ついでに田島にも縁結びのお守りを買い、最後にもう一つお守りを手に取って会計を済ませた。

社務所を覗いていた湯峰のもとに戻った貴文は、買ったばかりのお守りを差し出した。

「お前にもやる」

神社の名前が印刷された白い紙袋を受け取った湯峰は、「俺に?」と目を瞬かせた。まるで予想していなかった展開だったらしく、上手《うま》く表情も作れない様子で袋の中身を掌に出す。

袋から転がり落ちたのは目にも鮮やかな赤いお守りだ。金色の糸で縫い取られた文字を読むや、湯峰の顔が笑みで崩れた。

「健康長寿のお守り? こういうのっておじいちゃんたちが買うんだと思ってた」

白い息を吐きながら、湯峰はおかしそうに笑っている。ウケを狙ったわけではなく、至極真面目にお守りを選んだ貴文は口をへの字に結んだ。

「年に関係なく健康は大事だろ。それにお前には――長生きしてほしい」

どうしても、声に切実さが交じってしまう。自分の知る未来では、湯峰は二十の半ばをようやく越えたばかりで亡くなってしまうのだから。

貴文の瞳が翳《かげ》ったことに気づいたのか、湯峰も笑いを引っ込める。改めて手の上のお守りを見て、柔らかくそれを握り込んだ。

「……ありがとう。大事にするよ」

目を細め、湯峰は斜めがけにしていたカバンにお守りをしまった。それから貴文の手元を見て「お守り三つも買ってたんだ」と笑う。

「家族にお土産？」

「あ、いや、田島先輩の分。家族の分は特に……何買えばいいのかよくわからないし」

伯父夫婦に引き取られて以来、貴文は二人に対してプレゼントの類を贈ったことがなかった。なんとなく、従兄弟《いとこ》だったらどんなものを買うだろうと考えてしまうのだ。比較されるかもしれないと思うと尻込みした。

「宇津井がいいなと思ったものを買って帰ればいいと思うけど？」

湯峰は軽い調子で言って、再び社務所に近づいていく。

「俺はこれにしよう。ゴマまんじゅう。宇津井、おうちの人と一緒に食べてよ」

「……えっ、うちに買ってくれんのか？」

「お守りのお礼」と笑って、湯峰は神社の名前が印刷された箱に入ったまんじゅうを買った。

「宇津井も何かお土産買っていきなよ」

促されても貴文はそう簡単に決められず、何度も社務所の前を行ったり来たりする。

どんなものなら伯父たちは喜んでくれるだろう。食べ物などの残らない物の方がいいような気もするが、そうすると湯峰の土産とかぶってしまう。

「こ、これにしようかな……」

散々迷ってようやく選んだのは破魔矢だ。紅白の色合いがなんとなくおめでたいし、正月らしさも感じられる。

散々待たされたにもかかわらず、湯峰は倦《あ》いた顔もせずにっこりと笑った。

「いいと思う。なんであれ、普段お土産を買わない宇津井が買ってきてくれたってだけで喜んでくれると思うよ」

「いや、そういうもんでもないだろ……」

「そういうものだよ。宇津井から年賀状もらったとき、俺すごく嬉しかったから」

大げさでは、と思ったが、湯峰は軽く身を屈《かが》めて貴文と目線を合わせてきた。

「本当だよ。宇津井から連絡くれることなんて滅多にないから、嬉しかった」

「そ……そう、か？」

「つき合ってる頃だって俺から連絡するばっかりだったから」

急につき合っていた頃の話など振られ、全身に妙な力が入って動けなくなった。事実とはいえ突然話題に出されるとどんな顔をすればいいのかわからない。湯峰にとっても黒歴史だろうに。

硬直する貴文を見下ろし、湯峰は目を細める。

「だからきっと、宇津井の家族も喜んでくれるよ」

たやすく貴文の平常心を突き崩しておきながら、当の本人はそんな自覚もない様子で貴文から身を離した。弱腰になる貴文の背中を押そうとしてくれただけかもしれないが、それにしてはあまりにも言葉選びが刺激的すぎる。

（……急に蒸し返すなよ、そんな話！）

俺はまだお前のことが好きなんだぞ、とわめいてやりたい。でもできない。一度は別れた自分たちがこうして一緒にいられるのは、湯峰の恩情のようなものなのだから。

（その気もないのに無自覚に距離を詰めてくるんじゃない……！）

横目で湯峰を睨《にら》み、八つ当たり気味に胸の中で呟く。そのおかげか、社務所の巫女《みこ》さんに会計を頼む貴文の顔から、最前まで浮かんでいた不安な表情はすっかり消えていた。

神社で湯峰と別れ、マンションに帰ってくる頃にはもう日が傾いていた。

「貴文君、お帰りなさい」

玄関先で靴を脱いでいると、廊下の向こうから伯母が顔を出した。奥から薄くコーヒーの匂いが漂ってくる。夕食を作る前に少しのんびりしていたのかもしれない。

リビングに行ってみると、思った通り伯母がテーブルでコーヒーを飲んでいた。伯父の姿がないので不思議に思っていると、貴文の視線の動きを読み取ったかのように「お父さんならコンビニに買い物に行ったわよ」と声をかけられた。

「そうですか……。あの、これ、俺の友達が伯母さんたちにって……」

湯峰からもらったゴマまんじゅうをテーブルに置くと、あら、と伯母が笑みをこぼした。

「大学の先輩とお出かけするって聞いてたけど、お友達も一緒だったの？」

「はい、あの……たまには、と思って。それからこれも……」

貴文はおずおずとまんじゅうの隣に破魔矢を置いた。

「これもお友達から？」

「いえ……これは俺が、お土産に。お正月の縁起物らしいので」

伯母は驚いたように目を見開き、嬉しそうに相好を崩した。

「貴文君が買ってきてくれたの？　あら嬉しい、どこに飾っておこうかしら。リビングの窓辺にする？　玄関先がいいかしらね」

「いや、そんな目立つ場所じゃなくても……！」

「せっかくだもの、一番いい場所に置きましょうよ。素敵じゃない」

伯母はいそいそと立ち上がると破魔矢を手に取り、満面の笑みを浮かべた。

想定していなかった喜びようにうろたえる。思えば伯母たちに土産を買ってきたことなど高校の修学旅行以来か。それもホテルの売店で買った菓子という無難なものだ。

こんなことなら従兄弟と比較されるのではなんて余計なことは考えず、もっと頻繁に土産でもなんでも買って帰ればよかった。そう思ったものの、そもそも自分はこれまで勉強一辺倒で、土産を買えるような場所に足を向けてこなかったのだと思い至る。

「初詣はどうだった？　混んでなかった？　少しは息抜きできたかしら」

破魔矢を持ってリビングの中をうろうろと歩き回る伯母を眺め、貴文は唇に微かな笑みを浮かべた。

「……はい。いい気分転換になりました。すみません、司法試験も近いのに」

一度は受かった試験だ。危なげなく合格できるだろうとは思うが、伯母たちからしてみればこの時期に遊びに行くなんて気を抜きすぎていると思われたかもしれない。気持ちを入れ替えようと思っていたら、破魔矢を持った伯母が踵《きびす》を返して近づいてきた。

「あらいやだ、謝ることなんてないじゃない。お友達と遊びに行くのも大事よ？　根を詰めすぎたら体を壊しちゃうわ」

「いや、でも……」

「年末だってお友達の家に泊まりに行ってたじゃない？　あのときちょっとほっとしたの。貴文君ったら勉強ばっかりでいつも家に閉じこもってるから。でもいいお友達ができたみたいでよかった。学生時代の友達は財産なのよ。私も未《いま》だに同窓会に出てるもの」

機嫌よく喋る伯母に圧倒され、貴文はなかなか口を挟むことができない。でも、とようやく呟いた声は弱々しくて、伯母に首を傾げられた。

「……こんなことをしていて、司法試験に落ちたら」

優秀だった従兄弟ならば、きっとストレートで司法試験にも受かったはずだ。だったら自分もそうならなければいけない。伯父たちをがっかりさせたくない。

暗い表情で呟いた貴文を、伯母は軽やかに笑い飛ばした。

「落ちたらまた受験すればいいじゃない。チャンスは一回じゃないんだから。何度も落ちて嫌になったら、別に弁護士目指すのやめたっていいくらいだもの」

あっけらかんと言い放たれた言葉に絶句した。そんな貴文を見て、伯母はますます楽しそうに笑う。

「貴方《あなた》は貴方の好きなようにやっていいのよ」

明るい声と言葉に、とんと胸を衝《つ》かれた思いがした。

伯母たちに引き取られてから、何度も耳にしてきたセリフだった。貴方は貴方の好きなように過ごしてくれて構わない。無理に弁護士を目指す必要もない、と。

何度も聞いた。でもいつも耳元をすり抜けていった。そうは言っても、貴方たちは自分の息子の代わりが欲しいのでしょう、と頑《かたく》なに思い込んでいた。

目の前にいる伯母たちの表情をきちんと見ることもしないで。

（――……こんなに屈託なく笑ってたのか）

目の前で、伯母はなんのわだかまりもなく笑っている。今この場で貴文が「弁護士を目指すのはやめます」と言い出したとしても「あらそうなの」と笑って受け止めてさえくれそうだ。

（俺は、伯母さんたちの顔をちゃんと見てなかったんだな）

そんなことを思っていたら玄関先で物音がした。伯父が帰ってきたようだ。

「あ、お帰りなさい。ねえ見て、貴文君がお土産を買ってきてくれたのよ」

伯母がはしゃいだように玄関に出て行く。伯父はどんな顔でそれを迎えるだろう。さほど喜んでもらえないかもしれない。そんな不安が胸を過《よぎ》る。でもその後ろに、仄《ほの》かな期待も見え隠れしている。

立ち尽くしたのは一瞬で、貴文も伯母の後を追って玄関先へ向かった。


二月の初め、卒業論文の本論の締め切り当日を迎え、四年生の間に張り詰めていた緊張の糸がいったん緩んだ。無事に締め切りを守れた者は、二月下旬の卒論発表会に向けて準備を進めることになる。

湯峰も本論を提出して肩の荷が下りたらしい。折り紙サークルの部室で勉強をしていた貴文のもとへやってきて、実家に遊びに来ないかと誘ってきた。湯峰の母親が貴文に会いたがっているそうだ。

湯峰の実家に泊めてもらった翌日、貴文は湯峰の実家にお歳暮を贈っていた。その礼をしたいと前々から言われていたらしい。

内心ガッツポーズを作る。湯峰の家族と懇意になるのは貴文にとっても望むところだ。

早速その週の土曜日、駅で待ち合わせをして湯峰の実家へ向かった。二回目の訪問なので、今回はスラックスにワイシャツ、黒のセーターといくらかラフな服装にしてみた。

「遠いのにごめんね」と湯峰は申し訳なさそうな顔をしていたが、好きな相手と一緒にいられるのだから苦などない。どちらかというと、自分の恋心を隠さなければいけない方が苦しいくらいだ。

気を抜くと滲み出そうになる恋情を隠しきれるか不安だったが、幸い——と言っていいのかわからないが、移動中に何度も携帯電話に田島から連絡が入ってきたのでそれどころではなくなった。二月に入ったが、まだ入社希望者が見つかっていない田島は相当焦っているらしい。

しかし五人必要なところを四人は集めたというから意外と田島も根性がある。あと一人と思うともうなりふり構っていられないのか、最近はほぼ毎日連絡がくる。その矛先が湯峰に向かぬよう注意を払いつつ、さりげなく田島に離職も勧めているうちに湯峰の実家に到着した。

横開きの玄関の戸を開くと、湯峰の父、敏郎が上がり框《かまち》に腰かけて靴ひもを結んでいるところだった。湯峰を見て目をほころばせかけたものの、その後ろに立つ貴文を見るやたちまち唇がへの字になる。すっかり嫌われたものだと思いつつ、貴文は笑顔で敏郎に声をかけた。

「お父さん、こんにちは！　今日はお休みのところ失礼します」

敏郎は手元に目を落とし、ああ、と不明瞭な声で返事をした。

靴を履いているところを見ると、これからどこかに出かけるのだろうか。もしかすると遅くまで帰ってこないのかもしれない。貴文は慌てて肩から下げていたカバンに手を突っ込んだ。

「お父さん、確かもうすぐお誕生日でしたよね？」

敏郎と湯峰が同時に貴文を見た。二人揃《そろ》って怪訝《けげん》な顔だ。

「……なんでそんなことを？」

「湯峰君に聞きました」

敏郎が湯峰を睨む。そんなもん教えるな、とでも言いたげだが、星座占いをしたいから家族の生年月日を教えてくれ、なんて下手な言い訳で無理に聞き出したのは貴文だ。敏郎の刺すような視線を遮るべく湯峰の前に出て、洋封筒を差し出した。

「どうぞ、お誕生日プレゼントです！」

淡いピンク色の包装紙に包まれた封筒をじろりと見て、敏郎は眉を上げ下げする。

「……商品券か？」

「いえ、人間ドックのギフト券です」

「なんだそれ」「なにそれ」と、敏郎と湯峰が同時に声を出す。

貴文は半ば無理やり敏郎にギフト券を押しつけると、屈めていた体を起こして説明した。

「人間ドックの基本コースにフルオプションをつけておきました！　検診の予約だけはご本人にしてもらわないといけないんですが、それさえ済めばもう後は病院に行くだけですから」

どうにか湯峰の父親に人間ドックに行ってもらう方法はないものかとあれこれ調べ、このギフト券を発見した。費用はすでに貴文が全額支払っている。後は本人が病院に行く日取りを決めるだけだ。これだけお膳立てすれば敏郎の心も動くかもしれない。

今一つぴんときていない顔の敏郎とは対照的に、湯峰は慌てた様子で貴文に耳打ちしてくる。

「人間ドックって、すごく高いんじゃないの？　五万円とかザラにするんじゃ……」

実際はオプションをつけたのでもう少し値が張ったが、無言でにこりと微笑《ほほえ》んだ。アルバイトの経験はないが、伯父たちから毎年もらっていたお年玉をこつこつ貯《た》めていたおかげで予算は足りた。そもそも敏郎の病が早めに発見できるなら金額など問題ではない。

湯峰の声が漏れ聞こえたのか、封筒を持つ敏郎の表情が強張《こわば》った。

「……そんな高価な物は受け取れないぞ」

「大丈夫です、知り合いの医師から格安で譲ってもらったものですから！」

もちろん嘘だが、敏郎に突っ返されては意味がない。「いや、でも」「お構いなく」と押し問答が始まりそうになったところで、廊下の奥から幸恵がやってきた。

「宇津井君、いらっしゃい！　年末はお歳暮なんて送ってもらっちゃってごめんなさいね」

「いえいえ、一晩泊めていただいたので、そのお礼に」

「気を遣わなくてもよかったのに。でもハムの詰め合わせ美味《おい》しかったわぁ、ありがとう」

幸恵はいそいそと客用のスリッパを出して「そういえば」と声を弾ませる。

「免許の件だけど、今年のうちに返納しようかと思ってるのよ」

「本当ですか？」

思わず大きな声を出してしまった。

幸恵の自動車事故を避けるには本人に免許の返納をさせるのが手っ取り早いだろうとは思っていたが、車の有無で生活スタイルは大きく変わる。そう簡単に手放せるものでもないだろうと考えていただけに驚いた。

幸恵は上がり框に立ち、気恥ずかしそうに頬に手を当てる。

「実は私、あんまりとっさの判断が上手くなくてね。今までも何度かヒヤッとすることあったのよ。覚から宇津井君のご家族の話も聞いて、なんだかいろいろ考えちゃって……」

背後で湯峰が「勝手に話してごめん」と小声で謝ってきたが、貴文はしっかりと首を横に振る。自分の話で湯峰の未来を変えられるのならむしろ本望だ。

「でも、手続きの方法がよくわからなくて」

「それなら俺が調べますよ」

いっそ諸手続きにつき合っても構わない、と言い添えようとしたら、敏郎が勢いよく上がり框から立ち上がった。

「まだ目も耳も悪くないのに返納なんかして、後で後悔しても知らんぞ」

語気荒く言い放ち、敏郎はチラシやダイレクトメールが乱雑に置かれた靴箱の上に人間ドックの巻を放り投げた。そのまま大股で外へ出て行ってしまう。

湯峰と幸恵が呆《あき》れたように肩を竦《すく》めるのを見て、貴文は恐る恐る二人に尋ねた。

「……もしかして、お父さんは免許返納に賛成してないんですか?」

「そうみたい。自分が飲んだ帰りに私に迎えに来てもらえなくなるのが嫌なんでしょう。いいのよ、タクシーでもなんでも使ってもらえば」

さばさばと言って、幸恵は踵を返してしまう。

幸恵を事故から遠ざけるためとはいえ、夫婦仲が悪くなるのは困る。アプローチの方法を間違えたかとおろおろしたが、湯峰は「気にしないで」と笑って貴文の背中を叩《たた》いた。

貴文たちを茶の間に通した幸恵は、早速紅茶とケーキを出してくれた。息子やその友人とお喋りするのにためらいはないらしく、自分のケーキも持ってきてこたつに足を入れる。

学校のことや卒業式のことなどしばらく当たり障りのない話をしてから、湯峰がふと思い出したように幸恵に尋ねた。

「そういえば、父さんどこに出かけたの？　もうすぐ夕飯だけど」

「永井《ながい》さんのところ。ほら、近所で塗装工場やってる」

ショートケーキのイチゴをフォークで突き刺し、幸恵は深い溜息をついた。

「これまでうち、塗装は外注でやってたでしょ？　でもお父さんは塗装も自分たちでやりたいみたいなのよね。春になったら設備増やして、職人さんも新しく雇うつもりみたいよ」

「なんで急に」

「そりゃ、あんたが卒業してこっちに戻ってくるからじゃない？」

イチゴを口に放り込んだ幸恵を見やり、湯峰は困ったような顔をする。

「俺が帰ってきたからって急に景気が良くなるわけでもないのに……。設備とか従業員増やして大丈夫なの？　うちそんなに儲《もう》かってないよね？」

そりゃあ、と言いかけた幸恵だが、貴文が二人の会話に耳を傾けていることに気づいたのか慌てて口をつぐんだ。

「やだ、宇津井君の前でこんな内輪の話しちゃって。ごめんなさいね」

「……いえ、お構いなく」

貴文は無理やり笑顔を作ったが、内心はまるで冷静でいられない。

（設備投資って……もしかして、それが原因で湯峰の家は借金を抱え込んだんじゃないか？）

新しい仕事に手を出そうとしたのが業績不振のきっかけだろうか。他にも原因はあるかもしれないが、ここで仕事の手を広げず堅実な経営をしていれば工場を畳まずに済むかもしれない。

（でも、この状況でそんなこと言えるか？　部外者で学生の俺が……！）

そうでなくとも敏郎からはあまりいい印象を持たれていない。下手に口を挟むと火に油を注ぐ結果になってしまうのではないか。

人間ドックのように勢いで押し切るわけにもいかない。そもそも人間ドックだって行ってもらえるかわからない。ギフト券はまだ下駄箱の上に放置されたままだ。

敏郎を止めるためにどう振る舞うべきかすぐには思いつかず、貴文は硬い表情で黙々とケーキを食べ続けた。


お茶だけ飲んだら暇乞《いとまご》いをするつもりでいたが、幸恵から「宇津井君のために夕飯の準備張り切っちゃった」などと言われて帰れなくなった。せっかくの好意を無下にするのは心苦しい。

敏郎は塗装工場の社長と飲みに行くことになったらしく、湯峰と幸恵の三人で和やかに食卓を囲む。食卓にはちらし寿司とポテトサラダと肉団子が並んでいて、大皿を空にしてもすぐにお代わりが運ばれてくる。前回の失敗を生かしてアルコール類だけは全力で遠慮したが、気がつけば腹がずしりと重くなるほど飲み食いしていた。

「あら、食べすぎちゃった？　ちょっと休んでらっしゃいよ。この前みたいに泊まってくれてもいいのよ?」

幸恵がそう声をかけてくれたときにはもう、外はとっぷりと日が暮れていた。

さすがにそう何度も泊まるわけにもいかないので丁重にお断りしたが、すぐには動けないほど腹が重い。完全に食べ過ぎだ。幸恵がニコニコと見守ってくれるので箸の止めどきを見失ってしまった。

できれば少し体を横にしたいが、よその家の茶の間でダラダラするのは気が引ける。溜息をつくと、察したように湯峰が席を立った。

「宇津井、ちょっと俺の部屋に来ない?」

手招きされ、ふらふらと湯峰の部屋に向かった。

「ほら、少し横になりな」

湯峰に促され、悪いと思いつつベッドに倒れ込んだ。湯峰もベッドの端に腰を下ろし、呻《うめ》き声を上げる貴文を眺めて笑う。

「バイキングに行った帰りみたいになってるよ。そんなに無理しなくてもよかったのに」

「……無理はしてない。美味《うま》くてうっかり食いすぎただけだ」

「そう言ってもらえると母さんも喜ぶよ。でもこれ以上気に入られると、毎週でもこっちに呼び出されかねないよ?」

貴文は布団に横顔をつけ、どこともつかない宙を見詰めて呟いた。

「それはむしろ、望むところだな……」

できることならこれからも間近で湯峰一家を見守っていたい。正式に弁護士になった暁には改めて名刺を持ってこようなどと思っていたら、ぎしりとベッドが軋《きし》んだ。

「望むところなの？」

視界がふっと暗くなって目を上げる。視線の先に、貴文の体の脇に手をついてこちらを覗き込む湯峰の顔があった。上から覆いかぶさるような格好に心臓が跳ねる。

押し倒されたときのことなど思い出して硬直していると、湯峰の唇に淡い笑みが浮かんだ。

「そんなにうちの家族が気に入った？　それともこの家？　前にサザエさんの家みたいだとか言ってたけど」

「そ、そう、かも……？」

なんで疑問形？　と苦笑して、湯峰はゆっくりと瞬きをした。

「俺のアパートに誘ったときは、一回しか来てくれなかったのにね」

つき合っていた頃のことなど蒸し返されて、とっさに反応ができなかった。

「……よ、予備試験の前だったからな」

なんとか答えを絞り出したものの、きっと予備試験の後だとしても誘いには乗れなかっただろう。部屋で二人きりになんてなったら湯峰を好きだと思う気持ちが溢《あふ》れてしまう。湯峰もそれに気づいてしまうだろうし、自分の想いは湯峰を困らせるばかりだ。

湯峰は納得してくれたのか、そう、と囁《ささや》くような声で言った。

「だったら短気を起こさず予備試験が終わるまで待っていたら、何か変わってたのかな……」

「……短気？　って、誰が――……」

気が長くて器の大きな湯峰には似合わぬ単語に目を瞬かせたそのとき、階下から幸恵の声が響いてきた。

「覚ー、お父さんから迎えに来てって連絡きたから、ちょっと行ってくるわね。宇津井君はもし帰るなら駅まで車で送っていくから、待っててもらうように言っておいて。泊まるようならお風呂の準備してあるから入れてあげてー」

少しだけ語尾の伸びたのどかな声で我に返り、貴文はあたふたと上体を起こした。湯峰も部屋の入り口を振り返り「わかった」と声を張り上げる。

玄関の戸がガラガラと閉まる音が微かに響いて、振り返った湯峰の顔には呆れたような苦笑が浮かんでいた。

「ああやっていつも父さんの運転手やらされてるから、母さん本気で免許の返納考えてるんだよ」

「そ、そうなのか……」

掠《かす》れた声で返事をして無理やり笑ってみたものの、心臓はまだ痛いくらいに高鳴っている。

幸恵が出かけて、家の中は湯峰と自分の二人だけだ。先ほどまでは意識にも上らなかった時計の針の音がやたらと耳について、落ち着かず髪など掻き上げる。

居た堪《たま》れない沈黙から貴文を解放してくれたのは、ジーンズのポケットに入れていた携帯電話の振動音だった。これ幸いと画面を確認して、貴文は軽く眉を上げた。

「家族から？」

「いや……田島先輩から電話だ」

携帯電話を耳に当て、何気なく湯峰の方を見てドキッとした。湯峰が無表情でこちらを見ていたからだ。

眉を寄せたわけでも口の端を下げたわけでもないのに、湖面のように凪《な》いだその顔が怒っているように見えて戸惑った。しかしすでに通話はつながっていて、切羽詰まった田島の声が耳を打つ。

『宇津井君、うちの会社志望してる子見つかった⁉』

「見つかってません！」

もはや挨拶も抜きで質問をぶつけてくる田島に、貴文も同じ声量で言い返す。

他人の部屋で声を荒らげてしまったことに気づき、湯峰の視線から逃れるように窓辺に立った。室内に背を向け、少しだけ声のトーンを落とす。

「先輩、もう諦めた方がいいんじゃないですか？　二月ですよ、二月。四年生でまだ就職先が決まってない人間なんてもういるわけないじゃないですか」

『わかんないだろ、入社式直前で倒産する会社だってあるかもしれないんだから……！』

「そんな不幸を負った人を、先輩の会社みたいなブラック企業に送り込みたくないです」

『うちはブラックじゃない。上司は厳しいけどアットホームだ』

「職場に対してアットホームとか言う連中にろくな奴《やつ》いないですよ。口先では社員を家族とか言って、その実奴隷扱いしてるんじゃないですか」

『ち、違う……上司は俺に期待してくれて……』

「先輩、いい加減目を覚ましてください。ちゃんと寝てます？　今日の夕飯食べました？」

『……まだ』

「じゃあまずはファミレスでも牛丼屋でもいいからどこかでご飯食べてきてください。コンビニで弁当買ってもいいですよ。でも絶対温かいものも一緒に食べてくださいね」

『……わかった。食事をとったらまた連絡する』

「いや、いらないです。とっとと布団に入って寝てください」

貴文の言葉には返事をせず、田島はぷつりと通話を切った。溜息をついて振り返り、湯峰がまだこちらを見ていることに気づいてぎくりとする。やはりその顔には表情がない。

「田島先輩、なんだって？」

「あー……、まだ入社希望者探してるらしい。もういい加減諦めて会社辞めたらいいのに」

「なまじ四人も集めちゃったから引き下がれなくなったのかもね。俺にもよく連絡くるよ」

何気なく口にされた言葉に衝撃を受け、危うく携帯電話を取り落としそうになった。湯峰の様子がいつもと違うことにこだわっている余裕も失い、大股でベッドに近づきその隣に腰を下ろす。

「お前にも連絡いってるのか！　いつの間に田島先輩と連絡先の交換なんて……！」

「最初からしてるよ。友達から田島先輩に会ってほしいって言われたとき、先輩本人に会う前に連絡先だけは教えてもらってたから」

「今すぐ着信拒否にすべきだ、絶対田島先輩とは連絡なんて取り合わない方がいい！」

必死の形相で訴えるが、湯峰の表情は動かない。それどころか、ふいと貴文から顔を背けてしまう。

「宇津井は田島先輩と頻繁にやり取りしてるのに？」

「俺は先輩の会社に行くつもりなんてさらさらないからいいんだよ。でもお前はほだされる可能性があるだろう、危険だ……！」

いっそのこと、命にかかわることだと言ってしまいたい。大げさだと笑われても、しつこく繰り返せば少しくらい頭の隅にとどめておいてくれるのではないか。貴文が真顔でそんなことを考えていることも知らず、湯峰は視線を落としてとんでもないことを言う。

「もういっそ、俺が田島先輩の会社に就職すれば万事解決するんじゃないかな」

「ば……っ、馬鹿！　なんでそうなるんだよ、一番駄目な展開だぞ、それは！」

「だってそうすれば宇津井のところに田島先輩から連絡がくることもなくなる。宇津井だって司法試験の勉強で忙しいだろうに」

ぐぅ、と貴文は低く呻く。ここでもまた湯峰のお人好しっぷりが仇になるのか。

「俺のことなんて気にするな……！」

「気になるよ」

貴文の言葉を遮る声は、思いがけず低かった。

湯峰は床に視線を落としたまま、硬い表情で「気になる」と繰り返す。いつになく険しい表情で、単に貴文を心配しているというよりも、何かに苛《いら》ついているようにも見える。

（あの湯峰が、苛つく？）

まさか、と即座に自分の考えを否定する。過去問を貸してほしいと頼んできた後輩に約束をすっぽかされても、バイト先の正社員に忘年会の手配をさせられても湯峰は怒らなかった。それどころか湯峰の人の好さを面と向かって馬鹿にする輩《やから》にも、感謝の言葉もなく湯峰の労力だけかっさらっていく連中にすら湯峰は怒りを露《あら》わにしたことがない。

だというのに、床に視線を落としてこちらを見ない湯峰からは静電気のようなピリピリとした苛立ちを確かに感じた。

（お、俺に対して怒ってるのか……？　俺のしてることがよっぽど気に入らないのか？）

何か悪いことがあったとき、その理由を自分の中に見出《みいだ》そうとするのは貴文の癖のようなものだ。悪い想像が胸に膨らみ口をつぐみかけたが、寸前で思いとどまった。

一度目の人生では湯峰に別れを切り出されても何も言い返すことができなかった。そうやって大人しく引き下がった結果があれだったのだ。同じ轍《てつ》は踏むまいと己を鼓舞し、湯峰の肩を摑んで無理やりこちらに向かせた。

「お前がお人好しなのは理解してるが、仕事くらい自分の意志で決めた方がいい。ましてやお前は実家を継ぐんだろ？　ていうかそもそも、田島先輩の会社に興味ないだろ！」

湯峰の肩を摑んだまま、貴文は必死になって力説する。

「湯峰、他人のために仕事を選ぶのはよくない。お前が思うより仕事は過酷だ。起きてる時間の半分以上を興味も関心もないことにつぎ込んだ挙句、理不尽に怒鳴られたり舐《な》められたりするのはかなり辛《つら》いぞ……！」

目を血走らせる貴文の姿にさすがに怯んだのか、湯峰がわずかに体を後ろに引いた。

「な、なんだか、妙に説得力があるね……。宇津井、バイトしたことないって言ってたけど」

「伯父さんの事務所でいろいろ見たからな」

嘘ではない。司法試験に合格した貴文は、伯父の下で二年近く弁護士として働いていた。毎日が空虚だった味気ないあの日々も、こうして湯峰を説得する役に立つのなら上々だ。

湯峰の肩から手を離し、貴文は自分の掌に視線を向けた。

「俺はずっと、弁護士になったらどんな仕事をしたいかなんて考えたことがなかった。弁護士になることがゴールだったから」

だからいざ仕事を始めてみても、なんの熱意も情熱も湧いてこなかった。もしも従兄弟が生きていたら、と思い続けて目の前の仕事をこなしていただけだ。

従兄弟のことはよく知らないが、予備試験に受かるほど優秀だったのだ。司法試験だって一発で合格していただろうし、弁護士になっても如才なく仕事をこなしたに違いない。

『如才なく』というのがどんな仕事ぶりなのか具体的に思い浮かべることもできないくせに、自分もかくあるべしと思い込んで仕事を続けた。あやふやな理想像は雲を摑むようで、依頼を終えた後に満足感や達成感を得ることは一度としてなかった。従兄弟ならきっともっと上手くやったのだろうと、もう比較する術《すべ》もない相手を想像してふさぎ込むばかりだ。

弁護士になってからの無味乾燥な日々を思い出し、貴文は苦しい息を吐く。あんな状況で仕事をしていたのだから、伯父から弁護士になったことを後悔していないかと問われてしまうのも無理はない。

ふと目を上げると、湯峰が眉根を寄せてこちらを見ていた。まるで貴文の苦しい思いを吸い取ったかのように。

こんなふうに、湯峰はたやすく他人に心を寄せてしまう。

「……湯峰は優しいからさ、そうやって誰彼構わず簡単に深入りするなよ」

苦笑して、軽く握った拳で湯峰の腕を打った。さほど力を込めたつもりもなかったが、湯峰は顔をしかめて俯いてしまう。

「別に、誰彼構わず簡単にってことはないよ。今回は宇津井のことだから……」

「そう言って、お前本当に誰にでも手を貸すだろ。田島先輩の会社に就職しようとしてるのだって半分は先輩のためだろ？」

湯峰は眉を下げ、「まさか」と力なく笑った。

「……これ以上、宇津井に先輩と連絡を取ってほしくないだけだ」

貴文の勉強時間が奪われるのを心配してくれている、ということだろうか。どこまでお人好しなんだと呆れていたら、ベッドに放り出していた携帯電話が着信を告げた。田島から電話だ。夕食を食べたらかけ直すと言っていたが、まさか本当にかけてきたのか。こうなるともう話し相手が欲しいだけではないかという気もしたが、放っておいて湯峰に連絡などいっては大変だ。携帯電話を取ろうとしたら、反対側から素早く湯峰の手が伸びてきて手首を摑まれた。

振り返ると、身を乗り出した湯峰の顔がすぐ近くにあって息を飲んだ。

湯峰はどこか苦しそうな顔で貴文の手首を握りしめ、一向に離す気配がない。頬にふっと湯峰の息がかかり、互いの距離の近さを実感してドッと心臓が脈を打った。

ベッドの上では、まだ携帯電話が鳴り続いている。

「ゆ……湯峰……電話、切れるから……」

そろそろと体を後ろに引いて互いの距離を取ろうとするが、それを阻《はば》むように手首に回った湯峰の指に力がこもる。

震える息に乗せ、どうした、と尋ねると、湯峰の視線が大きく揺れた。強い逡巡《しゅんじゅん》を窺わせる表情だ。湯峰が眉を寄せる間も電話は鳴り続け、やがて諦めたように沈黙する。

電話が切れてしばらくしてから、やっとのことで湯峰が口を開いた。

「俺とつき合ってるときだってそんなに頻繁に連絡取ってなかったのに、なんで田島先輩ばっかり――……」

「え」と貴文は間の抜けた声を上げる。なんだよそれ、焼きもちでもあるまいし、なんて笑い飛ばそうとして、直前で口をつぐんだ。

（いや、まさかな……？　俺が何か意味を取り違えてる、とか……？）

湯峰がちらりとこちらを見て、目が合うなり素早く視線を逸らされた。その目元がうっすらと赤くなっていることに気づいて愕然《がくぜん》とする。

意味を取り違えているわけではないのかもしれないと思ったら、こちらまで顔が熱くなった。

「い……、いや、田島先輩は、向こうから連絡がくるからってだけで……」

「俺と電話で喋ってたときより遠慮がなくて、仲がよさそうだった」

「そりゃ、あっちが遠慮しないんだから仕方ないだろ……！」

貴文の言葉に反応したのか、湯峰が弾《はじ》かれたように目を上げた。

「だったら俺も遠慮しなければよかった？　宇津井の勉強の邪魔したくなくて控えてたけど、

本当はもっと声が聞きたかったよ」

冗談を言っているにしては、湯峰の表情はあまりにも真剣だ。

つき合っていた頃、湯峰はときどき電話をかけてきてくれた。きっと少しでも恋人らしいことをしようと気を遣ってくれているのだと思っていたが、声を聞きたかっただなんて、本気で言ってくれているのだろうか。

「お……俺だって、お前から電話がくるの、嬉しかった……」

湯峰の苦しそうな顔を見ていたら、本音が口からこぼれてしまった。

いつだって緊張してろくにお喋りもできなかったが、あの頃の貴文は耳元で響く湯峰の声に一心に耳を傾けていた。電話を終えると、それがどんなに短い時間だったとしても耳が真っ赤になっていたものだ。

「湯峰からの電話はいつも……勉強の合間のご褒美みたいに思ってた」

携帯電話の画面に表示された湯峰の名前を目に焼きつけるように見詰めてから、恐る恐る電話を取っていたことなど、きっと湯峰は知る由もない。

喋っているうちに当時の胸のときめきまで思い出して苦しくなった。俯くと、額にこつりと硬いものがぶつかる。

「……そんなふうに思ってたなら、どうして教えてくれなかったの？」

互いの額を合わせて囁かれ、貴文は全身を硬直させる。迂闊《うかつ》に動くと唇が湯峰の顔に触れてしまいそうだ。身じろぎできない貴文の顔を覗き込み、湯峰はさらに言葉を重ねる。

「あの頃の宇津井は、言いたいことがいっぱいあるような顔をしてるくせに何も言ってくれなかった。でも今はこんなにたくさん喋ってくれる。別れる前、俺のアパートに来たときはこうじゃなかったのに。ほんの少し会わない間に何があったの？　何が宇津井を変えた？」

湯峰との距離が近すぎて息ができない。耳の奥で激しく心臓の音がする。

息をしなければ。恐る恐る唇を開いた瞬間、ベッドに放り出されていた電話が再び鳴った。

反射的に音の出所へ顔を向けようとしたら、それを阻むように湯峰がこちらに体重をかけてきた。

「うわ……っ！」

不意を突かれて体がぐらつく。背中からベッドに倒れ込んだら湯峰も追いかけてきて、押し倒されるような格好になった。

貴文の顔の横に腕をついた湯峰が覆いかぶさってくる。こちらを見下ろすその顔が苦しげに歪《ゆが》むのを、貴文は呆然《ぼうぜん》と見上げることしかできない。

「……宇津井と一緒にいると、なんだかおかしい」

湯峰の言う通りだ。自分たちはとっくに別れて友人同士に戻ったというのに、こんなふうに押し倒されているのがまずおかしい。

貴文は目を見開いたまま、まさかと思いつつ口を開いた。

「湯峰、もしかして……俺と別れたこと後悔してる、とか……？」

まさかな、と冗談めかして言おうとしたが、湯峰は苦しそうな表情を崩さない。それどころか頬に手を添えられ、ゆっくりと顔を近づけられて息を呑《の》んだ。

頭をよぎったのは別れる直前、湯峰のアパートで押し倒されたときのことだ。

あのときはキスをされた嬉しさより、湯峰にそんなことをさせてしまった申し訳なさが勝った。

好きだ、つき合ってほしいと告白した自分に、湯峰は落ち着き払った笑顔で「いいよ」と答えた。あの反応を見れば、こちらに対する恋心など湯峰になかったことは疑うべくもない。だからこそ無理をさせたくなかった。こちらからは何も求めないつもりだったのに、きっと湯峰のアパートに招かれた自分はとんでもなく物欲しそうな顔をしていたのだろう。隠していた欲望がばれたのだと思ったら居た堪れなくなって、それで自分は湯峰を拒んだ。

だが、今はどうだ？

湯峰とはもう恋人同士ではない。貴文の望みに応じる理由もないのに、どうして湯峰は自分を押し倒してきたのだろう。しかも、こんなにも苦しそうな顔をして。

唇に温かな息がかかる。目を伏せた湯峰が切ない眼差しをこちらに注いできて、心臓が破裂しそうになった。

貴文の告白を受け入れてくれたのは間違いなく湯峰の優しさだ。それ以外の何物でもない。

でももしかしたら、一年近くつき合いを続けるうちに、湯峰も自分に対してなんらかの好意を抱いてくれるようになったのだろうか。

（あのときも、同情で俺を押し倒したわけじゃなかったのか……？）

あの日の湯峰がどんな顔をしていたのかもう思い出せない。でも目の前の湯峰は、まったく余裕のない顔でこちらを見ている。

優しく頬を撫《な》でられ、思わず目を閉じていた。

だって嫌なわけがない。自分は未だに湯峰への恋心を捨てきれていないのだから。

唇に柔らかなものが触れかけた、その瞬間だった。

「覚、友達が帰るなら車出すって母さんが――……」

すらりと襖《ふすま》の開く音がして、敏郎のだみ声が部屋に響いた。

ぎょっとして目を見開く。同じように瞠目《どうもく》した湯峰の顔が一瞬見えて、すぐさまその体が遠のいた。貴文も勢いよく起き上がって襖に目をやる。

部屋の入り口では、敏郎が襖に手をかけた格好で立ち尽くしていた。酒を飲んだ帰りだからか頬が赤い。しかしその顔は石像のように固まって表情がない。

玄関の戸を開ける音も、階段を上ってくる音も聞こえなかった。それだけ目の前の湯峰のことしか見えていなかったのか。体の内側で響く心臓の音が大きすぎて、外界の音を聞き逃していたのかもしれない。

どちらにしろ、とんでもない現場を敏郎に見られてしまった。

貴文は湯峰と一緒にベッドに腰かけ、ぎこちなく敏郎に笑みを向けた。

「お、お父さん、お帰りなさい……」

もしかしたら、友人同士がベッドで悪ふざけをしているように見えたかもしれない。一縷《いちる》の望みに縋《すが》って声をかけてみたが、敏郎の顔にみるみる憤怒の形相が浮かぶのを見て、とっくに望みは断たれていたのだと思い知った。

「お、お、お前――っ、うちの大事な倅《せがれ》に何しやがる！」

襖を震わせるほどの怒号に身を竦ませると、湯峰が貴文を庇《かば》うように立ち上がった。

「父さん、違う、今のは……」

「な、何が違う！　やけに静かだと思ったらお前ら、な、何を……っ！」

すっかり気が動転しているのか、それともかなり酔っているのか、敏郎は呂律《ろれつ》が回っていない。宥《なだ》めようとする湯峰を押しのけ、貴文を指さし「帰れ！」と叫んだ。

貴文はとっさに傍らの携帯電話を摑んで立ち上がる。これほど激昂《げきこう》している相手に何を言っても逆効果だ。それに貴文自身、突然湯峰に押し倒されて混乱している真っ最中だった。

「早くしろ！　二度とうちの敷居をまたぐな！」

大股で部屋に入ってきた敏郎は貴文の腕を摑むと、半ば引きずるように廊下に連れ出し階段を下りていく。貴文はろくな抵抗もせずそれに従った。酒を飲んでいる敏郎がうっかり階段で足を滑らせでもしたら大ごとだ。

背後から湯峰が必死で敏郎を止めているが、敏郎はそんな声など聞こえていない様子で貴文を玄関先まで連れてくると廊下の奥に取って返した。居間に置かれていた貴文のコートやカバンを抱えて戻ってきた敏郎は、上がり框からそれを三和土《たたき》に投げつける。

「父さん！」と湯峰が声を荒らげたが、敏郎は一切湯峰を振り返ろうとしなかった。すべての元凶はお前だと言わんばかりに貴文を睨みつける。

「妙になれなれしい奴だと思ってたら、倅をおかしな道に引っ張り込むつもりだったのか。やたら高いお歳暮なんか送ってきやがって、家内や俺を懐柔しようとしてたんだな？」

「いえ、そういうわけでは……っ」

三和土に落ちたコートやカバンを拾いながら慌てて否定してみたが、「うるさい！」と一喝されただけだった。

敏郎は肩で息をしながら靴箱の上に目を向ける。そこにはチラシやダイレクトメールと一緒に、貴文が渡した人間ドックのギフト券が置かれていた。敏郎は荒々しい手つきでそれを取り上げると、躊躇《ちゅうちょ》なく真っ二つに破り捨てた。

「こんなもんで騙されるか！　二度と来るな！　男同士で気味の悪い！」

引き裂かれたギフト券が敏郎の足元に落ちる。貴文は息を詰めてそれを目で追った。

同性に惹《ひ》かれる自分は少数派だ。誰もが快く受け入れてくれるわけもない。

そんなことはわかりきっていたから、貴文は自分の性的指向を他人に打ち明けたことがなかった。たった一人、湯峰を除いては。

湯峰は貴文に恋愛感情を抱いてくれることこそなかったが、それでもこの想いを足蹴にするような真似《まね》はしなかった。ごく当たり前の顔で受け入れてくれた。

だからこうやって面と向かって自分を否定されたのは初めてで、覚悟していたつもりでも息が止まった。

変えようにも変えられない自分のありようを他人から否定され、胸の奥を力任せに引き裂かれた気分になった。敏郎に破り捨てられたギフト券のようにその切り口はズタズタで、表面に深く皺《しわ》が寄る。多分、指先で丁寧に伸ばしてみても一度ついた皺は消えないだろう。切り口なんてなおさら元には戻らない。

玄関先に、敏郎の荒い息遣いが響く。

貴文はその足元から視線を上げることもできず、深く一礼して踵を返した。敏郎はもちろん、湯峰の顔も見られなかった。

後ろ手で玄関を閉めて外に出ると、ちょうど幸恵が外門を潜《くぐ》ってくるところだった。湯峰の自宅には駐車スペースがなく、工場の駐車場に自宅の車を置いているらしい。

「あ、宇津井君もう帰るの？　駅まで送ってくわよ」

明るい笑みを向けられ、貴文もぎこちなく笑い返す。幸恵が帰ってくるのがもう少し早かったら、彼女からも嫌悪の表情を向けられていたのかもしれない。声が震えてしまいそうだったが、腹に力を込めてなんとか別れの挨拶をする。

「大丈夫です、途中で用があるので歩いて帰ります。今日はお邪魔しました。夕飯、すごく美《お》味《い》しかったです」

「本当？　そんなふうに褒めてもらう機会ないから嬉しいわ、また遊びに来てね！」

きっともう、自分が湯峰の実家を訪れることはないだろう。幸恵だってことの顛末《てんまつ》を聞けば、二度と貴文にこんな笑顔を向けてくれないに違いない。

「……車の運転、無理しないでくださいね。お父さんにも、せめて健康診断にはちゃんと行くよう、くれぐれもお伝えください」

最後にそれだけ告げ、貴文は幸恵に深々と頭を下げた。

幸恵は笑顔で手を振って家の中に入っていく。玄関を開けた先で待ち構えているだろう敏郎が何を言うか想像すると気が重かった。あの場に置き去りにすることになった湯峰にも申し訳なさを覚えたが、どうすることもできずのろのろと駅へ向かう。

規則的に足を動かす間も、敏郎からぶつけられた言葉が頭の中に残響した。

しばらく歩いて、ようやく靴の踵《かかと》を踏んでいたことに気づき道端で足を止める。電柱に寄りかかって靴を履き直していると、背後からこちらに向かって駆けてくる足音が近づいてきた。

貴文は勢いよく顔を上げて背後を振り返る。

夜道の向こうから誰かが走ってくる。心臓が大きく脈打ったが、近づいてきたのはトレーニングウェアを着た男性だ。こちらには目もくれず走り去った男性を目で追って、貴文は詰めていた息を吐いた。

もう一度振り返ってみるが暗い夜道に人影はなく、湯峰が追いかけてくる気配もない。

電柱に凭れかかり、当たり前だ、と力なく呟いた。

湯峰の部屋で押し倒されたとき、もしかしたら湯峰は自分のことを恋愛感情込みで好きになってくれたのかもしれないと思ってしまった。

（そんなわけないのに）

未来から過去に戻ってきた貴文にとって、湯峰と別れたのはもう四年も前の話だ。

しかし湯峰にとってはまだほんの数ヶ月前の出来事で、もしかすると自分から別れを切り出したことに生々しい罪悪感を覚えていたのかもしれない。その上貴文が往生際悪く湯峰の友達でいたいなんて言い張ったものだから、同情が横滑りしてしまったのではないか。

けれど敏郎にその現場を見られ、あまつさえ「気味が悪い」と言い放たれて目が覚めたのだ。

その証拠に、こうして夜道でぼんやり立ち尽くしていても湯峰が貴文を追いかけてくることはなく、携帯電話に連絡がくることもない。

（家族からあんなに全力で拒絶されたら、そりゃ思い直しもするよな……）

自分だって伯父夫婦に湯峰とつき合っていることがばれ、別れるように説得されたら頷いてしまうのだろう。多分そうだ。きっとそうに違いない。

（――……でも、それでも湯峰が俺のこと好きだって言ってくれたら）

あれほど恩義を感じていた伯父夫婦の制止を振り切ってでも、湯峰の手を取ってしまうかもしれない。

ごく自然にそんなことを考え、貴文は唇を歪めるようにして笑った。

なんて虚《むな》しいもしもの話だろう。現実には、湯峰は父親の言葉で我に返り、貴文を追いかけてくることもしないのに。

だんだん体が冷えてきて小さく奥歯を鳴らす。上着を腕にかけたままだったことに気がついて、遅ればせながら上着を羽織った。一度熱を失った体は厚手のコートの下でも冷たいままで、背中を丸めてとぼとぼと歩き出す。

そうやってどれほどゆっくり歩いても、背後から湯峰が追いかけてくることはなかった。


携帯電話に湯峰からメールがあったのは、湯峰の実家から追い出されたその翌日だった。

湯峰はまず父親の暴言を深く詫《わ》び、明日学校で会えないかと送ってきた。

本当はすぐにでも直接湯峰の声が聞きたかったが、家族の手前電話をするのが憚《はばか》られるのかもしれない。余計なことは訊《き》かず、ただ『わかった』とだけ返信した。

月曜日、貴文は約束の時間よりだいぶ早く大学の図書館ロビーに到着した。あの後湯峰の家がどんな修羅場と化したか想像すると、いても立ってもいられなかったのだ。

湯峰は約束の時間ぴったりに現れた。俯き気味にロビーに入ってきたその姿を見て貴文は息を呑む。

湯峰の頰には、大きな湿布が貼られていた。

湿布は左頰の広い範囲を覆っているが、覆いきれなかった目の下にまでうっすらと痣《あざ》が浮かんでいる。すでに後期の授業は終わっているので図書館ロビーに人気《ひとけ》がないのがせめてもの救いだ。そうでなければ、きっと衆人の注目を集めていたことだろう。

湯峰は貴文の前まで来ると、小さなテーブルを挟んだ向かいのソファーに腰を下ろした。目を伏せた湯峰の顔を凝視する。湿布で隠れているが、頰に広がる痣はかなり大きそうだ。

別れ際の様子を思い出し、貴文はごくりと唾を飲んでから湯峰に尋ねた。

「……その痣、まさか、お父さんに殴られたのか？」

湯峰は一瞬だけ目を上げたものの、貴文と視線が交わるとまたすぐに下を向いてしまった。

「……違う」

「ほ、本当か？　じゃあ、なんでそんな痣……？」

湯峰はテーブルに視線を落としたまま無言で首を振る。父親から殴られたことを否定したのか、貴文の質問自体に答えるつもりがないという意思表示なのか判断がつかない。

それより何より気になるのは、湯峰が頑なに貴文と目を合わせようとしないことだ。

いつもは相手の目を遠慮なく覗き込み、その奥にある本音も願望もすくい上げてしまうくせに、自分のことは何も見せまいと言いたげに目を伏せてこちらを見ない。もどかしさを感じたが、めげずに質問を続けた。

「あの後、大丈夫だったのか？　ご家族と揉《も》めてるんだったら俺が謝りに行くぞ？」

「宇津井が謝ることは何もないよ。あんなことをした俺が悪いんだ」

人気のない図書館ロビーに響く湯峰の声は淡々として、あんなこと、という言葉にこもった感情がわからない。貴文を押し倒したことを後悔しているのだろうか。それとも恥じているのか。何も伝わってくるものがなかった。

「……大丈夫なのか？」

何をもってして大丈夫なのか自分でもわからなかったが、他に訊きようがなかった。

湯峰は微かに頷いて、ようやく目を上げ貴文と視線を合わせる。

湿布の下からにじみ出た痣が、湯峰の目の下を青黒く染めている。痛々しくて眉を寄せたら、湯峰も同じように顔をしかめて俯いた。

「今日は、宇津井にお願いがあってきたんだ」

身を乗り出し「なんだ？」と勢い込んで尋ねる。

望みがあるならどんなことでも聞くつもりだった。実際に湯峰の言葉を聞くまでは。

「少しの間、お互い連絡を取るのを控えよう。気持ちの整理をつけたいから」

もちろん、と即答するつもりが、できなかった。

家族からあんな態度を取られたのだ。貴文と距離を開けたくなる気持ちはわかる。だが、これればかりはそう簡単に頷けない。

「少しの間って、どれくらいだ？　一週間か？　それとも一ヶ月くらい……」

「わからない。落ち着いたら、とし か」

湯峰の表情は硬い。一ヶ月以上かかる可能性もあるということか。

それだけ長いこと湯峰を放置するのは不安だ。どこでどんなトラブルを抱え込むかわからない。一回目の人生では四年後まで生きていたのだから、と楽観視するのも怖い。自分が未来から戻ってきたせいで、すでにさまざまなフラグが折れたり曲がったりしているはずだ。

いい方に変化しているのなら構わない。だがもしも、悪い方に変化していたら。

(目を離した隙に何かあったらどうする？　今回のチャンスを逃したら、もう二度と湯峰を生かすことなんてできないんだぞ……！)

嫌だと言い張り湯峰につきまとうことも考えたが、ここで無理を通して縁を切られても困る。絶縁は避けつつ、どうにか様子を確認する方法はないものか。

悩んだ末、貴文は低い声で言った。

「お互いにっていうのは、なしにしないか。俺からは連絡しないから、代わりにお前から週に一度はメールを送ってくれ」

貴文からすれば最大の譲歩だ。これくらい受け入れてくれと念じたが、湯峰の反応は芳しくない。目を伏せて黙り込む姿からは強い拒絶を感じる。

駄目か、と肩を落としかけ、すぐに首を横に振った。

そう簡単に諦めるな。湯峰の命がかかっているのだ。

「文章はなくていい、適当に写真を送ってくれるだけでもいいから。空でも床でもなんでもいいから撮って送ってくれ。そうしたら、絶対こっちから連絡しない。約束する」

必死で食い下がると、床に向けられていた湯峰の視線がわずかに上がった。目線が貴文の膝から胸まで上がって、でも肩の辺りで目の動きがぴたりと止まる。

「……連絡しないだけじゃなく、実家にも近づかないって約束してくれる？　父さんがあの調子だから、万が一鉢合わせしたらきっと大変なことになる」

「約束する」

きっぱりと言い切ると、ようやく湯峰の目がこちらを向いた。

俯いていた湯峰の表情が露わになる。かなり食い下がってしまったので煩わしげな顔をされるのではないかと緊張したが、湯峰は眉を八の字にした心許《こころもと》ない表情をしていた。

「この前は、父さんがひどいことを言って本当にごめん。宇津井を傷つけたんじゃないかって、心配だった」

「いや……、それは、別に……」

不意打ちに言葉を詰まらせてしまった。この期に及んでこちらの心配をしてくれるのか。こんなときでも湯峰は優しい。だからどうしても期待してしまう。

湯峰はまだ少しくらい自分に心を寄せてくれているのではないか。約束を守っていれば、また以前のように気兼ねなくやり取りできるようになるのではないかと。

「……それじゃあ、そろそろ行くね」

湯峰が席を立つ。まだほんの十分程度しか喋っていないのにもう帰ってしまうのか。

（い、いいのか帰して……？　何か別のやりようがあったんじゃないか？）

無意識に、迷って引き止めるような表情を浮かべていたらしい。湯峰は貴文の顔を見ていったん席に座り直すと、嘘もごまかしも感じられない芯の通った声で言った。

「落ち着いたら、絶対に俺から連絡する。だから宇津井は待ってて」

突っぱねるべきか受け入れるべきか判断がつかない。自分は未来を知っているが、こんな会話を過去に湯峰としたことはない。まっさらな選択肢の前に立たされている。何が最善かなんてわからない。

「……わかった。待ってる」

わからないまま、そう返すことしかできなかった。

湯峰は頷いて静かに席を立ち、貴文を振り返ることなくロビーを出て行く。最後まで、笑みの一つも見せないまま。

その後ろ姿を見送って、貴文は力なくソファーの背に凭れた。

湯峰の頬に貼られた大きな湿布が頭から離れない。きっと敏郎に殴られたのだろう。湯峰のことだから貴文を庇うようなことでも言って、ますます敏郎を激昂させたか。それくらいは容易に想像がつく。

「……なんでこうなるんだよ」

未来から過去に戻って、一度は縁が切れた湯峰と再び友人に戻ることができた。このまま湯峰の傍らにいられれば最悪の結末は回避できると思っていたのに、事態は想像もしていなかった方に進んでいる。

別れ話を切り出したのは湯峰の方なのに、どうしてまた自分を押し倒してきたのだろう。あのときすぐに湯峰を押し返して、「何ふざけてんだよ」と笑い飛ばせばよかったのか。

そうすべきだったのに、浅ましくも期待してしまった。今度こそ本当に湯峰と恋人同士になれるのではないかと。

(——……そんなことのために戻ってきたんじゃないだろ)

背凭れに頭をつけ、貴文はきつく目をつぶる。

今は大人しく湯峰からの連絡を待つしかない。そして湯峰がもう一度自分と会ってくれたら、そのときこそ完全に友人として湯峰と接するのだ。それ以外のことなんて考えてはいけない。

わかっていたのに、湯峰への恋心を殺しきれなかった。

（……期待なんてするから悪いんだ）

そう自分に言い聞かせ、貴文は誰もいない図書館ロビーで乱暴に目元をこすった。


図書館ロビーで顔を合わせたのを最後に、貴文は一切湯峰に連絡をしなくなった。そのうち湯峰から連絡がくる。卒論発表も近いし、しばらくは忙しいのかもしれない。今は自分のやるべきことをしようと司法試験の準備に集中した。

幸い、湯峰は自分との約束を守って週に一度はメールをくれる。本文はなく、日常を切り取るような写真が一枚だけ送られてくる。

授業の合間に撮ったのだろう講義棟の窓から見える曇り空。アパートのキッチンに置かれたカップラーメンは、湯を注いだ待ち時間に撮られたものか。バイト先の更衣室、駅のホーム、大学構内に迷い込んだ猫。珍しくもなければ特別綺麗でもないが、湯峰がどこで何をしているのかわかる写真ばかりだ。

毎週欠かさず送られてくるその写真がなければ、大人しく湯峰と距離を置くことなどできなかったかもしれない。

そうこうしているうちに卒論発表の日が過ぎ、その合否も発表された。

湯峰からは毎週写真が送られてくるが、「そろそろ会おう」という連絡はない。そのうち短い二月が終わり、あっという間に卒業式を迎えてしまった。

正装した伯父夫婦とともに学校にやってきた貴文は、さすがに今日くらい湯峰から連絡があるだろうと期待してジャケットの内ポケットに携帯電話を入れ卒業式に臨んだ。

式の最中、貴文は何度も商学部のいる座席に目を向けた。女子は袴《はかま》姿の者が多く華やかだが、男子はほとんどが黒のスーツだ。誰も彼も同じ格好をしているので、遠目には湯峰の姿を見つけることができない。

式が終わって外に出てみると、体育館前の広場は卒業生と親族でごった返していた。とてもではないがこの中から湯峰を探し出すことはできそうもない。

湯峰からの連絡もなく気落ちしたものの、伯父夫婦が卒業祝いにとレストランを予約してくれていて、あまり暗い顔もできず三人で食事をしてから家路についた。

帰宅後、風呂に入って寝支度を整えた貴文は携帯電話を手に自室のベッドに腰かけた。脱衣所にまで持ち込んで連絡を待っていたが、やはり湯峰からの着信はない。

さすがに落胆して深く項垂《うなだ》れた。卒業式が何かの区切りになるのではと期待していただけにダメージは大きい。大学という共通の場を失い、急速に湯峰との接点が失われていく。

(……最後にあいつと会ったのって、いつだっけ?)

湯峰からの連絡を待ち侘《わ》び、すっかり生気の抜けた顔で携帯電話を覗き込む。着信履歴を確認してみるが、湯峰とはメールでやりとりをすることがほとんどだったので履歴にその名前は少ない。代わりに画面を埋め尽くしていたのは田島の名前だ。

しばらくぼんやりと履歴を眺めていたが、最近めっきり田島から連絡が来なくなったことに気づいてようやく目の焦点が合った。湯峰のことで頭がいっぱいで田島にまで気が回らなかったが、入社を希望する新卒は見つかったのだろうか。

田島は湯峰の人生にもかかわってくる重要な人物だ。ここできちんと縁が切れたのかどうか確認しておいた方がいい。今は他にできることもなく、久しぶりに田島に連絡を入れてみた。

呼び出し音の後、電話口に田島が出た。

『あ、宇津井君？　久しぶりだね、どうしたの急に。……え、今日卒業式だったの。そっか、卒業おめでとう』

礼を述べつつ、おや、と思う。いつになく田島の声が穏やかだったからだ。

「すみません、先輩は仕事中でした？」

『そうだけど、今ちょうど夜食を買いに行くところだから大丈夫』

横目で時計を見る。すでに夜の十時をとっくに過ぎているが、これからまだ仕事か。

「相変わらず過酷ですね。転職しないんですか？」

『しないよ、だって俺エリアチーフだし、無事に新入社員も確保できたし。これからは後輩を育てていくから、俺の仕事も少しは楽になると思うんだ』

「会社に入ってくれる人、見つかったんですね」

ほっとする反面、そんなブラックな会社に新人が居つくだろうかと不安にもなった。新人教育に時間をつぎ込んだ挙句、一年ともたずに新人たちが会社を去ったら今度こそ田島の心が折れそうだ。

「その節はなんのお力にもなれず申し訳ありませんでした」

せめて自分が弁護士になったらパワハラ案件でもなんでも引き受けますから、と続けようとしたら、電話の向こうで田島が明るく笑った。

『力になれないどころか、君のおかげだよ。湯峰君が入社してくれることになったんだから』

ベッドに腰かけ、爪先を揺らして田島と話をしていた貴文はその一言で動きを止める。

一瞬何を言われたのかよくわからなかった。視線を揺らし、喘《あえ》ぐように口を開く。

「……湯峰が、先輩の会社に？」

『うん。先月急に湯峰君から連絡があって』

「聞いてません」

硬い声で田島の言葉を遮る。携帯電話を持つ指先が震えていた。信じられない。そうならないように自分は必死で立ち回ってきたはずなのに。

『あ、そういえば宇津井君には言うなって言われてたかな。止められてるからって……』

「当たり前じゃないですか！　湯峰は実家に帰る予定だったんですよ！」

『でももう決まったことだし。湯峰君、四月からはうちの社員になるよ』

なんで、という言葉が喉の奥で膨れ上がって気道をふさぐ。絶句しているうちに『じゃあ、そろそろ会社に戻るから』と電話を切られてしまった。

貴文は耳に押し当てていた携帯電話をのろのろと下ろし、呆然と宙を見詰める。

予想だにしていない展開だった。まさか湯峰が田島の会社に入社するなんて。

（春から実家に戻るって言ってたのに？　そのために湯峰のお父さんだって、工場の設備を増やそうって張りきって――……）

過去に自分が見聞きした情報をつなぎ合わせていくうちに、一つの仮定に辿《たど》り着いて貴文は目を見開いた。

（俺とあんなことしてるところを家族に見られたからか？）

湯峰に押し倒されたところを敏郎に目撃された後、貴文はそそくさと湯峰の実家を出てきてしまった。だからあの後、湯峰たち家族がどんな会話をしたのかわからない。わかるのは、敏郎が湯峰の頬を殴りつけるくらいに激怒していたことだけだ。

幸恵も敏郎から事の顚末を聞いただろう。一人息子が同性を押し倒したことにショックを受けただろうことは想像に難くない。

家の中の空気は一晩にして緊迫したものになったはずだ。湯峰はそんな雰囲気の実家に帰るのが嫌になって、それで別の働き口を探したのではないか。

卒業式を一ヶ月後に控えたこの時期に新卒を募集している会社などほとんどない。例外があるとしたら、ネットで社名を検索すればたちまち『ブラック』という単語がサジェストされてしまうような会社ばかりだ。例えば、田島の勤める会社のような。

（俺のせいか……！）

これでは自分の知っている未来とほとんど変わらない。湯峰と両親の仲がこじれてしまった分、状況が悪くなっているくらいだ。

ベッドに放り投げた携帯電話を慌ただしく取り上げる。こちらからは連絡しないと言ったが、緊急事態だ。田島の会社に就職した理由を問い質《ただ》さなくては。

あれほど忠告したのに、自分の言葉など湯峰にはまるで響いていなかったのか。この調子では、落ち着いたら必ず連絡するというあの約束も反故《ほご》にされるかもしれない。

混乱と不安に突き動かされて湯峰に電話をしようとしたその瞬間、メールが着信した。湯峰からだ。

ようやく会ってくれる気になったかと、カツカツと爪を鳴らしてメールを開く。だが、今回も送られてきたのは写真だけで本文は空っぽだ。

ああ、と悲嘆にくれた声を出したものの、表示された写真を見た途端貴文の表情が変わった。写っていたのは大学の卒業証書だ。その横には卒業式でもらった校章入りの名刺入れもある。場所は多分、湯峰の実家だ。画面の端に写り込んだこたつ布団の柄に見覚えがあった。

写り込んでいるのはそれだけではない。証書の横に湯呑が二つ置かれていた。二つ。ということは、湯峰は誰かと一緒に卒業証書を開いて、こうして写真を撮っている。瞬間、強張っていた肩や背中からするすると力が抜けた。

相手が敏郎か幸恵かはわからない。どちらだとしても、同じ屋根の下で湯峰と一緒にお茶を飲み、卒業を祝ってくれる人がいるのだ。そう思えたら安堵《あんど》した。

貴文は携帯電話を握りしめたままベッドに倒れ込み、もう一度写真を見詰める。指先でそっと画面を撫で、ここにはいない湯峰に問いかけた。

「なんでお前、田島先輩の会社に就職したんだよ。俺があれだけ止めたのに……」

直前まで本気で電話をかけて問い詰めてやろうと考えていたが思い留《とど》まった。忠告は聞き流されてしまったが、自分との約束はこうして律儀に守られているのだ。

今は待つべきかもしれない。少なくとも、湯峰から毎週写真が送られてきているうちは。

しばらく写真を眺めてから、貴文はガバリと起き上がってベッドを下りた。

今日はこのまま眠ってしまうつもりでいたが、思い直して司法試験の勉強を始める。

（俺は今できることをしよう）

一度は合格した試験だ。問題はないだろうが念には念を入れて勉強し直すことにした。

（俺が弁護士になれば、湯峰が田島先輩の会社から離職するとき役に立てるかもしれない。湯峰の実家の債務処理だって頼み込めば任せてもらえるかもしれないんだから）

使い込まれた過去問をめくってペンを持つ。

不安は尽きない。だが、不安をいじくりまわしていても何も状況は変わらない。

その晩、空が白んでくるまで貴文の部屋の明かりが落ちることはなかった。


未来を知っている。その恩恵は計り知れない。

来《きた》るべき災害に備え先んじて行動することも、賭博で荒稼ぎすることもできる。試験問題だって事前にわかっているのだから合格は約束されたようなものだ。

卒業式から二ヶ月が経《た》った五月。未《いま》だに湯峰《ゆみね》からは週に一度メールが届く。添付される写真は夜のコンビニや道端の自動販売機など、ありふれた内容なのも相変わらずだ。人気《ひとけ》のない深夜のホームなど送られてくるとこんな時間まで会社にいるのかと心配になったが、湯峰との約束を守ってこちらからは返事をしないでおいた。

田島《たじま》から様子を窺《うかが》えないかと画策したこともあったが、田島はいつの間にか携帯電話を新しくしたらしく連絡がつかなくなっていた。頼りは湯峰から送られてくるメールばかりだ。

今はこうして大人しく湯峰からの連絡を待っているが、司法試験に合格したらさすがにこちらからメールを送ってもいいだろうか。「受かった」と、一言でいいから伝えたい。空っぽの本文に合格通知の写真を添えるだけでもいい。

とにかくこの試験を境に何かを変えたい。そんな意気込みで貴文《たかふみ》は五月の司法試験に挑んだ。

大丈夫、落ちるはずがない。自分は未来を知っている。これほど心強いことはない。

――だが、自分の知る未来と目の前の未来は、全く同じものなのだろうか？

違和感を覚えたのは試験開始直後、問題用紙を目にした瞬間だ。

こんな問題だっただろうか。覚えているはずなのに思い出せない。四年も経っているのだから記憶が曖昧になるのは当然だ。単に忘れてしまったのか。それとも何かが変わったのか。

前回はどの問題もほとんど手を止めることなくするすると解けたはずなのに、今回は何度も何度も手が止まる。

問題内容を忘れたところで、自分は未来で弁護士として仕事をしてきたのだ。解けないわけがないと高をくくっていたが、逆に経験則が足を引っ張る。問題の内容と、自分が見てきた実際の案件。その細かな齟齬《そご》にペンが止まる。

問題の内容が変わっているのではないか。そんな思いに囚《とら》われ冷や汗をかいた。

自分が過去から戻ってきたところで試験内容が変わるわけもない。そう思うのに、一度頭に浮かんだ迷いはどんどん膨らんでいく。バタフライエフェクトという言葉など思い出し、試験の最中に余計なことを考えている自分に青ざめた。目の前の問題に集中できない。

一日目の試験は思った以上に手応えがなく、そのことに動揺した貴文は家に帰ると寝食も忘れて参考書をさらい直した。

司法試験には論文式試験と短答式試験がある。論文式試験は三日間、短答式試験は一日と、計四日にわたる試験だ。残りの三日もあまりぱっとしないまま試験を終え、一度は受かった試験なのだから当然合格するはずだという自信が俄《にわ》かに揺らいだ。

試験結果は、まず短答式試験の成績が六月に発表される。

短答式試験には足切りの点数が設けられており、一教科でも合格ラインに届かないものがあればその時点で試験は終了だ。論文式試験の結果と合わせて正式な合否が発表されるのは、それから少し遅れた九月になる。

司法試験の翌月、貴文も短答式試験の結果を確認した。

ホームページに掲載された模範解答を見ながら自宅で自己採点をして、定められた合格ラインを確認する。その作業自体はさほど時間がかからなかったが、すべての確認が終わっても、貴文は自室の机の前から動くことができなかった。

(――……これ、落ちてないか?)

何度確認しても、全体の合計点が合格ラインに届かない。時間配分に失敗した自覚はあるし、見直しも満足にできなかったが、それにしても点数が低すぎる。特に民法がひどい。

ネットで公開された模範解答と自分の解答を何度も見直し、あ、と貴文は声を上げた。

回答用紙はマークシート式なのですぐには気づかなかったが、民法の解答が途中から一つずずれていた。答えに迷い、後でもう一度見直すつもりで空欄にしていた部分に誤って次の問題の答えを書いてしまったようだ。

すぅっと体から血の気が引く。まさかこんな凡ミスをするとは。

初日の試験に思いのほか手こずり、二日目から寝る間も惜しんで見直しをしていたのがよくなかったか。結果として、最終日の短答試験は極度の寝不足で挑む羽目になった。

前回の試験は初日が上手《うま》くいったので、その後の試験もリラックスして受けられた。試験期間中は比較的早めに布団に入っていた記憶が今更のように蘇《よみがえ》る。

「――貴文君、そろそろご飯だけどどうする？」

廊下から響いてきた伯母の声で我に返った。気がつけば外は日が落ち、明かりをつけていない室内は真っ暗だ。パソコンの画面から漏れる明かりだけが淡く室内を照らしている。

「俺は……まだ、大丈夫です」

掠《かす》れた声で返事をする。他に言葉が出てこない。

試験の結果発表が今日であることは伯母も知っているはずだ。「どうだった？」と一言尋ねてきてもよさそうなものだが、貴文の固い声を聞いて諸々《もろもろ》察したのだろう。そう、と短く返し、無理に夕食を勧めてくることもなかった。

遠ざかっていく足音を聞いていたら、試験に落ちたのだという実感がひたひたと迫ってきた。

ドアの向こうで、伯母はどんな顔をしていたのだろう。まだ仕事から帰っていない伯父に結果を伝えたら、どんな顔をされるだろう。想像しただけで息が浅くなる。

これまで伯父も伯母も、面と向かって貴文に弁護士になれと言ったことはなかった。むしろ無理に弁護士を目指す必要はないとすら言ってくれた。

だが、言葉の裏の本音を目で見ることはできない。

本心では二人とも、貴文に亡き息子の遺志を継いでほしいと思っていたのかもしれない。敢《あ》えて言葉にしなかっただけで、ずっと亡き息子と貴文を比較していたのかもしれない。

長年わからなかった二人の本心が、今回の試験結果を伝えることでいよいよわかってしまうのではないか。そう思うと怖かった。

それに、試験に落ちたことで湯峰に連絡をする口実も失ってしまった。

(そうだ、湯峰のことも、どうしたら……)

湯峰はもう田島の会社に就職してしまったし、敏郎《としろう》の病気のことも解決していない。幸恵《さちえ》が免許を返納したかも不明のままだ。

――あんなにも苦労したのに、何も変わっていない。

現状を改めて確認したら、何もかも放り出して泣きわめいてしまいたくなった。

自分の人生はこんなにも大きく変わってしまったのに、湯峰の人生は変わらない。むしろ自分の知る過去より悪くなっている。こんなことならいっそ最初から何もしない方がよかったのではないかとすら思えるほどに。

真っ暗な部屋の中、泥濘《ぬかるみ》に放り込まれたような徒労感に襲われて両目に拳を押しつけた。立ち上がってもすぐ泥に足を取られ、転んでもがいて、なお泥濘から出ることができない。眼球が圧迫され、闇の中に虹色の靄《もや》が広がる。そんなものを見ていたら、唐突に浮き上がってくるセリフがあった。

『一度だけ時間の巻き戻しをリセットできるようにして差し上げましょう』

おでんの屋台で出会った紳士の言葉だ。

過去に戻ってから思い出すことなど一度もなかったのに、今になってどうしてだろう。あのときの言葉が鮮明に蘇った。

『貴方《あなた》が自ら命を断てば、その瞬間にこの時代のこの場所に戻れるようにしておきます』

貴文は目元から拳を離してゆるゆると顔を上げる。白とも銀ともつかない靄に視界を覆われたまま、大きく目を見開いた。

（……この状況をリセットして、あの未来に戻る？）

そうすれば湯峰は家族と円満な関係を築いたままでいられるし、自分も弁護士に戻れる。

司法試験は来年もあるが、必ず合格できるという確証はない。この先二度と合格できない可能性すらある。それならばいっそ――。

一瞬だが本気でそんなことを考えてしまい、貴文は強く首を横に振った。

戻ったら最後、湯峰の死は動かしようのない事実となる。絶対に戻るわけにはいかない。

頭ではそう思うのに何度となく紳士の言葉を思い出してしまうのは、伯父に試験の結果を報告するのが怖いからだ。

いい年をして、と我ながら思う。でも怖いものは怖い。

暗い部屋の中、自分の体がどんどん縮んで子供の姿に戻っていくような錯覚に囚われる。胸を支配する恐怖は、両親を失った直後に感じた恐怖そのものだ。

子供が親を失うということは、生きていく術《すべ》を失うことに等しい。それまで当たり前に自分が持っていると思っていたものは実はすべて親の持ち物で、親を亡くせばそれらすべてを失うのだから。

そんな自分に手を差し伸べてくれた伯父夫婦は貴文にとって特別な存在だった。この人たちに手を離されたら自分は死んでしまう。それくらい切実な危機感が常につきまとっていた。

成人した今となっては感じる必要もない恐怖だ。もし伯父たちからここを追い出されたとしても、この年になればどうとでも生きていける。

だがそう開き直ると今度は、今日まで自分を育ててくれた二人に対する罪悪感で押しつぶされそうになる。せっかく自分を引き取ってくれたのに何もなすことができないなんて、二人に無駄な時間を費やさせてしまっただけではないか。

まして自分は、両親が事故を起こした発端を伯父たちに隠したまま引き取られたのだ。

両親に対して、伯父夫婦に対して、罪の意識は何層にも折り重なって貴文にのしかかる。

（……やり直すべきか？）

湯峰の死を回避したいと思うのは、所詮自分の我儘《わがまま》でしかない。

だが自分が司法試験に受かることは――それも優秀だった従兄弟《いとこ》が生きていれば当たり前に成し遂げただろう一発合格をすることは、自分を引き取ってくれた伯父夫婦に対して果たすべき責務に近い。

考え込んでいたら、玄関のドアが開く音がしてびくりと肩が震えた。

時計を見ると、伯母が夕食に呼びに来てくれてからすでに数時間が経過していた。仕事から帰ってきた伯父とそれを出迎える伯母の声が廊下の向こうから薄く響いてくる。

心臓が痛いくらいに張り詰めた。玄関先で二人は何を話しているのだろう。自分のことだろうか。想像するだけで怖い。無事弁護士になれた未来に今すぐ逃げ帰りたくなる。

伯父の足音が近づいてきて息を詰めたが、その足音は貴文の部屋の前で止まることなく、向かいにある書斎の中に消えていった。

無自覚に詰めていた息を吐く。椅子に座っていただけなのに心臓が激しく脈を打っていた。

これまでも逃げ出したくなるような状況に直面することは何度もあったが、今回ほど強くそう思ったことはない。しかも今の自分には、未来に逃げるという手札があるのだ。

最悪の手段を使ってしまおうか。マンションの屋上から飛び降りれば一発だ。いや、湯峰のためにもそんな選択肢は選べない。

（でも、屋上に行くだけだったら……）

気分転換になるかもしれない。ふらりと立ち上がったら腰に鈍い痛みが走った。考えてみればもう何時間も椅子に座りっぱなしで一度も立ち上がっていない。

足音を忍ばせて廊下に出ると、クリーミーな香りが鼻先を過《よぎ》った。シチューの匂いだ。冬場ならともかく、蒸し暑くなってきた六月には珍しい献立だった。

（……俺の好きな料理だ）

わざわざ作ってくれたのか。貴文の好物を用意して司法試験の合格祝いでもするつもりだったのかもしれない。だとしたらあてが外れて申し訳ないと俯《うつむ》きかけたが、正月に伯母に破魔矢を渡したときのことを思い出して動きを止めた。

あのとき向けられた屈託のない笑顔を思い出したら自然と顔が上がった。伯母ならば、結果に関係なく自分を労《ねぎら》うつもりで貴文の好物を用意してくれたのではないか。

顔を上げた先には伯父の書斎の扉がある。そのドアノブを見詰め、貴文は意識して大きく息を吸い込んだ。

（……伯父さんに、報告をしよう）

本当は逃げ出したい。現実に直面するのは怖い。

伯父に落胆されるかもしれない。自分は従兄弟の代わりにはなれないのだと思い知らされるかもしれない。

でも屋上に行く前に、未来に逃げる前に、ちゃんと伝えよう。

（俺の罪滅ぼしはもう、終わってるんだから）

胸に浮かんだのはいつか湯峰に言われた言葉だ。

大丈夫、と見えない手で背中を押された気分になって、貴文は伯父の書斎の前に立つ。

震える指を握りしめてドアを叩《たた》くとすぐに中から応えがあって、試験会場に足を踏み入れるときよりずっと緊張した面持ちで書斎に入った。

八畳ほどの書斎の壁際には本棚が並び、その奥には窓を背にして机が置かれている。机の前に腰かけていた伯父は貴文を見ると「ああ、貴文君か。ただいま」と柔和に笑った。

貴文は机の前までやって来ると足を止め、からからになった口の中を潤すように唾を飲んでから口を開いた。

「司法試験に落ちました」

一切の前置きもなしに告げると、伯父に軽く目を見開かれた。

この表情がこれからどう変化するだろう。やっぱり君は私たちの息子のようにはなれなかったと落胆されるだろうか。私たちの時間を返してくれと詰《なじ》られるかもしれない。

それでも貴文は伯父から目を逸《そ》らさなかった。ゆっくりと変化する伯父の顔をしっかりと目に焼きつける。

目を見開いた伯父の目元と口元が弛緩《しかん》して、眉間に皺《しわ》が寄る。眉が八の字に下がる。

予想通りの落胆した表情だ。覚悟していたつもりでも心臓がねじ切れそうになる。

だが、伯父の口から出てきたのは貴文を叱責するような言葉ではなかった。

「あんなに頑張っていたのに、残念だったね」

声は柔らかく、貴文を慰めるような響きすらあった。

もっと冷淡に切り捨てられると思っていたのに。予想外に優しい声にうろたえて、貴文はぎくしゃくとした動きで頭を下げた。

「これだけ勉強に専念させてもらったのに、ふがいない結果になってしまい申し訳ありません」

「いや、私に謝る必要はないよ。一番悔しいのは君だろうし」

俯いた貴文の耳に、伯父が椅子を引いて立ち上がる音が飛び込んでくる。

これ以上は話すこともないと部屋を出て行く気ではないか。ひやりとしたが、伯父は貴文の傍らで立ち止まると手を伸ばし、力強く貴文の肩を摑《つか》んだ。

怯《おび》えるように肩先が強張《こわば》る。伯父の掌《てのひら》にもそれは伝わったらしく、指先が緩んで優しく肩を叩かれた。

「落ち込むかもしれないけれど、一生懸命準備してきた時間は無駄にならないよ。ぼろぼろになった参考書は取っておいて、この先苦しくなったら見返すといい。あのときこれだけ頑張れたんだと思えば、きっと君の心の支えになる」

言いながらもう一度貴文の肩を摑み、伯父は力強い声で言った。

「私たちも、ずっと君の努力は見てきたから、ちゃんと知ってるからね」

そう言葉をかけられた瞬間、胸の辺りで何かが大きく膨らんで息ができなくなった。爪先を見ていた視界が一瞬で滲《にじ》んで、止める間もなくぽたりと床に涙が落ちる。

（……見ててくれてたんだ）

伯父たちに引き取られてから、貴文は勉強に専念するばかりで二人とあまり交流を持ってこなかった。会話は最低限で、態度だって他人行儀だ。

それでも伯父たちは、ずっと自分を気にかけて見ていてくれたのだ。自分が部屋に引きこもり、リビングに背を向けて勉強をしているときも。必死でもがく貴文を見守ってくれていた。見ていなかったのは自分の方だ。怖くてずっと直視することができなかった。

一粒だけ落ちた涙はそのままに、貴文はゆっくりと顔を上げる。

伯父はひどく残念そうな顔をしていた。貴文の努力が実を結ばなかったことを本気で悔しがってくれて、目が合うと労うように微笑《ほほえ》んでくれる。

「これからのことはまたゆっくり考えよう。もう一度司法試験を受けてもいいし、もし他にやりたいことがあるのならそちらにチャレンジしてもいい」

弁護士以外の道を選んでもいいのかと目を丸くすれば、困ったような顔を向けられた。

「いいんだよ。ずっと気になってたんだ。君はこの家に引き取られてすぐに弁護士になりたいと言い出しただろう。私たちの息子は弁護士を目指していたから自分もそうしなければいけないと思い込んでいるのなら、そんなことは考えなくていいんだ」

子供の浅知恵など伯父夫婦にはお見通しだったようだ。それでも二人は貴文のしたいようにさせてくれた。そうせずにはいられなかった貴文の胸の内を汲《く》んでくれていたのかもしれない。

「君はもう十分結果を出した。これからは自分のために好きなことをしたらいい。まずは少し休もう。長年勉強漬けだったんだから。長い間お疲れさま」

伯父の笑顔を見ていたら、湯峰にも同じことを言われたことを思い出した。

これからは好きなことをしたらいい。長い間お疲れさま。

湯峰は加えて、伯父さんたちだって絶対こう言うよ、とも言っていた。

（……あいつの言った通りだったじゃないか）

実際に伯父たちと会ったことのない湯峰の方がずっとよくわかっている。

泣き笑いのような表情を浮かべ、貴文は考える。

好きなことをしたらいいと伯父は本気で言ってくれている。ずっと伯父たちの期待に応えることばかり考えてきたが、心のままに生きられるとしたら自分は一体何になりたいだろう。

しばし沈黙した後、貴文は静かな声で言った。

「俺は、弁護士になりたいです」

虚を突かれたような顔をする伯父に、貴文はもう一度頭を下げる。

「だからもう一年だけ、司法試験にチャレンジさせてもらえませんか」

「それは……もちろん。一年と言わず、受かるまで何度でも挑戦してくれて構わない。でも、それは君の本心かい？」

貴文は伏せていた顔を上げ、緊張した面持ちで口を開いた。

「……俺は長いこと、弁護士になれない自分にこの家にいる資格はないと思ってました」

それは伯父たちの前で一生口にするつもりもなかった本心だ。

どうして、と言いたげに眉を寄せた伯父に、貴文は初めて両親の事故のことを打ち明けた。自分が我儘を言ったせいで両親が車を出すことになったことも、全部。

「大事なことを隠したまま引き取ってもらって、ずっと伯父さんたちに嘘《うそ》をついているような、申し訳ない気持ちでいました。だからせめて、亡くなった従兄弟の代わりにならなければ伯父さんたちに申し訳が立たないと思ってたんです」

伯父は軽く息を詰め、ややあってから溜息《ためいき》交じりに呟《つぶや》いた。

「そんなことがあったのか……。でも、事故が起きたのは君のせいじゃない。嘘をついていたなんて思う必要もないよ。そんな辛《つら》い話、簡単に誰かに打ち明けられないのも当然だ」

真実を告げても伯父は貴文を責めたりしなかった。きっと伯母も同じ反応をするはずだ。でも子供の頃の貴文にはそれがわからず、本当のことを言い出す機会を逸したままこんなにも時間が経ってしまった。

息を震わせる貴文を見上げ、伯父は目元を和らげる。

「それにね、そのことを打ち明けられていようといまいと、私たちは貴文君を引き取った。何も変わらないよ。だから無理に弁護士になろうとしなくてもいい」

「いえ、それでも俺は、弁護士になりたいんです」

「なんのために?」

過去に戻る前の自分が伯父に同じことを尋ねられたら、一体なんと答えただろう。

伯父のように困っている人を助けたいとか、社会に貢献したいなんて当たり障りのない言葉を口にしたかもしれない。困っている人の顔も思い浮かばず、社会に対してさしたる関心もないくせに。あの頃の自分は弁護士になること自体が目標だったので、その後どんな仕事がしたいかなんて思い浮かびもしなかった。

でも今は違う。

「助けたい人がいるからです」

自分でも、声から迷いが飛んだのがわかった。

貴文は伯父の顔をまっすぐに見て続ける。

「正確には、何かあったときに助けてあげたい人がいるんです。その人のために弁護士になりたく思っています」

どこにいるのかわからない困っている人ではなく、広すぎてよく見えない社会のためでもない。貴文はただ、湯峰のために弁護士になりたかった。

湯峰は恐ろしく人がいいし、他人の顔色を読みすぎるほど読んでしまう。困難にあえぐ他人を放っておけないし、当人そっちのけで問題を解決できてしまう能力もある。そうやって本来なら巻き込まれなくていいトラブルに率先して巻き込まれていくのだ。

放っておいたら無駄な苦労を背負い続けるだろうし、借金の連帯保証人にだって何度させられるかわからない。そういうとき、自分が真っ先に湯峰のもとに駆けつけて被害を最小限に抑えたかった。

だから貴文は弁護士を目指す。

伯父たちのためではない。まして己を罰するためでもない。

湯峰のためだ。

言い淀《よど》むことなく自分の本心を口にした貴文を見て、伯父は満面の笑みを浮かべた。

「君自身が弁護士になることを望んでいるのなら応援するとも。次の試験も頑張りなさい」

そう言って目を細めた伯父は、なんだかやけに嬉《うれ》しそうだった。従兄弟の代わりにならなくてはと躍起になっていた頃や、目的もなく弁護士の仕事を続けていた頃は一度として見られなかった表情だ。

貴文は伯父と一緒に書斎を出ると、伯母にも来年もう一度司法試験を受けることを伝えた。伯母も伯父と同じく「頑張ってね」と笑顔で背中を押してくれた。

その晩は、三人で伯母の作ってくれたシチューを食べながら従兄弟の話をした。

これまでは伯父たちの口から従兄弟の名前が出るとつい身構えてしまい、二人もそれを察して口を閉ざすのが常だったが、今日はリラックスして従兄弟の話を聞くことができた。

予備試験に受かった従兄弟はさぞ優秀で伯父たちにも従順な人物だったかと思いきや、実際は勉強が嫌いなどこにでもいる学生だったそうだ。

法科大学院で二年も余計に勉強するのを嫌がって、伯父夫婦が「どうせ無理だからやめておきなさい」と止めるのも聞かずに予備試験を受けたらしい。そのために在学中はひたすら勉強をしていたというのだから真面目なのか不真面目なのかよくわからない。伯父いわく、「怠けるための努力は惜しまない子」だったらしい。

遺影の従兄弟は、伯父と似た優しげな目を細めて笑っている。綺麗《きれい》な弧を描く唇はしっかりと閉じられ、眼差《まなざ》しも理知的だ。努力を惜しまず、謙虚に、着実に学んできた人なのだろうと思っていたが、伯父たちの口から出てくる言葉を聞くに、実際はもう少し砕けた人物だったようだ。

もっと早く伯父たちから従兄弟の話を聞いておけばよかったと思いながら、貴文は夜も更ける頃自室に引き上げた。

ベッドに寝転がると、不思議と体が軽かった。アルコールを飲んだわけでもないのに胸の辺りが温かく、心臓の鼓動もいつもより少し速い。

思いきって伯父に昔の話をしてよかった。それでも伯父が変わらず自分を受け入れてくれたのを見て、何か吹っ切れた気がする。弁護士になりたいという自分の言葉を喜んでくれたのも嬉しい。伯母も一緒になって応援してくれたのも。

もしも未来に逃げだしていたら、こんな気持ちを知ることはなかった。

自室を出た後、屋上ではなく伯父の部屋に足が向いたのは過去に戻ってから湯峰とたくさんの会話を重ねていたおかげだ。罪滅ぼしはもうお終《しま》いだと湯峰に言ってもらえていなければ、自分は今ここにいなかったかもしれない。

（また湯峰に助けられた）

これで二回目だ。一回目は大学の受験会場で、極限まで高めていた集中力がぽきりと折れそうになったその瞬間、湯峰は誰より早く貴文のもとにやってきて声をかけてくれた。ポケットからありったけの飴《あめ》や菓子を出して貴文に手渡し、「食べて」と笑った。

あのときに限らず、湯峰は貴文に惜しげもなく言葉と想《おも》いを差し出してくれた。大学に入ってからも余裕なく過ごしている貴文の手を引いて、他のみんながいる場所に連れていってくれた。

思い返せば二回では済まない。貴文から告白する前も、過去に戻ってきた後も、湯峰は何度も自分を助けてくれていた。

ならば今度は、自分がその恩に報いる番だ。

過去に戻ってきた当初、貴文は二回目の自分の人生なんて多少崩れても構わないと思っていた。でも今は、多少どころか全壊したって構わないと思っている。

事態はすでに貴文が思い描いていたものから大きくかけ離れている。湯峰が田島の勤める会社に入社するのは止められなかったし、湯峰と家族の仲もこじれてしまった。貴文自身、本来なら合格したはずの司法試験に落ち、来年以降の試験に受かる保証はない。

一方で、過去に戻ってきたからこそ湯峰と過ごす新しい時間が生まれた。伯父たちの前で本音も口にできた。

いい変化も悪い変化もあった。この先どちらが多くなるのかはわからない。

それでももう、湯峰のいない未来に戻るつもりはなかった。

（お前を生かすためだったら、どんなに人生が変わっても絶対リセットなんてしないぞ、俺は）

もう足踏みもしない。そう心に決め、貴文は胸の上に置いた手を固く握りしめた。


とにもかくにもまずやることは、湯峰と連絡を取ることだ。

司法試験に落ちたことが判明した翌日、貴文は緊張した面持ちで湯峰に電話を入れてみた。

約束を反故《ほご》にすることになるが、もうこれ以上は待てない。自分の知る未来と現在はあまりにも変わっている。湯峰の死期が早まる可能性だって大いにあるのだ。

だが、何度かけても湯峰は電話に出ない。仕事中かと思い昼休みを狙ってかけてみたがやはり応答はなく、折り返しの連絡がくることもなかった。

じっとしていられず、貴文は一縷《いちる》の望みをかけて湯峰のアパートへ向かった。卒業後もまだこちらに住んでいるのではと期待したが、湯峰はすでに部屋を引き払ったらしく、郵便受けのプレートからもその名前は消えていた。

ならばとばかり、貴文は湯峰の実家へ向かった。ほとんど衝動に近い行動だ。電車を乗り継ぎ、目的地に到着したのは空が茜色《あかねいろ》に染まる頃だった。

数ヶ月ぶりに湯峰の実家の前に立った貴文は、激しく胸を叩く心臓を服の上から押さえてチャイムを鳴らす。

ジーンズにTシャツというラフな格好に気づいたのはチャイムを押した後だ。スーツでも着てくるべきだったか。しかしあまり改まると逆に警戒されるかもしれない。あれこれ考えながら息を潜めて玄関前で待つが、中から人が出てくる気配はない。家の中には明かりもついていないし、湯峰の両親はまだ裏の工場で仕事中か。

工場へ顔を出してみようかとも思ったが、思い直して家の前で待つことにした。

きっと敏郎は貴文を見た途端、烈火のごとく怒り狂って追い返そうとするだろう。他の従業員たちの前で騒動を起こすのも申し訳ない。

移動中は湯峰と連絡を取ることしか頭になかったが、こうして湯峰の家族の帰りを待っていると弥《いや》が上にも緊張が高まっていく。湯峰の両親からはどんな顔を向けられるだろう。想像するだけで胃袋がひっくり返りそうだ。

最悪の想像ばかりが頭を駆け巡り軽い吐き気すら覚え始めた頃、夕暮れの道の向こうから小さな足音が近づいてきた。

遠くから足早に歩いてきた人物は、家の前に貴文が立っているのに気づくと一瞬立ち止まり、でもすぐ気を取り直したように大股で歩き始めた。

唇を真一文字に引き結び、少し硬い表情で貴文のもとまでやってきたのは幸恵だ。

この表情を見るに、幸恵も敏郎から事の次第を聞き及んでいるようだ。

貴文は幸恵と向き直ると、姿勢を正して頭を下げた。

「ご無沙汰してます。突然お邪魔してすみません」

幸恵は何も言わない。頭を下げた貴文の視界に映るのは、幸恵が履いている使い古されたパンプスばかりだ。

無言で素通りされるだろうか。さもなくは頭ごなしに「帰って！」と怒鳴られるか。どちらにしても素直に引き下がるつもりはなかったが、意外にも幸恵は静かな声でこう言った。

「よかったら、中に入ってくれる？」

驚いて顔を上げるが、幸恵はまだ硬い表情のままだ。歓迎されているようには見えない。外では人目があるので、家に入ってから本題を切り出すつもりか。

門前払いにならなかっただけ僥倖《ぎょうこう》だと、貴文は頷《うなず》いて幸恵と家に入った。

幸恵は貴文を茶の間に通すと、「待ってて」と言い置いて台所に行ってしまった。

茶の間の様子は前回訪れたときとほぼ変わらない。こたつが座卓に替わっている以外は特に荒れた様子もなかった。

そういえば、湯峰は今どこに住んでいるのだろう。新しいアパートに引っ越したのならどうにかして連絡先を聞き出さなければと考えていると、幸恵が客用の湯呑《ゆのみ》を持って戻ってきた。

「あ、ご、ご丁寧にどうも……」

塩を撒《ま》いて追い返されることは覚悟していたが、茶が出てくるとは思わず慌ててしまった。思い立ってここまで来てしまったので今回は手土産も用意していない。無作法を詫《わ》びると、ようやく幸恵の口元に笑みが浮かんだ。

「そんなこと気にしないで。それよりも、改めて言っておきたいことがあるの」

どきりとして姿勢を正す。これ以上息子につきまとわないでなどと言われたらどう返そう。あれこれ返答を用意していたはずなのに、いざ目の前に幸恵が現れると頭が真っ白になってどんな言葉も思いつかない。

固唾《かたず》を飲む貴文の前で、幸恵がゆっくりと頭を下げた。

「主人に健康診断を勧めてくれてありがとう。あの人、癌《がん》が見つかったの」

幸恵の動きに合わせ、湯呑から立ち上る湯気がゆらりと揺れる。

再び幸恵が顔を上げるまで、貴文は身じろぎすることもできなかった。敏郎の病が癌だったことにも驚いたが、それ以上に驚いたのは敏郎の行動だ。

「……病院、行ってくれたんですか？」

額に青筋を立てて貴文を追い帰した敏郎を思い出せば俄かには信じられない展開だ。貴文が贈った人間ドックのギフト券だって破り捨てられたはずなのに。

「あの人、貴方からもらった券をちゃんと開けて、自分から病院に予約を入れたのよ」

なぜ、と疑問に思いはしたが、今は敏郎の病状が気になる。身を乗り出して状況を尋ねると、幸恵の顔に笑みが浮かんだ。

「比較的早い段階で発見できたから転移もなくて、手術も無事に終わってる。春先はしばらく検査だなんだで入院してたけど、今は月に一度外来で点滴を打ってもらってるだけ。幸い副作用も軽くてね、少し髪が薄くなった以外は至って元気よ」

「そうですか、よかった……」

貴文は胸を撫《な》で下ろす。経過が良好なのは何よりだ。

「しばらく治療に専念することになったから、工場を大きくする話もいったん保留になったし。覚《さとる》が帰ってくるからって鼻息荒くしてあれこれやろうとしてたから、ちょっと冷静になってよかったんじゃないかしら」

「あの、でも……湯峰君は今、別の会社に就職してるんですよね？　やっぱり、お父さんと喧《けん》嘩《か》したからですか……？」

最後に会った日、頬に湿布を貼っていた湯峰の姿を思い出して恐る恐る尋ねると、幸恵が微苦笑を漏らした。

「そうね。貴方を見送った後、家に入ったら玄関先で二人が喧嘩してたからびっくりした。でも一番びっくりしたのはお父さんだったんじゃないかしら。だって私たち、覚があんなふうに怒鳴って怒るところ、初めて見たんだもの」

貴文は一瞬、幸恵の言葉を理解し損ねる。

喧嘩と言っても、きっと湯峰が一方的に敏郎から怒鳴りつけられる状況だと思っていた。言い返すにしても「落ち着いて」とか「ちゃんと話をしよう」とか、あくまで湯峰がとりなす側に回るのだろうと漠然と想像していただけに、幸恵の語る状況が上手く想像できない。

「……湯峰君が怒鳴ったんですか？」

「そうよ。お父さんが貴方にひどいこと言ったんですって？　ごめんなさいね。覚もそのことにすごく怒ったみたいで、『取り消せ！』って。びっくりしたわ。あんな剣幕で怒鳴る姿を見たの、後にも先にもあれっきりよ。それでもお父さんが何か言い返してたら、あの子、お父さんに向かって手を上げようとしたのよ」

「湯峰がですか⁉」

あまりの衝撃に声が裏返ってしまった。

湯峰が声を荒らげる姿すら想像ができなかったのに、拳を振り上げる姿などさらに思い浮かばない。これまで貴文が「そこは怒るべきところだ」と苦言を呈しても「怒るほどのことじゃないよ」と受け流し、怒るべきタイミングがよくわからないとさえ言って困ったような顔をしていた湯峰が、まさか拳を固めるとは。

二人が言い争っている最中に家に帰ってきた幸恵は、まるで状況が見えないながらも湯峰が父親に摑みかかろうとしたのを見て「やめなさい！」と叫んだ。それで湯峰も我に返ったのか、ぴたりと動きを止めたそうだ。けれどその拳は固く握りしめられたままで、湯峰自身信じられないような顔で自分の手を見下ろしていたという。

「覚も気が動転してたみたいで、お父さんから距離を取ろうとして足を滑らせて、転んだ拍子に上がり框《かまち》に顔面打ちつけたりして大変だったのよ」

「あ、だから頬に湿布を……」

てっきり敏郎に殴られたのかと思っていたが、実際に殴りかかろうとしたのは湯峰の方だったらしい。それ自体は未遂に終わったが、摑みかかられた敏郎も大いに動揺したようだ。

「覚は子供の頃から喧嘩もしなかったし、私たちに我儘を言うこともなかった。反抗期らしい反抗期もないままここまで来たから、私もお父さんもびっくりしちゃって。特にお父さんは驚いたみたいね。それに、貴方に対して失礼なことを言った自覚もあったみたい。反省したのか知らないけど、自分から人間ドックの予約を入れたのよ」

ようやく敏郎の行動に納得がいって、なるほど、と低く唸《うな》ってしまった。

「あの……それで今、湯峰君はどこに？」

さすがに実家を出ているのだろうと思ったが、幸恵は「もうすぐ帰ってくるんじゃないかしら」とけろりとした顔で言った。

「え、じゃあ、実家に戻ってるんですか？」

「ええ。ここから会社に通ってるの。片道一時間半もかかるし、アパートでも探した方が通勤は楽なんだろうけど、お父さんのことが心配だからって」

「……お父さんと仲直りしたんですか？」

どうかしら、と幸恵は肩を竦《すく》める。

「貴方が帰った後すぐに、覚がよその会社に就職するって言い出したときは家族がバラバラになることも覚悟した。どう考えても私たちに対する当てつけとしか思えなかったしね。でもその後すぐにお父さんの癌が見つかって、お父さんすごく気落ちしちゃって……。そうしたらいつの間にか、あの子はいつも通りお父さんに声をかけるようになってた。未だにぎくしゃくしてるのはお父さんの方ね」

湯峰自身はこれまでと変わらず家族と接しているらしい。そのことにまずはホッとした。

「卒業前は覚もお父さんの入院準備を手伝ってくれて、本当はこのまま工場の仕事も手伝ってもらいたかったんだけど、『会社からはもう内定をもらってるし、紹介してくれた先輩のこともあるから』って、結局就職しちゃった。変なところで義理堅いんだから」

苦笑する幸恵に貴文も力強く頷き返す。田島のことなど気にせず内定なんて蹴ってしまえばいいものを。幸恵は憤慨する貴文を見てまた笑い、座卓に肘をついた。

「毎日終電で帰ってくるわよ、あの子。なんの仕事してるんだか知らないけど、ときどき泊まり込むこともあるしね。このままじゃ、お父さんより先に覚の方が倒れちゃいそう」

やはり田島の会社は相当ブラックなようだ。それなのに片道一時間半もかけて通勤しているなんて、もしかすると自分が知る未来より過酷な状況に陥っているのではないか。

(未来を変えるどころか、俺が状況を悪化させてるんじゃないか……?)

膝の上で拳を握りしめて俯くと、幸恵が座卓に肘をついたまま貴文の顔を覗《のぞ》き込んできた。

「なんだかあの子、一人でいろいろ企《たくら》んでるみたい。聞いてない？」

貴文は慌てて背筋を伸ばし、いえ、と首を横に振った。

「前にこちらにお邪魔してから、湯峰君とはほとんど連絡を取っていないので……」

「そうなの？　てっきり私たちの知らないところで連絡を取り合ってるのかと思ってた」

幸恵は朗らかに笑っているが、探りを入れられているのではとどぎまぎしてしまう。

幸恵の持ってきてくれた湯呑に手を伸ばすことも忘れ、貴文は掠れた声で尋ねた。

「あの、湯峰君は俺とのこと、なんて……？」

「友達って言ってたわよ」

当たり障りのない返答に胸を撫で下ろしたものの、すぐにこうつけ足された。

「少し前までつき合ってたとも言ってたけど」

えっ、と声を上げたら妙なところに唾が入ってしまって激しくむせた。そんな貴文を見て、幸恵はけらけらと笑っている。

「す……すみません、でした」

「あら、謝ることないじゃない」

「でも、その……」

しどろもどろになる貴文を幸恵は軽やかに笑い飛ばす。息子に同性の恋人がいたというのに随分と落ち着いた態度だ。意外に思っていると、幸恵の顔に苦笑が滲んだ。

「そりゃ驚いたけど、お父さんがあんまりうろたえるから。パニック起こしてる人を見ると冷静になることってあるのね。だんだん『そこまで驚かなくてもいいじゃない』って気持ちになってきちゃった」

予想していなかった反応に唖然《あぜん》としていると、幸恵が少しだけ表情を改めた。

「覚は、今はもう、貴方とはただの友達同士だって言ってた」

「そ、そうです。なので、ご心配なく……」

「別に心配はしてないの。反対する気もないし、焚《た》きつける気もない。周りが口出しするようなことじゃないでしょう」

正面から貴文を見据える幸恵の表情が、湯峰のそれと似ていてどきりとした。相手の胸の深いところに視線を注ぐような湯峰の眼差しは母親譲りのようだ。

「ただ……貴方がどうしてお父さんに検診を勧めてくれたのかがわからないのよね。あんなに高い券までプレゼントしてくれて」

独白めいた幸恵の言葉にぎくりとした。

未来から来たのだと打ち明けるべきか、適当にごまかすべきか迷ったが、幸恵はその点について深く追及するつもりはないらしい。こちらを見る瞳がふと緩む。

「どんな理由であれ、貴方のおかげでお父さんの病気が発見されたんだもの。感謝してる。だから覚と貴方の関係がどんなものでも、私は二人の味方でいるつもり」

そう言い切った幸恵の顔には嫌悪も焦燥もなかった。少なくとも自分を排除しようとはしていない。理解した途端、時間差でへなへなと体から力が抜けた。自分のことも、湯峰との関係も全否定されることも覚悟していただけに安堵《あんど》で腰が抜けそうだ。ようやく幸恵が出してくれた茶に意識が向いて、温《ぬる》くなっていたそれを一息で飲み干した。

「……ありがとうございます」

他になんと言えばいいのかわからなかった。深々と頭を下げると、幸恵が背中を反らして両手を体の後ろにつく。それから天井を見上げ、はーっと勢いよく息を吐いた。

「あー、緊張しちゃった！　あの子、今までつき合ってる子なんて家に連れてきたことなかったから。彼女は覚悟してたけど彼氏を連れてくるって頭がなかったから、どういう顔をすればいいのか迷っちゃった！」

詰めていた息を吐くように言い放ち、幸恵は声を立てて笑う。家の前で貴文を見たときやけに硬い表情をしていたのが嘘のような笑顔だ。

「一応、元カレですけど……」

「あ、元カレか。でもこうして会いにきてくれたってことはあの子に用があったんでしょ？」

「用というか、湯峰君の就職した会社はとんでもなくブラックみたいなので、心配で」

「そうそう、そのことなんだけど——……」

幸恵が身を乗り出したそのとき、ガラガラと玄関の戸が開く音がした。

敏郎が帰ってきたのかと体をびくつかせたが、幸恵は「大丈夫」と気楽に請け合った。玄関の閉まる音がして、廊下の向こうからゆっくりとした足音が近づいてくる。

茶の間の前をふらりと誰かが通り過ぎる。その横顔を見て、貴文は鋭く息を呑んだ。緩く背中を曲げて歩いていったのは、スーツ姿の湯峰だ。

湯峰はぼんやりとした顔で一度は茶の間の前を通り過ぎかけたが、貴文の姿を見るなり大きく目を見開いて部屋の入り口まで戻ってきた。

「……宇津井《うつい》？」

掠れた声で名前を呼ばれ、反射的に腰を浮かせていた。

湯峰の顔は青白く、少し痩せたように見える。目の下の隈《くま》も濃い。疲弊しきったその姿は、初対面の田島を髣髴《ほうふつ》させた。

会社で相当酷使されているのだろう。見るからに顔色が悪い。そんな姿を見たら黙っていられなくなって、貴文は座卓についた手を握りしめた。

「お前……っ、自分を大事にしろってあれだけ言っただろ……！」

田島の顔を立てているのか知らないが、このままでは湯峰が倒れてしまう。傍らにいる幸恵の存在も忘れて声を荒らげると、茶の間の入り口に立った湯峰もゆっくりと口を開いた。

「……大事に、した。だから今、人生で一番我儘に振る舞ってる」

抑揚を欠いた口調で、湯峰は不可解なことを言う。そんな疲れきった顔で何が大事だと言い返そうとしたら、小さいがきっぱりとした声で湯峰は続けた。

「今日、会社に退職願を出してきた」

貴文が何か言う前に、幸恵が「あら」と声を上げた。

幸恵の存在を思い出し慌ててその場に座り直した貴文だが、幸恵が「辞められたの？　まだだいぶ時間がかかりそうなこと言ってたのに」などと言うのを聞いてまた腰を上げそうになった。その言い方ではまるで、湯峰が会社を辞めるのを見越していたようではないか。

絶句していたら、幸恵が茶の間の時計を見上げた。

「貴方たち、積もる話もあるだろうけどいったんここを出なさい。あと一時間もしたらお父さんが帰ってきちゃうから。あの人に見つかるといろいろ面倒くさいでしょ」

幸恵は本当に貴文たちの味方になってくれるつもりでいるらしい。悪戯《いたずら》っぽく笑うと、早く早くと貴文たちを急《せ》かして家の外へ追いやってしまった。

外に出されたはいいものの、行く当てもなく呆然《ぼうぜん》と立ち尽くしていると隣に湯峰が立った。

「公園に行こうか」

最後に会ったときよりも低く掠れた声で湯峰は言う。疲れきった顔は余計な質問を差し挟むのもためらわれるくらいだ。何も言い返せない貴文に背を向け、湯峰は無言で歩き出す。

スーツ姿の湯峰の背中を追いかけて、家から歩いて五分ほどの場所にある公園へ向かった。

ブランコや鉄棒、砂場などがある公園は広々としていたが、すでに日が落ちているせいか園内には人気がない。

公園の奥に置かれたベンチに向かって歩く湯峰に、さすがに我慢できなくなって声をかけた。

「湯峰、田島先輩の会社に就職したんだろ？　さっき辞めたって言ってたけど本当か？」

「本当」

湯峰は端的に答えるとベンチに腰かけ、貴文も隣に座るよう促す。

久々の再会に緊張しつつ貴文もベンチに腰を下ろすと、湯峰が正面を向いたまま口を開いた。

「四月から田島先輩の会社で働いてたんだ。入社してすぐ、先輩の上司がパワハラしてる証拠を集め始めた」

思わぬ方向に話の舵《かじ》を切られ、貴文は目を見開く。

「宇津井は弁護士に相談しろって先輩に言ってたけど、周りからそんなアドバイス受けたところで行動に移せる余裕なんて先輩にはなさそうだったから」

「まさかお前、そんな内部調査みたいなことするためにあの会社に入ったのか？」

「だってそうでもしないと、先輩絶対会社を辞めようとしなかっただろうし」

湯峰は他人のために自分の時間を割きすぎると思っていたが、それにしたってこんな極端なことをしでかすのかと愕然《がくぜん》とした。お人好しや善人なんて言葉では足りない。度が過ぎている。

（俺にこいつの行動を変えることなんてできるのか……？）

自分が何をどうしたところで湯峰は他人のトラブルに首を突っ込むし、それを止めることなど不可能なのかもしれない。絶望感と無力感がひたひたと押し寄せてきて打ちのめされそうになったが、湯峰は迷いも後悔もない口調でこう続けた。

「実際入社してみたら、いろんな部署から尋常でない量の仕事が先輩に集まってるのがわかった。一人で捌《さば》きされる量じゃない。俺でもこなせそうな仕事は可能な限り引き受けて、なるべく先輩には早く帰ってもらうようにした。そうしたら気が緩んだのか、先輩インフルエンザに罹《かか》ったみたいで。本人は出社しようとしてたんだけど止めたんだ。俺が先輩の分まで仕事しますからって」

「先輩の仕事をお前一人で……？　それ、どうにかなったのか？」

なったよ、と湯峰は微《かす》かに笑う。

「積み上げられてる仕事を整理して、うちの部署の仕事じゃないものについては、引き受けられませんって元の部署に返した。あれこれ言われたけど、新人なのでわかりませんの一点張りで応対してたら向こうが折れた。それだけで随分仕事が減ったよ」

田島が本来受け持っている仕事だけならば湯峰にもなんとか処理できたらしい。終電帰りどころか会社に泊まり込むこともあったようだが、それでも新人ながら仕事を完遂できてしまうのだから、やはり湯峰は基本的な能力が高いのだろう。

一週間後、久々に出社した田島は自分がいなくても問題なく仕事が回っているのを見て、ようやく目が覚めたような顔をしたそうだ。

「しっかり休んで頭も回るようになったのかもしれないね。先月自主的に退職した。一応上司のパワハラの証拠もこっちで用意しておいたんだけど、もういいって」

『湯峰がいれば、俺がいなくても大丈夫だろ』とせいせいしたような顔で言って田島は辞めていったそうだ。

「無事に先輩も退職したし、俺も用が済んだから今日上司に退職届を出してきた」

「……問題なく受け取ってもらえたのか？」

それまでまっすぐ前を見ていた湯峰が、初めて視線をこちらに向けた。

「全然。『勝手を言うな、仕事を放り出すなんて無責任すぎる』って怒鳴られた。別に今日や明日に辞めるわけじゃないし、きちんと引き継ぎもするつもりだったんだけど」

上司は聞く耳を持たず、他の社員の前で湯峰に罵詈雑言《ばりぞうごん》を浴びせてきたらしい。その状況を想像して、貴文はきつく眉を寄せた。

「労働者には退職の自由が認められてるんだ。会社都合で退職届の受理を拒否することはできないはずだぞ。それこそ弁護士に相談するべきだ」

「大丈夫。最終的には『明日から来なくていい』って言われたから」

なぜ、と首を傾《かし》げた貴文を横目で見て、湯峰は薄く目を細めた。

「入社してからずっと上司のパワハラの証拠を集めてたから。本当は田島先輩への証拠だけ集めようと思ったけど、俺に対する暴言なんかもいくつか録音できてた」

少し痩せたせいか、湯峰の笑みにはこれまでにない酷薄さが漂っていて息を呑んだ。

「お……脅したのか？」

「まさか。でも、もしかすると相手は勝手にそう思ったのかもね」

見たことのない顔で湯峰が笑う。笑っているのになんだか怖い。

理不尽な目に遭っても、怒るどころか嫌な顔一つしなかったあの湯峰が。

「一緒に入社した同期とか先輩たちからは辞めないでほしいって引き留められたけど、田島先輩に会社を辞めてもらうのが目的だったから、もうあそこにいる理由はないよ」

この言い草も湯峰らしくない。

これまでの湯峰なら、周りの人間から「辞めないでほしい」と懇願されたらきっと断らなかった。それ以前に、パワハラの証拠を集めて上司を窮地に追い込むようなこともしなかったはずだ。いじめられっ子に寄り添うことはあっても、いじめっ子に反撃するタイプではない。

貴文の知っている湯峰なら、上司からどれほど露骨なパワハラを受けても笑って受け流しただろうし、たとえ田島が会社を辞めても、残った社員から泣きつかれれば諾々と職場に残って田島の穴を埋めるように仕事を続けたことだろう。

そんなことをしていたからこそ、湯峰は過労で倒れたのではなかったか。

（……俺の知ってる湯峰と違う）

何かが湯峰を変えたのだ。でも何が。戸惑いを隠せない貴文の前で、湯峰はひそやかに笑う。

「自分を大事にしろって宇津井に言われたから、今回は自分の心に素直に従うことにした」

「そ……それは、いいことだと思う。でも、もとはといえば田島先輩のためにあんな会社に就職したんだよな？　そういうのはやっぱり、やり過ぎというか……」

「田島先輩のためじゃないよ。俺のためにやったんだ」

しどろもどろになる貴文の言葉を、湯峰はきっぱりと遮る。

「それって、困ってる人を放っておくと夜眠れなくなるからか……？」

前もそんなことを言っていたな、と思いながら尋ねたが、湯峰は首を横に振った。

「そうじゃない。俺があの会社に入れば、もう田島先輩が宇津井に連絡してこなくなると思ったから」

「え、俺？　あ、俺の勉強時間が減るとか心配して？」

湯峰の考えそうなことだと思ったが、これにも首を横に振られた。

「そんな優しいこと考えてない。単に宇津井と先輩が連絡を取り合ってるのが嫌だったんだ」

嫌だ、という率直な言葉に面食らった。他人が使えばどうということもない言葉なのに、普段はやんわりと断りを入れるばかりの湯峰が口にすると、やけに響きが強く感じる。

「先輩には、俺が入社したらもう宇津井と連絡を取らないように約束してもらった。先輩が会社を辞められるように動いたのも、宇津井がこれ以上先輩のこと気にかけないで済むようにだ」

貴文は何度も目を瞬《しばたた》かせる。どうして湯峰はそんなにも貴文と田島を引き離そうとしたのだろう。

湯峰は黙ってこちらを見ている。その顔を見詰め返しているうちに、貴文の頬にじわじわと熱が集まり始めた。

まさか、と思う。うぬぼれでは、と恥ずかしくなる。けれど湯峰は赤くなった貴文の顔を見て、わかった？　と問うように目を細めるのだ。

「宇津井が先輩と仲良くしてるのが面白くなかった。ただの焼きもちだよ」

一度は頭に浮かんだものの、あり得ないと必死で打ち消した言葉を湯峰はあっさり口にした。

言葉もなく顔を赤らめる貴文を見て、湯峰はおかしそうに笑う。

ここに来るまでずっと硬い表情をしていたが、ようやく砕けた顔を見せてくれた。久々に見る柔らかな表情に心臓が跳ね、慌てて顔を伏せる。

「や、焼きもちなんて、なんでお前が？　ただの友達なのに……」

友達をとられて悔しいなんて子供みたいだと続けようとしたら、ベンチについていた手に湯峰の手が重なって危うく声を上げそうになった。

公園内には自分たちしかいないとはいえ、外は外だ。とっさに手を引こうとしたら湯峰の指先に力がこもった。強く握りしめられ、反射的に湯峰の顔を見てしまう。

湯峰はすでに真剣な表情に戻っていて、一心に貴文を見詰めて言った。

「宇津井と別れたこと、後悔してる」

真剣な眼差しから冗談ではないことが伝わってくる。それでもすぐには信じられず、貴文は目を泳がせた。

「でも……お前、この四ヶ月ずっと連絡くれなかったし……」

「田島先輩の会社に就職したことを隠しておきたかったんだ。宇津井に先輩と接点を持つきっかけを作らせたくなかった。それに、司法試験の邪魔もしたくなかったし」

「……今日だって、何度もお前に電話したのに出てくれなかった」

「ごめん、上司との面談で立て込んでた。家に帰ったらすぐ連絡するつもりだったよ」

詫びるように手の甲を撫でられ、優しい仕草に胸が詰まった。ともすれば縋《すが》りついてしまいそうになって、振りほどくように手を引っ込める。

「でも、湯峰は本気で俺のこと好きでつき合ってくれたわけじゃないだろ……？」

酔った勢いでつき合ってほしいと告げた貴文に、湯峰は笑顔で「いいよ」と言った。声も笑顔も優しかったが、それだけだ。

あの夜の言動を指摘すると、湯峰も少しだけうろたえたような表情になった。

「違う、それは……その、あのときは――……」

言葉を探しているのか湯峰は空気を噛《か》むように口を動かし、最後はぐっと唇を引き結んだ。

「……確かに最初は、そういう意味で宇津井のことを好きなわけじゃなかった」

ひどく苦しそうに言い渡されたが、今更驚きはしなかった。そうだろうなと口元に苦笑を浮かべると、「聞いて」と切迫した声で訴えられる。

「俺、ずっと女の子としかつき合ったことがなかったし、正直戸惑った。でも泣いてる宇津井を放っておけなくて、断れなかったんだ」

「……だよな。あんなふうに泣いて縋られたら、そりゃ断りにくいよな。同情引くような真似《まね》して悪かった。気持ち悪かっただろ、ごめんな」

「違う！」

誰もいない公園に鋭い声が響き、肩をびくつかせてしまった。

湯峰は苦しげに眉を寄せ、大きく首を横に振る。

「俺が悪かったんだ。そんな理由で告白を受け入れるべきじゃなかった。でも、あのときはどうしても宇津井のことが放っておけなかった。周りに誰も置きたがらないくせに、一人ぼっちだと不安そうな顔で、声をかけられるとホッとするくせにすぐそっぽを向く。あまのじゃくなことばっかりやってる宇津井の手をここで俺が離したらどうなっちゃうんだろうって、心配だった」

思いもかけない言葉が次々と湯峰の口から飛び出し、貴文は顔を赤らめる。

湯峰から声をかけられる前、貴文は大学内でいつも一人だった。自分ではそれを苦にしていないつもりだったが、そんな強がりも湯峰には看破されていたらしい。

「俺も男同士でつき合うなんてどうしたらいいかわからなかったから、最初は宇津井が望むことを全部やろうと思ってた。例えば手をつなぐとか、デートするとか、キスをするとか。できるかどうかは、自分でもよくわからなかったけど」

きっと手をつないだり、抱きしめたりすることはできるだろう。

でもキスはどうだろう。セックスは。その場になって無理だと思ったら正直に言おう。その上で、プラトニックなつき合いを続けるか別れるかは貴文に委ねるつもりでいたそうだ。

「そ……そんなこと考えてたのか」

そんな限界に挑戦するような真似をするくらいなら端《はな》から交際を断ってもよさそうなものだ

が、湯峰はそれができない質《たち》なのだろう。自分のできる限界までは相手のために尽くそうとしてしまう。もはや性《さが》に近いものかもしれない。

湯峰はいったん言葉を切ると、溜息とともに顔を伏せた。

「でも、つき合い始めても宇津井は何も望まないし、何も求めてこなかった」

「そりゃ、同情でつき合ってもらってる自覚はあったからな……」

湯峰はゆらりと顔を上げ、前髪の隙間から貴文を見て低く呟いた。

「そのくせ、言葉以外の全身で俺を求めてくる」

「ぜっ、全身？」

身に覚えのない言葉に目を丸くしたが、湯峰は「やっぱり自覚なかったんだ」と項垂《うなだ》れてしまった。

「え、俺はむしろ、湯峰の負担にならないようにと思って、極力べたべたしないようにしてたはずだぞ……？　一緒にいるときもあんまりはしゃがないようにしてたくらいで」

「そうだね。宇津井はいつも参考書ばっかり読んで、目の前にいる俺のことなんて興味もなさそうに振る舞ってた」

「だろ？　だから――……」

「でもずっと俺のこと気にしてた。全然隠せてなかったよ」

断言されて口ごもる。事実であるがゆえに言い返せない。

図書館ロビーで、カフェテリアで、あるいは部室の隅で、湯峰と二人きりになると貴文は決まったように参考書を開いた。

参考書をめくるスピードは一定だ。だがその目はほとんど動いていない。本を開くのはただのポーズで、文字などまともに読めていない。

貴文が全神経を向けているのは手元の本ではなく、湯峰だ。向かいに座る湯峰には、それが手に取るようにわかってしまう。

貴文はときどき本から視線を上げる。でも目が合うとぱっと逸らされる。見る間に貴文の頬が赤くなって、ページをめくるタイミングが不自然に速くなる。睫毛《まつげ》の先が揺れて、次はどのタイミングで湯峰に視線を向けようか思案しているのが伝わってくる。

「じっと見詰められるよりよっぽど宇津井の意識がこっちに集中してるのがわかって、なんだか落ち着かない気分になった」

こんなに誰かに好かれたのは初めてかもしれない。

同性同士で恋愛をするなんてぴんと来なかったけれど、悪い気はしなかった。不思議な優越感すら覚えた。折り紙サークルの先輩や、法学部の同級生に対しては冷淡なくらいの態度で接する貴文が、自分の視線一つでわかりやすく顔色を変えるのだ。

自分しか知らない顔だ。誰かに自慢したいような、誰にも見せたくないような、胸の底を引っ掻《か》かれるようなむず痒《がゆ》さに身をよじりそうになった。

湯峰の周りにはいつもたくさんの人がいる。だがそのつき合いは浅く広い。声をかけられるときは困りごとを持ちかけられるときで、問題が解決すれば顔を合わせなくなる相手がほとんどだ。

そのことを淋《さび》しいと思ったことはなかった。だが貴文から熱烈な視線を向けられるようになって初めて、こんな眼差しを知ってしまったら他の人間とつき合うのは物足りなく感じるかもしれない、と思うようになった。

貴文は自分から湯峰に寄ってくることこそしないが、湯峰が近づくとわかりやすくそわそわする。声をかけると肩先が跳ねる。嬉しそうな表情を隠そうとして俯くが、唇の端が上がっているのは隠せていない。ときどき遠くから湯峰の横顔をじっと見ている。こちらがそれに気づいていることも知らず、飽きもせずにずっとずっと見ている。

「なんで俺？　って何度も思った。どうしてそんなに俺のことを好きになってくれたのかわからなくて戸惑いもしたけど、でも……全然嫌な気分じゃなかった。むしろ俺の前でだけ感情を露《あら》わにしてくれるのが可愛《かわい》かった。水仙みたいに凜《りん》としたイメージだったけど、意外と感情豊かなのもわかったし」

貴文は両手で顔を覆いたくなる。極力隠していたつもりの恋心がすべて本人に筒抜けだったとは。可愛いだのなんだの自分のイメージにない誉め言葉を投げかけられるのもとんでもなく恥ずかしい。

身もだえる貴文に、湯峰は熱心に言い募る。

「そんなふうに俺を見るのに何も言ってくれないから、ずっともどかしかった」

桜並木に降る花びらのように、貴文の想いは日々絶え間なく降り積もって分厚くなる。それでいて、貴文は何も湯峰に望まない。一緒にいても特別恋人らしいことをねだってくることもないし、貴文からは電話やメールすらよこさないのだ。

もっと何か言ってほしいと思った。

自分にしてほしいことを教えてほしい。

恋人らしいことを望んでくれて構わない。

手をつないでほしいと言われたら迷わずつなぐし、肩を抱いてほしいと言われたら少し強引なくらい抱き寄せる。キスをしてほしいと言われたら――きっと問題なくできると思った。

それでも貴文が何も言わず、どんな行動も起こさないので、我慢できずにこちらから手をつないだ。学校からの帰り道、誰もいない夜道で。

指先を絡ませた瞬間、貴文の肩が大げさに跳ねた。目を丸くしてこちらを見上げてきたので笑みを返したが、内心振り払われたらどうしようと冷や汗をかいた。告白してきたのは貴文だが、もしかしたらこうした身体接触を嫌っているのではないかとすら疑った。

貴文は何も言わなかったが、ややあってからおずおずとこちらの手を握り返してきた。

緊張して汗ばんだ掌と、微かに震える指先が妙に愛《いと》しかった。力加減も忘れて強く握り返してしまい、そこで初めて気づいた。手をつなぎたかったのは自分の方だ。

「最初は確かに、宇津井に対して恋愛感情は抱いてなかった。でも、いつの間にか俺の方が宇津井に夢中になってたんだ。自分でもびっくりするくらいのめり込んだ」

言葉を尽くして訴えられ、貴文は唇を震わせる。

自分ばかり一方的に湯峰を好きでいるのだと思っていた。それなのに、まさか湯峰も好意を寄せてくれていたなんて信じられない。淡い期待が胸に浮かんだが、我に返って慌ててそれを打ち消した。

「じゃあ、なんで別れようなんて言ったんだ？」

予備試験が終わった直後、別れを切り出したのは湯峰からだ。押し殺した声で尋ねると、湯峰が傷口でも引っ掻かれたように顔をしかめた。

「それは……つき合ってる間、宇津井がすごく俺に遠慮してたから」

それはそうなるだろ、と言い返そうとしたら、わかってる、と言いたげに苦い顔で頷かれた。

「恋愛感情もないのに宇津井の告白を受け入れた俺が悪いのはわかってる。でも本気で宇津井のことを好きになってからは、言葉とか態度でちゃんと好きだって伝えてたよ。だけど宇津井にはもう全然信じてもらえなかった。俺から手をつないだり部屋に誘ったりもしたけどやっぱり宇津井は距離を取ろうとしてきて、どうしたらいいんだろうって……」

自分はとっくに本気で貴文を好きになっているのに伝わらない。これだけあからさまな好意を差し出しても申し訳ないような顔で後ずさりされる。

それはもう遠慮ではなく、やんわりとした拒絶だ。

遅々として変化しない関係に焦れて、最後は自分から貴文を押し倒し、拒まれた。

「俺にどうしてほしいか言ってほしいって何度も言ったし、何につけても宇津井を最優先にしてたつもりなのに、まだ『本当に俺のことが好きなのか』って疑うような顔で言われて、もう本当に、どうしたらいいかわからなくなったんだ」

重たげに肩を下げる湯峰を見て、貴文も何を言えばいいのかわからなくなる。まさかそこまで湯峰が必死で自分に手を伸ばしていたなんて夢にも思わなかった。好きだと思っているのは自分ばかりだと思い込んで――ここでも貴文は、相手の顔をきちんと見ていなかったのだ。

言葉を失う貴文を横目で見て、湯峰は微かな笑みをこぼす。

「宇津井がどうしてそんなに自分の望みを押し殺してしまうのか、今ならわかるよ。でもあの頃は全然わからなくて、もやもやした」

告白される前から気になっていた。貴文は本音を胸にしまい込む癖がある。そんなことでは苦しいだろうと、最初は善意から貴文が喋《しゃべ》りやすい雰囲気を作ろうとした。

けれど貴文に惹《ひ》かれるにつれ、善意はどんどん変質する。

気がつけば貴文を囲い込み、その胸の内を開かせようと躍起になっていた。

こんなの貴文のためではない。好きになった相手の腹の底まで残さず見たいという単なるエゴだ。

「宇津井を俺の部屋に誘ったときは、もういろいろ限界だったんだ。相変わらず宇津井からは連絡すらくれないし、卒業したらそのまま疎遠になりそうで怖かった。その前に、無理やりでも本音を知りたかった。卒業した後、俺とどうつき合っていくつもりなのかとか」

冷静に話し合うつもりが、不安が先走って貴文を押し倒した。既成事実を作ってしまえばそう簡単に別れようとは言われないのでは、なんて小賢《こざか》しいことを考えもした。

でも結局貴文に抵抗され、あまつさえこちらの想いもまるで伝わっていないことがわかって、本気で湯峰は落胆したらしい。

「これ以上どうしたらいいんだって途方に暮れたし、もう俺じゃ駄目なんじゃないかって思った」

「……だから別れることにしたのか？」

「それもある。でも、一番の理由は……怖くなったからだ」

隣にいる貴文にしか聞こえないくらいの声量で、湯峰は低く呟く。

「なんで俺じゃ駄目なんだって、宇津井に対して怒りの矛先が向いて怖くなった」

いつの間にかすっかり日は落ち、辺りはすでに真っ暗だ。目の前にある湯峰の顔も暗がりに沈み、貴文はごくりと唾を飲んだ。表情は見えずとも、湯峰の全身から不穏な空気がゆらりと立ち上ったのがわかる。

顔を強張らせる貴文に気づいたのか、ふっと湯峰が表情を緩めた。

「宇津井に対して腹を立てるのはお門違いだってことくらいわかってるよ。でもあのときはどうにもならなかった。無理にでも全部暴いてやりたくなって、そんな自分が怖くなったんだ。こんなことで他人に対して怒りが湧くのかって、驚きもした」

湯峰は元来、怒りの沸点が恐ろしく高い。ちょっとやそっとのことでは腹を立てることもなく、周りからそれを指摘されて困ったように首を傾げていたくらいだ。そんな湯峰が怒るとなれば相当なことだし、湯峰自身、滅多にない情動に大いに戸惑ったらしい。

「あんまり怒ったことがなかったから、どうやって歯止めをかけたらいいのかもよくわからなかった。でも日増しに宇津井に対する執着みたいなものが強くなって、このままじゃ宇津井にひどいことをしそうで、怖くなって別れ話を切りだしたんだ」

「そ、そういう理由だったのか……？」

思っていたのと違う理由に唖然とする貴文の前で、湯峰は苦しげな溜息をついた。

「メールを送った後すぐに宇津井から連絡があったけど、正直会うのが怖かった。しかも宇津井は友達でいてくれって熱心に頼み込んできて、ああもう恋人ではいられないんだなって落ち込んだし」

過去に戻って間もない頃、湯峰は貴文となかなか目を合わせようとせず、口も重かった。随分嫌われたものだと消沈したが、むしろ湯峰を苦しめていたのは自分の方だったらしい。

「でも、あんなにはっきり宇津井が意思表示したのは初めてだったし、それが嬉しくて断れなかった」

友人同士に戻ってみると、貴文はこれまでの殻を破ったかのように湯峰と距離を詰めてきた。その急変ぶりにはうろたえたが、本音で接してくれるのは嬉しい。以前は聞けなかった子供時代の話もしてくれて、もしかしたら自分たちは友人のままでいた方が良好な関係を築けるのかもしれないと思った。

だがそれも、貴文が田島と密にやり取りを始めるまでの話だ。

自分とつき合っていた頃だって、あれほど頻繁に連絡を取り合うことなどなかったのに。田島に対して苛立《いらだ》つ自分に戸惑い、それが嫉妬と呼ばれる感情であると気がつくまでに時間がかかった。そんな想いをこれまで抱いたことなどなかったからだ。好きな相手に対する執着も嫉妬も知らず、初めての感情に振り回された。

もう友達に戻ることは不可能だと思い詰め、実家にやってきた貴文を再び押し倒してしまったあの日、その現場を父親に目撃された。

「……宇津井が帰った後何があったか、母さんから聞いた？」

辺りを憚《はばか》るような小声で問われ、ぎくしゃくと頷き返す。

「俺、てっきり湯峰がお父さんに殴られたんだとばっかり思ってた……」

「だったらまだよかったんだけどね」と湯峰が苦笑する。自分が拳を振り上げることより、他人に殴られる方が湯峰にとってはずっと受け入れやすいのだろう。

「父さんがあんまり宇津井を悪く言うから我慢できなくなったんだ。母さんに止められてなんとか踏みとどまったけど、全然冷静になれなかった。あんなふうに、腹が煮え立つような怒りがいつまでも自分の中に居座っているのは初めてで、怖かったな……」

怖い、と口にしたときの表情は本当に心細そうで胸が締めつけられた。

過去に戻る前、おでん屋で会った紳士は湯峰のことを、泥濘《ぬかるみ》に咲く蓮《はす》のような子だと言った。なんの下心もなく、見返りも求めず、自分の持っている物を惜しまず相手に差し出せる。性格はどこまでも鷹揚《おうよう》で、滅多なことでは怒りもしない。神様にも気に入られるほどのそんな男が、自分の中に芽生えた真っ黒な感情に振り回されている。

「宇津井のそばにいるといろんな感情の箍《たが》が外れる。それが怖い。そうでなくても最近宇津井の表情が豊かになって、これまで宇津井に見向きもしなかった周りの友達まで『あのイケメン誰？』なんて訊《き》いてくるから気が気じゃなかった。だから、万が一にも宇津井にひどいことをしないように、もっと自分の感情を制御できるようにならないといけないと思って――」

「そんな必要ない！」

まるで悪いことでも打ち明けるような顔で喋り続ける湯峰に我慢ができなくなって、貴文は声を荒らげた。その勢いのまま、目を丸くした湯峰に言い放つ。

「本気で好きな相手ができたら誰だってそうなる！　普通だ、抑える必要なんてない！」

でも、と反論しようとした湯峰の胸に、体当たりするように飛び込んだ。遠目には湯峰の肩口に頭突きをしたように見えたかもしれない。

なりふり構わず湯峰の胸に飛び込んだ瞬間、どうして自分が未来からこの時間に戻ってきたのかわかった気がした。

湯峰と自分が別れるか否か。そこが唯一の分岐点だったのだ。

振り返れば、湯峰と出会う前の自分はひどく無感動な日々を送っていた。

両親を失い伯父夫婦に引き取られた後は勉強にかまけ、他人に対する興味もほとんど持たず過ごしていた。そんな自分に変化が訪れたのは湯峰に会ってからだ。試験会場でたった一度会っただけの相手を忘れられず、再会後は自ら近づくような真似すらした。大学に通っていた四年間だけ人並みに感情が動いたのは、湯峰という存在があったからだ。その証拠に湯峰が去ってしまった後は再び心が錆《さ》びついて、以前と同じ空虚な日々を送ることになった。

きっと湯峰もそうだった。他人に与えるばかりで自分は何も欲しがろうとしなかった湯峰が、貴文と会って初めて他人に対する執着を覚えた。

与えるのではなく奪いたい。普通の人間ならばごく当たり前に抱く感情だが、生まれて初めて覚えた衝動に湯峰はひどく怯《おび》えた。自分の欲望より貴文の身の安全を優先した湯峰は自ら別れを切り出し、以前と同じく与えるばかりの人間に戻ってしまった。その結果、自分を顧みることなく周囲に尽くし、最後は疲弊しきって倒れてしまったのだろう。

お互いに手を離してはいけなかったのだ。

特に湯峰には、自分の執着や独占欲をないもののように扱わせてはいけなかった。だから別れた直後の、貴文への未練が湯峰にまだたっぷりと残っているあの瞬間に自分は戻されたのではないか。

硬直する湯峰の肩に額を押しつけ、貴文はくぐもった声で言った。

「……そんなに好きになってもらえてたってわかって、嬉しいからいいんだ」

言葉尻は掠れて消える。嗚咽《おえつ》を呑もうとしたら声も一緒に引っ込んでしまった。

「う、宇津井は、でも……俺とはもう、友達でいいって……」

湯峰のうろたえたような声がして、貴文は喉元でわだかまった空気の塊を吐き出すようにして叫んだ。

「こっちはお前に振られてたんだぞ、他に言いようがないだろ！　本気で友達に戻りたかったわけない、まだお前のこと好きだよ！」

ジャケットを着た湯峰の肩に涙交じりの声が吸い込まれる。

湯峰とつき合っているときも、別れた後も、ずっと口にできなかった言葉だ。過去に戻ってからは湯峰の未来を変えることを最優先にして自分の気持ちは押し殺してきたが、やっぱり伝えたくて苦しかった。

湯峰が好きだ。別れてもその想いを捨てきれなかった。だからこそ、自分は時間すら飛び越えてここにいる。

湯峰の胸が震えて、ややあってから耳元で小さく囁《ささや》かれた。

「……俺も好きだよ。だからもう一度、俺の恋人になって――……」

懇願するような口調に何度も頷いた。今度こそ信じられる。湯峰の言葉に嘘はない。

背中にそっと湯峰の手が触れる。温かな手の感触に体の力が抜けそうになったが、屋外であることを思い出して慌てて湯峰から体を引いた。

「わ、悪い、こんなところで……！」

謝ったが、湯峰は少し不満げだ。

「構わなかったのに」

「そうはいかないだろ、ここ、お前の家の近くなんだし……」

言葉の途中で声が途切れた。ベンチに置いていた手に湯峰が手を重ねてきたせいだ。指先に湯峰の指が深く絡まり、その親密な仕草に息を詰める。

「あ……あの、湯峰……」

互いの指を絡ませたまま、湯峰がじっとこちらを見ている。見慣れない熱を帯びた表情にうろたえて、貴文は視線を斜めに落とした。

「あの、湯峰、俺……お前ともう一度つき合えるのすごく嬉しいんだけど、お前が本当に俺のこと好きだなんて、考えたこともなかったから……ちょっとまだ、信じられなくて……」

信じられないくらい嬉しいし、緊張しているので手加減してほしい。そう伝えたかったのだが、湯峰は「信じられないの?」と声を低くする。

疑ってるわけじゃないと弁解しようとしたら、湯峰が身を乗り出してきた。

「じゃあ、確かめてみる?」

「え……、な……何?」

「前に俺の部屋に来たときの続きをしよう」

続きってなんの、と危うく口にしかけた。押し倒されたときのことかと理解した途端、一気に顔が赤くなる。

それはさすがに急すぎないかと慌てたが、湯峰は追い打ちをかけるように言う。

「本気で好きな相手ができたら誰だってこうなるんでしょう? もう抑えなくてもいいんだよね?」

すっかり言質を取られてしまってぐうの音も出ない。

離したくないと言いたげに強く手を握りしめられてしまえばもう、夜目にもわかるほど顔を赤くして頷くことしかできなかった。

湯峰《ゆみね》は実家暮らしだし、家にはすでに両親が帰っている。貴文《たかふみ》が暮らしているマンションにも伯父夫婦がいるし、人目を憚《はばか》らず二人で過ごそうと思ったらホテルくらいしか行く当てがない。

湯峰に手を引かれるままやってきたのは駅前のホテルだった。黒っぽい外観は落ち着いた雰囲気でビジネスホテルの類かと思ったが、無人の受付に並んだ部屋の写真を見てラブホテルだと理解した。

（ほ、本当に続きをする気か……？）

湯峰に手を引かれるまま、緊張しきって部屋に入る。

ラブホテルに入るのは初めてだ。ピンクのベッドやどぎつい照明などを想像していたが、現実は奥に大きなダブルベッドがあるだけの狭くて簡素な部屋だった。

フロントを抜けてエレベーターに乗る間も、部屋に入ってからも湯峰はずっと貴文と手をつないだままで、大股で部屋の奥までやって来るとそのままベッドに倒れ込んだ。

つないだ手を引っ張られ、貴文も道連れのようにベッドに飛び込む。前のめりに倒れたので若干鼻を打って顔をしかめると、隣に寝転んだ湯峰が笑ってこちらを見ていた。

互いに横向きに寝転がって顔を見合わせる。ラブホテルのベッドの上だと思うとどうしたって緊張して、ぶっきらぼうに「何すんだ、急に」と呟《つぶや》いた。半分は照れ隠しだ。

湯峰はゆっくりと手を伸ばすと、「ごめんね」と言って人差し指で貴文の鼻梁《びりょう》をなぞった。

「抱きしめてもいい？」

面と向かって尋ねられると照れくさかったが、断る理由は特にない。小さく頷《うなず》いたものの、すぐに思い直して自ら湯峰の胸に飛び込んだ。

両親を亡くして以来誰かに気安く抱きついたことなどなく、どうしても動きはぎこちなくなってしまう。おずおずと湯峰の背中に腕を回すと、すぐに湯峰も抱き返してくれた。

（……あ、心臓の音）

広い胸に耳をつけると、ワイシャツ越しに心音が聞こえてきた。湯峰の心臓も自分と負けず劣らず早鐘を打っている。そんなことに安心していると、湯峰に顔を覗《のぞ》き込まれた。

「鼻、痛くなかった？」

猫のように互いの鼻先をすり寄せられて息を呑《の》んだ。きっと今、とんでもなく顔が赤くなっている。隠したいがこの至近距離では難しい。

無言で頷く貴文を愛《いと》しげに見詰め、湯峰は潜めた声で囁《ささや》いた。

「キスしても？」

唇に息がかかる。貴文は緊張して声も出せず、微《かす》かに顎を引くようにして頷いた。

湯峰が目を伏せたのを見て、自分も慌てて目を閉じた。初めてキスをしたときは目を閉じる余裕もなかったなと、そんなことを考えているうちに唇が柔らかく重なって、離れる。

無自覚に詰めていた息を吐き出すと、「息止めてたの？」とおかしそうに笑われた。

「な、慣れてないから、仕方ないだろ……」

ぼそぼそと言い返すと、今度は鼻先にキスをされた。さらに頬を掌《てのひら》で包まれ、また唇にキスが降ってくる。貴文は、あわあわと短い声を上げることしかできない。

湯峰は目を細め、貴文の頬や目元にもキスをする。じゃれるようなそれがくすぐったくて、ふふ、と笑い声が漏れた。

がちがちに緊張していた体が少しほぐれてきた頃、不意打ちのように唇を舐《な》められた。さすがに驚いたが、湯峰の手に頬を包まれて動けない。唇の隙間を辿《たど》るように舌を這《は》わされ、そろそろと唇を緩める。

「ん……っ」

熱い舌が唇を割って入ってきてびくりと体が震えた。

どうしていいかわからず戸惑うばかりの貴文の舌を、湯峰の舌が搦《から》め捕る。ざらりと舌がこすれ、喉の奥からくぐもった声が出た。くすぐったいような、むず痒《がゆ》いような不思議な感覚だ。どんな反応をすればいいのかわからぬまま、おっかなびっくり舌を伸ばす。

「んん……っ」

舐めたり甘《あま》嚙《が》みしたりするだけでは足らなくなったのか、強く舌を吸い上げられて声が出た。思ったより高い声が出てしまい、恥ずかしくなって湯峰の胸を軽く押す。寝返りを打って顔を背けようとすると、湯峰もベッドに肘をついて追いかけてきた。そのまま覆いかぶさってくるのかと思いきや、湯峰は我に返ったような顔で動きを止めて貴文の隣に身を横たえる。

妙に思い詰めた表情を見て、どうした、と尋ねると、湯峰の眉が八の字になった。

「なんとなく……宇津井《うつい》を押し倒すのがトラウマになってる」

「なんで？」

「一度目は本気で抵抗されたし、二度目は父親が乱入してきた。押し倒した途端、何かよくないことが起こりそうで怖くて」

真面目な顔でそんなことを言われて噴き出してしまった。

「この部屋オートロックだろ。誰が乱入してくるんだよ」

湯峰に身を寄せた貴文は、緊張した表情を隠して自分からキスをした。目を丸くする湯峰を見上げ、はにかんで笑う。

「もう抵抗なんてしないよ」

たちまち湯峰の顔が笑みで崩れた。抱きしめられて唇をふさがれる。深く舌が押し入ってきたが、今度はためらわず受け入れた。音が立つほど激しいキスに陶然となる。

キスに夢中になっていたら、背中に回った湯峰の手がシャツの裾をたくし上げてきた。大きな掌で素肌を撫《な》で上げられて喉を鳴らす。さすがにじたばたと暴れると、湯峰に軽く唇を噛まれた。

「抵抗しないんじゃなかったの……？」

唇を触れ合わせたまま吐息交じりに囁かれる。その間も熱い掌に背中を撫で回されて体がびくついた。

「だ、だって、その……湯峰はゲイじゃないし」

自分に恋愛感情を向けてくれていることはさすがに信じたが、湯峰は女性としかつき合った経験がないのだ。男の体を見て我に返らないだろうか。

本当にできるのか、と問うつもりで目を上げると、なぜか呆《あき》れたような顔をされてしまった。

「まだそんなこと言ってるの」

「いや、だって……うわっ？」

言葉の途中で腰を抱き寄せられ、互いの下腹部が密着した。スラックス越しに押しつけられたものがすでに硬くなっていることに気づき、首から上がブワッと赤くなる。

赤く色づいた貴文の耳に唇を寄せ、湯峰は低い声で言う。

「できるよ、したい。宇津井は？」

「お……俺は……」

「言って。教えて、聞きたい。言うとおりにするから」

耳に歯を立てられ、湯峰のジャケットに縋《すが》りついてしまった。

言って、と再三促す声が熱っぽい。まだつき合っていた頃、何も言わない貴文に対して湯峰がどれほど焦《じ》れていたのか窺《うかが》えるような声だった。

耳殻に舌を這わされて高い声が出た。無意識に腰が揺れ、互いに下腹部を押しつけ合う。耳元で聞こえる興奮しきった息遣いに背中を押され、貴文は震える唇を開いた。

「お、俺も……したい」

我ながら蚊の鳴くような声だと思ったが、湯峰の耳にはきちんと届いたようだ。湯峰はガバリと身を起こすとジャケットを脱ぎ捨て、勢いよくネクタイを引き抜いた。あっという間にワイシャツも脱ぎ落とされ、広い胸が露《あら》わになる。うっかり見惚《みと》れていたら腕を摑《つか》んで引き起こされて、貴文の着ていたシャツも脱がされた。

互いに一糸まとわぬ姿になって、再びベッドに倒れ込んだ。この期に及んでまだ湯峰は貴文を押し倒すことに躊躇《ちゅうちょ》があるのか、先程と同じく互いに横向きに寝転がって抱き合う。

「ん……」

背中を抱き寄せられ、互いの胸が重なり合う。人肌のぬくもりが心地よくて喉が鳴った。足を絡ませるとより密着感が増す。体温が交じり合い、触れた部分から溶けるようだ。抱き合っているだけでこんなにも気持ちがいい。

とろとろと微睡《まどろ》みそうになっていたら、湯峰の指先が背骨を撫で下ろしてきて背筋が反った。腰を押しつけるような格好になってしまい、互いの性器が触れて声が出る。

「あ……っ」

慌てて唇を嚙もうとしたら、見越したようにキスをされた。舌先が絡まるとますます気持ちがいい。湯峰の首に腕を回せば、キスが一層深くなる。

「……触っていい？」

キスの合間に囁かれ、腰骨から内腿《うちもも》に指を滑らされた。

息を弾ませ頷いたが、湯峰は何か待つような顔で貴文を見ている。言葉にしろと促されていることに気づいて、潤んだ目をぎゅっと閉じた。

「さ、触ってほしい……」

羞恥を押し殺して訴えると、緩く頭をもたげていた性器に湯峰の指が絡んだ。大きな手で包み込まれただけで息が震え、緩く扱《しご》かれるともう声も殺せない。

「あ、あ……っ、あぁ……っ」

他人に触れられる快感は強烈だ。相手が湯峰だと思うと興奮に拍車がかかる。

ずっと好きだった相手だ。自分も触りたい。ためらいながらも手を伸ばして湯峰の腿に触れる。息を詰めた湯峰を見上げ、「俺も、触っていいか？」と小声で尋ねた。

ごくりと喉を鳴らした湯峰が頷くのを待ち、そろりと手を伸ばした。握り込んだそれはひどく熱くて、たどたどしい手つきで扱けば見る間に硬く育っていく。

気持ちがいいのかな、と思うと嬉《うれ》しくなった。でもすぐに湯峰も手を動かしてきて、自分の手元に集中できない。

「あっ、ん……っ」

敏感な先端を指先でくじかれ腰が跳ねる。先走りが溢《あふ》れてきたそこを弄《いじ》りながら、湯峰が顔だけ上げて貴文の耳に唇を押しつけてきた。

「ここが好き？　気持ちいい？」

湯峰の声はいつも穏やかで、優しいばかりだと思っていたが、こんなにも甘ったるい声も出せるのかと驚いた。言って、と繰り返し促されて喉をのけ反らせる。

「い……い……っ」

「もっと？」とそのかすように囁かれ、「もっと」と応じたら体が芯から熱くなった。

恥ずかしいのに興奮する。いい子、とでもいうように湯峰が髪にキスをしてくれるのが嬉しい。追い上げるように手を動かされると、迫りくる快感の波を押し止《とど》められない。背骨を駆け上がったそれは後頭部を突き抜け、目の前が白く爆《は》ぜる。

「あっ、あ、あぁ……っ！」

湯峰の手の中に白濁を散らし、貴文はぐったりと体の力を抜いた。

肩で息をしていると腰を抱き寄せられた。内股に硬いものが当たり、まだ湯峰は達していないのだと気づく。

もう一度湯峰に触れようとするが、水から上がった直後のように体が重い。ぼんやりと瞬《まばた》きをしていたら、腰に回された湯峰の手が臀部《でんぶ》に移動して目を見開いた。

「あ……っ、ゆ、湯峰……っ、ん……」

貴文の放ったもので濡《ぬ》れた指先が窄《すぼ》まりに触れて声が詰まった。ぬめりをまとった指でゆるゆると撫でられて身をよじる。

男同士で性交するにはそういう場所を使うらしい。それくらいの知識はぼんやりとあったが、まさか湯峰の方から積極的に行動を起こしてくるとは思わなかった。

固く閉ざされた場所を押し開かれる危うい感触に慄《おのの》いて、貴文は湯峰の首に縋りつく。

「ゆ……湯峰、それ……したいのか……？　ていうか、やり方知ってたり……？」

恐る恐る顔を上げると、どことなく気恥ずかしそうな表情をした湯峰の顔が目に飛び込んできた。

「宇津井のことアパートに誘う前に、ちょっとだけ調べた。一応調べておかないと、怪我《けが》させちゃいそうだったし……」

「じゃあ……あのとき俺が拒まなかったら、本気で最後までするつもりだったってことか？」

「そうでなかったら押し倒さない」

真顔で断言されて目が泳いだ。あの頃から性欲込みで湯峰に求められていたのだと実感したら、今更のように首筋が熱くなる。

「でも、宇津井が嫌だったら無理にするつもりはないよ」

優しい声でそう告げられて、ますます強く湯峰の首に抱きついた。

窄まりに触れる湯峰の指はもう止まっている。言わなければ先に進まない。言葉にするのは恥ずかしい。でも、離れたくない気持ちの方が勝った。

「さ……最後まで、して、ほしい……」

湯峰が身じろぎしてこちらを覗き込もうとする。湯峰の首に顔を押しつけて隠そうとしたが、「見せて、見たい」と嬉しそうな声で何度も囁かれ、渋々腕を緩めた。

目尻を下げた湯峰にまじまじと見詰められると恥ずかしい。俯《うつむ》こうとしたらキスで止められた。舌が深く絡まって、粘膜をこすり合わせる心地よさを教え込まれた貴文はうっとりと目を閉じる。

「……ん」

濡れた指が窄まりを撫でる。指の先をゆっくりと押し込まれ、背中にぞくぞくとした震えが走った。

「あ……は……っ、ぁ……ん……」

唇の隙間から漏れる声が甘ったるくて恥ずかしい。異物感は確かにあるのに、湯峰のキスに酔ってしまって体に力が入らなかった。軽く舌を噛まれても痺《しび》れるばかりで痛みはなく、本格的に酩酊《めいてい》している気分になる。

キスの合間に貴文の顔を覗き込み、湯峰は蕩《とろ》けるような顔で笑う。

「気持ちよさそうな顔してる」

貴文はとろりとした目で湯峰を見上げ、うん、と頷いた。湯峰の目元に浮かんだ笑みが深くなり、こっちに来て、と腕を引かれた。

ごろりと仰向《あおむ》けになった湯峰に腰を摑まれ、体の上に引き上げられる。湯峰の腹をまたいで座る格好になって目を瞬《しばたた》かせた。

「な、なんだこの格好……？」

「だって俺、宇津井のこと押し倒せないから」

貴文を見上げて湯峰はにっこりと笑う。まだトラウマなんて言っているのかと呆れたが、湯峰がベッドサイドに置かれたローションを手に取ったのを見て言葉を切った。

個包装されたローションの封を破り、湯峰はそれを掌に垂らす。物珍しく見詰めていると湯峰に苦笑された。

「宇津井、もっとこっちに来て」

言われるまま湯峰の胸に手をついて互いの顔を寄せる。キスをするのかと思ったら、背後に回った湯峰の指が窄まりに触れて息を詰めた。

「あ……っ、んぅ……っ！」

下からキスをされて制止の声が呑み込まれた。前のめりになっていたせいで自然と腰が浮き、ローションをまとわせた指が狭い場所にずるずると入ってくる。さすがにそういう用途のために作られただけあって滑りがいい。あっという間に指のつけ根まで呑み込まされ、喉の奥からくぐもった声を漏らした。

「痛い？」

キスをほどいた湯峰に尋ねられ、なんとか首を横に振った。

思ったよりも痛くはない。ただ、ゆるゆると指を出し入れされる感触に慣れない。唇を噛んで違和感をやり過ごしていると、下から湯峰に声をかけられた。

「宇津井のこと、名前で呼んでもいい？」

「……っ、えっ、な、なんだ急に……っ？」

前触れのない申し出に声が裏返る。そうでなくてもあらぬ場所を探られて息が引きつれるのに。貴文の戸惑いをよそに、湯峰は機嫌よく続ける。

「前につき合ってたときは名前で呼べないままだったから。せっかく恋人に戻ったし、名前で呼んでみたくて」

嬉しさと照れくささが半々になった顔でそんなことを言われては断れない。いいけど、と小さな声で答えると、湯峰が後頭部をシーツから浮かせて貴文に顔を近づけてきた。

「ありがとう、貴文」

予想していたつもりだったが、実際に声に出して名前を呼ばれると勢いよく心臓が跳ねた。体が強張《こわば》り、深く呑み込まされていた湯峰の指を締めつけてしまって腰が抜けそうになる。

「あ、あ……っ、ぁ……っ」

ごつごつと節の高い指が出入りする感触が前より鮮明になって切れ切れの声が出た。貴文、と再び名前を呼ばれて体の芯に甘い疼《うず》きが走る。

「……もう少し、顔近づけて」

吐息交じりに囁かれ、抗《あらが》えず上体を前に倒した。湯峰の顔が近づいて、下からすくい上げるように唇を奪われる。

「ん、ん……っ」

舌を絡ませながら指を動かされ、何度も内壁が湯峰の指を締めつけた。自然と腰が揺れてしまう。湯峰の腹で性器がこすれるのが気持ちいい。

湯峰はときどきベッドサイドに腕を伸ばし、新しいローションをつぎ足しては貴文の内側をじっくりと慣らす。ときどき腿の裏に湯峰の屹立《きつりつ》が触れ、怖いくらい硬くなったそれを感じて眩暈《めまい》を起こしそうになった。湯峰も欲情しているのだと思うと耳鳴りがするほど興奮する。

「んっ、あ……っ、んぅ……っ」

増やした指で奥を突かれ、唇の隙間からくぐもった声が漏れた。息すら奪うようなキスをされてろくに声が出せない。行き場を失った声と一緒に、腹の奥に重苦しい熱が溜《た》まっていく。

すっかり柔らかくほどけた場所を指の腹で押し上げられた貴文は、キスをほどいて湯峰の首に顔を埋《うず》めた。

「ゆ……湯峰、もう……もういいから、ぁ、あぁ……っ」

糸を引くように語尾が甘く伸びて掠れる。

湯峰は顔を上げると、互いの腹の間でとろとろと先走りを垂らしている貴文の屹立を見て目を細めた。

「気持ちよかった？　もっとする？」

「い、いい……もう、いいからどうにかしてくれ……！」

「無理してない？」

してない、と息も絶え絶えになって訴える。湯峰の指がふやけるのではと案じるくらい時間をかけて慣らしてくれたおかげで痛みはもうほとんどなかった。

「じゃあ、このまま腰を上げてもらって……」

「そ、それは無理……！　起き上がれる気がしない……！」

今だって湯峰の胸に手をついてはいるものの、腕に力が入らないので上体を支えることすらままならない。それなのに湯峰はまだ「押し倒すのはトラウマが……」なんて言っているので、目の前にあった鎖骨をがぶりと噛んでやった。

「そんなトラウマ克服しろ！　絶対抵抗しないから押し倒せ！」

ほとんどやけくそになって叫ぶと、腹筋の力だけで湯峰が勢いよく身を起こした。突然視界が回って目を丸くしていたら、今度は背後に押し倒される。

一転して見下ろされる格好になり心臓が竦《すく》み上がった。貴文を自身の上に乗せていたときはこちらを慮《おもんぱか》るような表情をしていたのに、見下ろす顔にはまるで余裕がない。こんなにぎらついた湯峰の目を見るのは初めてだ。

「……絶対抵抗しないなんて、軽々しく口にしない方がいい」

低い声で言って、湯峰が貴文の脚を抱え上げる。

大きく開かされた脚の間に湯峰が体を割り込ませてきて、今更のように緊張で息が詰まった。とっさに腕を伸ばして湯峰の首に縋りつく。

窄まりに切っ先を押し当てられて息を詰めたら、宥《なだ》めるように頬にキスをされた。こんなときでも湯峰は優しい。は、と息を吐けば、そのタイミングを見計らって湯峰が腰を進めてくる。

「あ、あ……っ」

ゆっくりと体を押し開かれて喉を反らした。しがみつく腕に力がこもる。

「……っ、止める……っ？」

荒い息の下から尋ねられ、無言で首を横に振った。浅いところでとどまっていられる方が苦しい。湯峰もそれを悟ったのか、ぐっと体重をかけて腰を進めてくる。

苦しい。でもやめてほしくない。間近に接する湯峰の体は熱くて、しがみついた貴文の体も溶けてしまいそうになる。

根元まで自身を埋めた湯峰が、は、と短く息を吐いた。

「すごい……熱い」

深々と貫かれたまま腰骨を撫でられ、貴文は声もなく身を震わせる。全身がひどく敏感になっていて、軽く撫でられただけで肌が粟立《あわだ》った。その上湯峰が耳元で「貴文」と名前を呼んでくるのでたまらない。湯峰を受け入れた場所がうねるように蠕動《ぜんどう》して涙声を上げる。

「や……やめろ、それ……っ」

「どうして。恥ずかしい？」

緩慢な動きで湯峰が腰を揺すってきて、自分でも聞いたことのないような甘ったるい声が漏れた。

「や、だ……やだ……ぁっ、あ……っ」

「貴文……あんまり締めつけないで。もたない」

だったら呼ぶなと言いたいのに、何か堪《こら》えるような顔で眉を寄せる湯峰を見たら言葉が飛んだ。繰り返し揺さぶられ、会話を続ける余裕も吹き飛ぶ。溶け落ちそうな内壁を穿《うが》たれて何度も息が止まった。汗で滑りそうになる腕を必死で湯峰の首に巻きつける。

息を荒くしてこちらを見下ろす湯峰の顔は怖いくらいに真剣だ。こんなにも必死でなりふり構わない湯峰を知っている人間が他にどれだけいるだろう。湯峰の家族だって知らないかもしれない。苦しくもあるが、それ以上の充足感に溺れそうだ。

汗が目に入ったのか、湯峰が前髪の下で目を眇《すが》めた。睨《にら》むような目つきに胸をどきつかせていたら、湯峰が身を倒して首筋に顔を埋めてくる。首元に甘く歯を立てられ、貴文は背中を弓なりにした。

「あ、あっ……んん……っ」

互いの腹の間で性器がこすれ、苦痛がゆるりと遠ざかる。首筋に湯峰の荒い息がかかって、自分も同じくらい息を乱していることに初めて気づいた。

だんだん湯峰の動きも遠慮がなくなってきた。ぼんやりそんなことを思っていたら、ふいに湯峰に屹立を握り込まれてびくりとした。

「あっ、な、何……っ、あっ、あぁ……っ！」

突き上げられながら手を動かされ、貴文の爪先が何度も跳ねる。止めようにもろくな言葉が出てこない。急速な射精感が駆け上がってきてがくがくと体が震える。

「あっ、あっ、あぁ……っ！」

追い上げられ、わけもわからないまま絶頂に押し上げられた。目を見開いているのに視界は白く塗りつぶされ、達してもなお頭の芯が痺れたようで何も考えられない。

ずしりと湯峰がのしかかってきてようやく我に返った。肩で息をしているところを見るに湯峰も達したらしい。お互い動けず、少し息が整ったところでようやく湯峰が身を引いた。

隣に寝転んだ湯峰を横目で見やり、貴文は掠れた声を上げた。

「……お前、急に……あんな……」

「ごめん……俺の方がもちそうになかった……」

仰向けになり、手の甲を目元に押しつけた湯峰は少し照れているのかもしれない。まじまじとその姿を見詰めてから、貴文はごろりと寝返りを打って湯峰に身を寄せた。少しだけ手を持ち上げてこちらを見た湯峰に、悪戯《いたずら》っぽく尋ねる。

「トラウマ、克服できたか？」

軽く見開かれた湯峰の目に、ゆっくりと笑みが上る。うん、と小さな声で返事をして、湯峰も寝返りを打って貴文を胸に抱き寄せてきた。

まだ少し汗ばんだ胸に顔を寄せ、深く息を吸い込む。

「……湯峰、お前のこと好きだよ。だからこれからも長生きしてくれ」

湯峰の胸が小さく震え、笑いを含ませた声が降ってきた。

「それ、前も言ってたね。長生きしてほしいって。どうして？」

「この先もずっとお前と一緒にいたいからに決まってんだろ」

即答して、貴文は口早にまくし立てる。

「お前が困ってる人間を放っておけないお人好《よ》しなのはもうわかってる。でもこれからは俺を一番にしろ。誰が困ってても俺が呼んだら俺を優先しろ。絶対だぞ！」

他の誰かに湯峰が酷使されて倒れるなんてもうまっぴらだ。

言質を取るまで一歩も引かない構えでいたが、なぜか湯峰はみるみる顔を赤くして片手で口元を覆ってしまった。何事だ、と訝《いぶか》っていると、ぎこちなく視線を逸らされる。

「……もっと本音を言ってほしいとは思ってたけど、こんなに素直な言葉が聞けるとは思わなかったから、ちょっと驚いて」

もごもごと呟いて手を下ろした湯峰は、意外にも口元にくっきりとした笑みを浮かべていた。

とんでもない我儘《わがまま》を言ったはずなのに嬉しそうな顔をされてしまった。変なの、と思いながら「お前もたまには我儘言えよ」と湯峰を促す。どうせならこの機会に、お互い思うところを言葉にしておいた方がいい。

(あ、でも湯峰は我儘とか思いつかないか……?)

欲がなさそうだもんな、などと思っていたら、湯峰ににっこりと微笑《ほほえ》まれた。

「じゃあ、これからはもう俺以外見ないで」

何か言い返す前にキスをされ、貴文は目を見開いた。

冗談かと思いきや、至近距離からこちらを覗き込んでくる湯峰は直前の笑みを消した真剣な表情だ。ぽかんと湯峰を見上げていた貴文の頬が、じわじわと赤くなる。

「……湯峰はもっと無欲な男だと思ってた」

「自分でも驚いてる」

真顔で言い返されて笑ってしまった。

(そうだよな、自分でも怖くなったって言ってたくらいだもんな)

自分など湯峰にそれほど入れ込んでもらえるような人間でもないのに、と面映《おもは》ゆい気分で思っていたら、唇にふっと湯峰の息がかかった。

「できそう?」

まともな日常生活を送っていれば到底不可能なお願いだ。無理だろ、と返そうとしたらキスをされた。まるでこちらの否定の言葉を封じるような行動に目を丸くする。

（……湯峰って、案外嫉妬深かったりするのか？）

最初につき合っていたときはそんなこと考えもしなかったが、この先も長くつき合い続けていけば、湯峰の意外な一面がもっと見られるだろうか。

（長生きしろよ、本当に……）

湯峰には想像もつかないくらい切実に願って目を閉じる。

深く絡まった口づけは、まだしばらくほどけそうもなかった。

駅前の雑居ビル二階にある宇津井法律事務所には、道端に吹きだまる塵芥《ちりあくた》のような相談事が今日も次々と集まってくる。

人の営みに悩みは尽きない。ときとして訴訟にも至らぬ些末《さまつ》なそれに、貴文は粛々と耳を傾ける。仕立てのよさが窺える濃紺のスーツの胸元に光るのは、中央に公正と平等を象徴する天秤《てんびん》が刻まれた弁護士バッジだ。

「知り合いに貸した金が返ってこないんですよ。絶対に返すって泣いて頼まれたから信じて貸してやったのに。警察に相談に行っても、窃盗ってわけじゃないからどうにもできないって」

相談にやってきた初老の男性に相槌《あいづち》を打ちながら、なんだかどこかで聞いた話だと思う。しかし似たような相談は枚挙にいとまがないので思い出せない。

面談室で男性の言葉に耳を傾けていた貴文は、テーブルの上で緩く手を組んで尋ねた。

「お相手はどんな方です？　職場の方ですか？　それともご友人？」

「……友人というか、碁会所でよく会う相手というか」

「お金の貸し借りをするくらいですから、ご友人と言って差し支えないのでは？」

「いや、その、女性だから、友達とも……」

ああ、と貴文は内心思う。恋愛感情とまではいかずとも、多少は下心があったのかもしれない。相手にいいところを見せようとして「返すのはいつでもいい」なんて本人が言っていたとしたら厄介だ。言った言わないの泥仕合になりかねない。碁会所のことについて尋ねつつ、もう少し探りを入れてみた方がよさそうだ。

弁護士になってそろそろ丸一年が経《た》つが、同じような相談でも依頼者によって様相がガラリと変わる。毎日が手探りだ。ストレートで弁護士になったときより迷ったり悩んだりすることが多い気すらする。

依頼に来た男性は相談などそっちのけで女性とのなれそめを喋《しゃべ》り、最終的に「もう少し待ってみます」と言って事務所を出ていった。

エレベーター前まで依頼人を見送って事務所に戻ると、室内にはもう伯父の姿しかなかった。所長机で電話をしている伯父の前を通り過ぎ、自席に戻って帰り支度を済ませる。

「伯父さん、お先に失礼します」

電話が終わるタイミングを見計らって声をかけると、伯父に軽く手招きされた。なんだろうと思ったら、出し抜けに「少し痩せた？」と尋ねられる。

「きちんと食べてる？　一人暮らしだからって不摂生したらいけないよ」

心配顔でそんなことを言われてしまい、むしろ不摂生のせいで体重が微増している貴文は苦笑する。

二年前、二回目の受験で司法試験に無事合格した貴文は、一年間の司法修習を終えると同時に一人暮らしを始めた。伯母は随分淋《さび》しがったが、伯父が「頑張って」と背中を押してくれて、今は小さなマンションを借りてそこから事務所に通っている。

一度目の人生でも一人暮らしを始める機会はあったが、まだ何も成し遂げていない自分が伯父たちから離れるのは義務や責任から逃げ出すことのように思えて行動に移せなかった。

だが、今はそんなふうには思わない。離れて暮らしていても二人は自分を見守ってくれているし、これからも伯父の仕事を手伝いながら二人に恩返しをしていきたいと思っている。

一人暮らしに不便はないか、たまにはうちにも帰ってくるように、なんて他愛もない会話をした後、伯父は少しだけ表情を改めてこんなことを言った。

「もうすぐ弁護士になって一年経つけれど、仕事は順調？　何か困っていることはないかな？」

瞬間、強い既視感を覚えた。この会話を以前も伯父としたことがある。過去に戻る前の話だ。あのときは淡々とした口調で特にないと答えてしまい、弁護士になったことを後悔していないか、などと伯父から尋ねられてしまった。

一瞬で記憶が巻き戻り、少しだけ沈黙してから貴文は口元を緩めた。

「順調とは言い難いです。依頼に来た方から話を聞き出すだけで精いっぱいで」

過去の自分を振り返り、特にないなんてよく言えたものだと苦笑する。よほど事務的に目の前の依頼をこなしていたのだろうと思うと、当時の依頼人たちに申し訳ない気持ちになった。

伯父は机の上で手を組み、ゆったりと口を開いた。

「難しいね。私もこの仕事について長いけれど、未だに迷うことばかりだよ」

依頼人に対して真摯であろうとすればするほど、考えなければいけないことは増えていく。

深く頷く貴文を見上げ、伯父は目元に笑みを含ませた。

「でも、頑張らないとね。君には弁護士になってまで助けたい人がいるんだろう？」

司法試験に落ちた日、貴文が口にした言葉を未だに伯父は覚えている。具体的にその相手が誰なのか追及してくることはないが、貴文にそんな相手がいたこと自体伯父夫婦は嬉しかったようだ。今も事あるごとに引き合いに出される。

少々照れくさい気分で肩を竦めたものの、貴文もしっかりと頷いて「頑張ります」と答えた。

伯父に挨拶をして事務所を出た貴文は、駅に向かって歩き出した。クリスマスのイルミネーションで彩られた道を歩きながら、夜空に向かって白い息を吐く。

（もしかして、今日があの妙なおでん屋に迷い込んだ日か？）

四年経つうちに正確な日付は忘れてしまったが、年の瀬だったのは間違いない。

あの日もこんなふうに駅に向かって歩いていたら、急に電話がかかってきたのだ。電話の相手は長年連絡を取っていなかった大学時代の友人で、その内容は――……。

そんなことを考えていた矢先、コートのポケットで携帯電話が震え出してどきりとした。

遠い記憶をなぞるような展開に、みぞおちの辺りに妙な圧がかかる。あのときとは違うとわかっていても不安は拭えず、貴文は恐る恐る電話に出た。

「もしもし……?」

『もしもし、貴文? もう仕事終わった?』

声を聞いた瞬間、強張っていた体から力が抜けた。電話の相手は湯峰だ。

貴文は目の前が曇るくらい盛大に白い息を吐き、なるべく普段の調子で答える。

「今駅に向かってる。あ、もうマンション着いたのか? 合鍵使って中入っていいぞ」

『いや、実は今……事務所の最寄り駅まで来てるんだ』

「あれ? 今日は俺のマンションで落ち合うって約束だったよな?」

短い沈黙の後、湯峰の照れくさそうな声が耳を打った。

『……待ちきれなくて』

声だけで、湯峰が俯き気味に鼻をかいているのがわかる。その姿を想像した貴文は携帯電話を握りしめ、「すぐ行く!」と叫んで足早に駅に向かった。

息を切らして駅前までやってくると、改札前に立つ湯峰の姿が目に飛び込んできた。

湯峰はカーキ色のワークパンツの上に黒のダウンジャケットを着て、貴文に気づくと笑顔で片手を上げてみせる。

大学を卒業した直後より少し頬のラインが引き締まった湯峰は、わずかに残っていた幼さをすっかりそぎ落とした雰囲気だ。貴文の方はさほど容姿に変化がないのに、湯峰ばかり年々男ぶりが上がっていくようで気が気でない。人込みの中、ちらちらと湯峰を振り返る女性たちがいるところを見ると惚《ほ》れた欲目でもなさそうで、全速力で湯峰に駆け寄った。

「悪い、待たせたか……！」

「俺が勝手に来たんだから気にしないで。それよりもうご飯食べた？　まだだったら、たまには外で食べようよ」

「え、じゃあ俺ちょっと行ってみたい店あるんだ。ここから少し歩くけど……」

いいよ、と湯峰は笑って頷く。学生時代と変わらない穏やかな笑みに未だに見惚れそうになって、慌てて前を向いた。

一度は別れた湯峰と改めてつき合い始めてから、もう三年半が経つ。

湯峰は今も実家暮らしで、貴文が一人暮らしを始めてからは、こうしてほぼ毎週のように貴文のマンションで週末を過ごすようになった。

湯峰の両親ともまだ交流は続いている。もちろん、二人とも存命だ。

幸恵《さちえ》は昨年免許を返納したが、貴文が折に触れタクシーのチケットをつづりでプレゼントしているので不便はないそうだ。一人息子と貴文が恋人同士であることは承知していて、特に反対する気はないらしい。貴文が湯峰の実家を訪れるといつも盛大に歓待してくれる。

癌《がん》を患った敏郎《としろう》は未だに通院を続けているが、病状はかなり落ち着いている。一生付き合う病気だと割りきって、これまでと変わらず精力的に働いているそうだ。

敏郎からはその後、貴文に吐いた暴言に対する謝罪を受けた。人間ドックの礼も言われたし、検診に行くきっかけを作ってくれたことに関しては夫婦ともども頭を下げて礼を述べてくれた。

とはいえやはり、一人息子が同性とつき合っている事実は受け入れがたいものがあるのだろう。二人を見る敏郎の目は複雑そうだ。それも仕方のないことだと思う。二人の仲をはっきり認めてこそいないが、黙認という形をとってくれているだけでありがたい。

目当ての店に向かう道すがら、貴文は隣を歩く湯峰に目を向ける。

川沿いの道は薄暗く、湯峰の顔は闇に沈みがちだ。だが、たまに街灯に照らされるその横顔は健康そのものでほっとする。田島が勤めていた会社を辞めた直後はかなりやつれていたが、実家で働き始めた湯峰の顔にあの不健康そうな陰はない。

何年経っても湯峰のお人好しは相変わらずで、知り合いの会社が経営不振で困っているなどと聞きつけるとすぐに融通したがるが、さすがに仕事のこととなれば敏郎や幸恵が制御してくれるのでありがたい。二人が健在でいてくれれば湯峰が借金まみれになることはなさそうだ。

今のところ状況はいい方に流れていて、だから貴文は時間を遡ったことをまだ湯峰に伝えていない。言ったところで信じてもらえるとも思えないし、このままなら一生伝える必要もなさそうだ。

じっと横顔を見詰めていると、湯峰が視線だけこちらによこした。

「どうかした？」

別に、と返して目を逸らすと、軽く身を屈《かが》めた湯峰に耳元で囁かれた。

「そうやってずっと俺のこと見ててくれた方が嬉しいのに」

湯峰は人目があっても躊躇せず顔を寄せてくる。いつものことなので貴文は慣れっこだが、道の向こうからやってきた通行人にぎょっとした顔をされたので軽くその体を押し返した。

湯峰のお人好しも相変わらずなら、意外なほど貴文に執着するのも相変わらずだ。

こうして貴文と外を歩くとき、湯峰は絶対に車道側を歩く。最初は車に気をつけてくれているのかと思ったが、車ではなくすれ違う通行人の視線が貴文に向くのが嫌なのだと聞かされたときはさすがに驚いた。そんなことを思うタイプとは夢にも思わなかったからだ。

本人もここまで誰かに拘泥《こうでい》するのは初めてのようで困惑していたが、早々に自分の中に生まれた執着を受け入れたらしい。離れているときはごく普通にメールや電話をしてくるだけでこちらの行動を束縛するようなことはしないが、こうして隣にいるときは遠慮なく周囲の視線から貴文を隠そうとする。レストランなどで食事をするときはそれが顕著で、通路や店内に背を向けた席に座るよう促される。そうすれば、貴文の視線は向かいに座る湯峰にだけ注がれるからだ。

箍《たが》が外れたとしか思えないが、おかげで湯峰は以前のように誰彼構わず尽くすことをしなくなった。いつだって最優先にされるのは貴文で、それが湯峰の尋常でない人の好さに歯止めをかけてくれている。

（とはいえちょっと、やり過ぎじゃないか？）

数歩進むごとに湯峰がこちらに目を向けてくるので、頬にチクチクと視線が刺さって痛い。あんまり見るな、と横目で睨んでも、目が合っただけで湯峰は嬉しそうに笑うので毒気を抜かれてしまう。

「……ところで、最近工場の方は順調か？　資金繰りとか問題ないか？」

いい年をしてつき合いたての中学生のようなやり取りをしているのが恥ずかしくなって、貴文はぶっきらぼうに言い放つ。脈絡のない質問だったが、この数年何度となく同じ質問をされているせいか、湯峰は戸惑う様子もなく頷いた。

「大丈夫だよ。今年の決算書だってちゃんと見せたでしょ？」

貴文は工場の決算書を毎年チェックしている。

とはいっても、社長である敏郎から正式に見せてもらっているわけではない。湯峰からこっそり見せてもらっているだけだ。

本当なら無償でもいいので工場の顧問弁護士になりたいところだが、敏郎に嫌がられそうなのでこうしてこそこそ状況を窺っている。今のところ経営状況は悪くないが、油断は禁物だ。

「なんかあったらすぐ相談しろよ。あと、もし誰かに借金の肩代わりしてくれって泣きつかれたらすぐに俺を呼べ。何時間でも無料相談に乗ってやる」

これももう何度となく繰り返してきた言葉だからか、湯峰はおかしそうに笑っている。危機感のないその顔を見上げ、貴文は眉を吊り上げた。

「本当になんか変なことがあったら真っ先に俺に言えよ！　誰かに口止めされてても絶対だぞ、絶対！」

鼻息を荒くした貴文に、わかってる、と湯峰は笑みを深くした。

「約束したからね、貴文を最優先にするって。ちゃんと覚えてるよ」

改めて言葉にされるとさすがに照れる。何年経っても甘い雰囲気には慣れず、赤くなった頬を隠すように川に顔を向けた。

流れの緩い川の両岸は遊歩道になっていて、足元はレンガ調に舗装されている。昼間は犬の散歩やマラソンをする人などが多そうだ。

向こう岸に目をやった貴文は、街灯の下にぽつりと佇《たたず》む屋台を見て歩みを止めた。湯峰も一緒に足を止め、貴文の視線を追いかける。

「屋台なんて今時珍しいね。ラーメン……じゃなくて、おでん屋さんだ」

三角屋根の屋台は、ベンチに腰かけて食事をする客の上半身を隠すように長い暖簾《のれん》で周囲を覆われている。暖簾の向こうに客が一人いるようだ。黒いスーツを着た男性だろうか。

屋台の内側にこもる湯気の向こう、天使を名乗って優雅に微笑んだ紳士を思い出して貴文は棒を飲んだように立ち尽くした。

唐突に、紳士の言葉が蘇《よみがえ》る。

過去に戻ったら一度だけリセットができる。自ら命を絶つことで。

だが一度もリセットを使わず、粛々と日常を過ごして紳士と出会ったその日まで過ごすことができたら、その時点で時間の流れは固定される。その後貴文が自ら命を絶ったとしても、貴文に死が訪れるだけでもう時間の流れは変わらない。

もしかしたら、今がリセットの使える最後の瞬間なのかもしれない。

このまま時間が固定されても悔いはないだろうか。一度目の人生に未練はないか。

川向こうの屋台を凝視していたら、湯峰に軽く肩を叩かれた。

「どうしたの？　あのおでん屋さんに寄ってみる？」

貴文が屋台に興味を持ったと勘違いしたらしい。何も知らず笑っている湯峰を見上げ、貴文はゆっくりと肩の力を抜いた。

過去に戻ったことで、貴文の人生は様変わりした。

司法試験はストレートで合格することができなかったし、長年隠していた自分の性的指向も湯峰の家族にばれてしまった。いつか敏郎が伯父夫婦のもとに乗り込んできて、貴文がゲイであると暴露するとも限らない。今回の人生にはそういう不安要素もある。

だが、司法試験に落ちたおかげで伯父たちに両親の事故のことを打ち明けることができた。弁護士という仕事にもやりがいを見出《みいだ》せるようになった。

湯峰の家族に関しては幸恵が味方をしてくれている。不安ばかりでもない。

何よりも、今は隣に湯峰がいる。

「考えるまでもないよなぁ……」

川のせせらぎに掻き消されるくらい小さな声で呟いて、貴文は顔を正面に戻した。

「行くか」

「ん？　おでん屋？」

「違う、気になってた店の方。もう近くだから」

言いながら湯峰の手を取った。湯峰は一瞬驚いたような顔をしたものの、すぐに相好を崩して貴文の手を握り返してくる。

「珍しいね、外なのに貴文の方から手をつないでくれるなんて」

「いいんだよ、夜だから」

「いつもは夜でも恥ずかしがるのに？」

からかうような口調に応戦するつもりで「じゃあやめた」と指先を緩めたが、あっという間に湯峰に捕まえられて、前より深く指を絡まされた。

「嬉しい、すごく」

そう言って湯峰が目尻を下げて笑うので、貴文も気恥ずかしさに蓋をして湯峰の手を握り返した。

つないだ手は温かい。

これに替えられる未来などない。

手をつなぐだけでは足りず湯峰の腕にしがみついた。湯峰もそれを嫌がらず、笑いながら貴文の髪に鼻先を埋めてくる。

互いに体を押しつけ合って蛇行しながら歩いていたら、背後で水の跳ねる音がした。

肩越しに、暗い夜道を振り返る。

見遣《みや》った先にはさらさらと流れる黒い川があるばかりで、直前まで対岸に佇んでいたおでん屋の屋台は、水鳥が飛び立った後のように忽然《こつぜん》と姿を消していた。

あとがき

新年早々胃腸炎になって寝込んだ海野《うみの》です、こんにちは。

なんか胃が痛いな、と思っていたらあっというまに熱が出てベッドの住人になっていました。熱と痛みで朦朧《もうろう》としつつ、一体どこで菌を拾ってきたのだろうと考えるも思い当たらず。なんだったら昨日、今日と外出すらしていないのに。

菌は基本的に口から入ってくるもの。もうちょっとこまめに手を洗っていればこうはならなかったのだろうか。もし一日前に戻れたら、部屋中を除菌することでこの状況を回避できたのでは？

――もしも昨日に戻れたら。

戻れたら、昨日からやってた仕事が白紙に戻るんだな？

原稿用紙二百枚分の見直しと修正がまっさらに……いや、なんとなくどこを直したのか覚えてるような気も……覚えてないか。やっぱり全部見直しか。一回やった仕事をもう一回やるのは嫌だ。でも胃腸炎の苦しみから逃れられるかも。いや、やっぱり嫌だ、面倒くさい！

過去になんて戻りたくない！

なんてことを布団の中で考えていました。別に今回のネタに絡めたわけではなく実話です。

普段からよく「あの時に戻れたら」と考えますが、大抵は「でもあの仕事を全部やり直すことになるの嫌だな」と考えて却下します。まっさらな仕事を次々こなすのはいいのですが、一回やった仕事をもう一回、というのが辛いです。以前原稿のデータが飛んで同じ内容の原稿をもう一度書く羽目になったことがあるだけに、なおさらそう思うのかもしれません。

今回は、『もう一回』のわずらわしさを押しのけて過去に飛んで行く（というか問答無用で飛ばされる）主人公のお話でしたが、いかがだったでしょうか。

イラストは十月《じゅうがつ》先生に担当していただきました。いやもう、キャララフを見たときは飛び上がりましたね。あまりにも主役二人が素敵で！

貴文は照れ顔の可愛い美人だし、湯峰はまさに想像通りのイケメン大型犬！　ラストシーンの社会人になった二人の姿も描かれていて、「す、凄くいい成長の仕方してる……！」と親戚のおばちゃんみたいな気分で胸が熱くなりました。十月先生、素敵なイラストをありがとうございました！

そして末尾になりますが、この本を手に取ってくださった読者の皆様、本当にありがとうございます。少しでもお楽しみいただけましたら幸いです。

それでは、またどこかでお会いできることを祈って。

海野　幸《さち》

この本を読んでのご意見、ご感想を編集部までお寄せください。

《あて先》〒141-8202　東京都品川区上大崎3-1-1　徳間書店　キャラ編集部気付
「今度は死んでも死なせません！」係

【読者アンケートフォーム】

QRコードより作品の感想・アンケートをお送り頂けます。

Chara公式サイト http://www.chara-info.net/

■初出一覧
今度は死んでも死なせません！……書き下ろし

今度は死んでも死なせません！

【キャラ文庫】

2023年2月28日　初刷

著者　海野幸
発行者　松下俊也
発行所　株式会社徳間書店
〒141-8202　東京都品川区上大崎 3-1-1
電話 049-293-5521（販売部）
03-5403-4348（編集部）
振替 00140-0-44392

印刷・製本　図書印刷株式会社
カバー・口絵　近代美術株式会社
デザイン　カナイデザイン室

ISBN978-4-19-901091-0

キャラ文庫最新刊

今度は死んでも死なせません！

海野 幸
イラスト✦十月

元彼の訃報に、愕然とする貴文《たかふみ》。すると突如現れた老紳士に願いを聞かれ、「あいつが死ぬ前に時間を戻してほしい」と懇願して…!?

セカンドクライ

尾上与一
イラスト✦草間さかえ

画家になるため、家族と縁を切った桂路《けいじ》。ところが唯一の理解者であった亡き兄から託されたのは、訳ありの青年・慧《さとし》と暮らすことで!?

月印の御子への供物

西野 花
イラスト✦笠井あゆみ

生まれつきの特殊な痣のせいで、村の繁栄を担わされている絢都《あやと》。18歳になると、村人の前で二人の従者に抱かれなければならず…!?

3月新刊のお知らせ

中原一也 イラスト✦笠井あゆみ ［昨日まで、生きていなかった(仮)］
樋口美沙緒 イラスト✦麻々原絵里依 ［王を統べる運命の子④］

3/28(火)発売予定